JN000133

訳者まえがき

世の中には、ドラマ「愛の不時着」を超えるラブストーリーがある。それも実話で――。

お断りしておくが、私も一度目の緊急事態宣言の時期に「愛の不時着」にハマり、三日間ですべてを観てしまった一人である。ちなみに私は今日まで二十五年以上、北朝鮮を個人的に研究しており、もしドラマ内の描写に少しでもおかしいところがあれば、突っ込みを入れてやろうとやる気満々だったが、そんな私の目から見ても、ドラマ内の北朝鮮は正確に描かれていたと付け加えておく。

それでもなお、私は断言する。本書はさらに壮大で美しいと――。

本書の主人公ＰＫは、インドの「不可触民」である。英語の Untouchable の直訳だ。わかりやすくいうと「けがれの民」となる。

存在自体がけがれであり、間違って影に触れただけでも、川に飛び込み、体を洗わなければならないくらいけがれた存在とされてきた。もっとも、日本と違い、水道もなければ電気もない。川の水そのものがきれいではないのだから、それ以上にけがれた存在としてみなされているのだ。そのくせ夜になると、女性に限っては触れてもよくなる。

彼らは、今のインドでは「ダリット」と呼ばれている。インドの差別も根本をつきつめると肌の色にいきつく。つまり、＃Black Lives Matter は、インドにもそのまま当てはまるのだ。

ＰＫは小学校に行っても教室にすら入れてもらえない。女の子から好意を寄せられたこともあったが、いざ身分を明かすと相手の父親に家から放り出される。つまり、インドにいる限りＰＫに未来はない。

インドには、そんな未来の見えないダリットが、今も二億人以上残っている。インドでレイプ事件がよく起こる遠因も、間違いなくこの身分制度にある。

かつて、インドはイギリスの植民地だった。ところが、ＰＫだけでなく一家の全員が大英帝国の大ファンである。本書内でも、何度となくＰＫの熱い「英国愛」が語られる。

若い頃に憧れた英雄も、「インドを征服した英国人」ロバート・クライヴである。ＰＫ一家が愛してやまない「ブリティッシュ」とは、スポーツでは別々になることが多いが、一つの国としてまとまっている、イングランド、ウェールズ、スコットランド、北アイルランドをすべて含めた存在である。「イングリッシュ」（日本語のイギリス人）とは違うのだ。

ＰＫがブリティッシュを愛してやまない理由はいくつもあるが、うち一つは間違いなく「近代文明をもたらしてくれた」ことだ。

最愛の母親が治療を受けた地元の病院は、ブリティッシュが建てたものだった。それまで、ＰＫの住んでいたようなインドの田舎には病院などなかった。病気になれば魔法使いに頼るしかなかった。ＰＫ本人にも聞いたが、子どもの頃は何度も魔法使いのお世話になったそうだ。『ハリー・ポッター』の話ではなく、つい五、六十年前のインドの話である。そんなブリティッシュがつくり上げたインド帝国を、「ブリティッシュ・ラージ」と呼ぶ。

訳者まえがき

かつてヒンズー教には恐ろしい慣習があった。一八二九年、ベンティング総督は、ある禁止令を出した。

〈社会改革の面では、それまで口にしながらどの総督も実行できなかったサティー（夫の遺体とともに未亡人を焼くヒンドゥー教徒の習慣）を禁止し……〉

（浜渦哲雄著『大英帝国インド総督列伝 イギリスはいかにインドを統治したか』中央公論新社）

「禁止する」ということは「一定数の人がやっていた」ということだ。PKから見れば、「ブリティッシュ・ラージのおかげで、インドは差別が少なくなり、昔よりも野蛮ではなくなった」ということになる。さらに興味のある方は、ニーアル・ファーガソン著、山本文史訳『大英帝国の歴史』（上下巻　中央公論新社）を読むことをお薦めする。

そのような背景をもったPKは、首都ニューデリーで運命の人、ロッタと出会う。彼女はスウェーデンから来た大学生の旅人だった。「大学生」ということは、学校を卒業しなければならないし、「旅人」ということは、近いうちに国へ帰らなければならないということだ。

それでも二人は、約三週間にわたり、おそらくは、これまでの人生で一番満たされた幸せな時間を過ごす。昼も夜もなく、文字どおり寝食をともにして、一瞬も離れることはなかった。

しかし、終わりは無情にもやってくる。ロッタは帰国することになる。時は一九七六年。苦学生のPKは、免許も車も持っていない。LCCが飛び交っているわけではなく、インターネットも、LINEも、メッセンジャーも、スカイプもない。国際電話も高すぎてかけられない。「文通で連絡をとって」などと口で言うのは簡単だが、男女の別なくそれでは満足できないだろう。愛し合っていても、直接、会うことも触れることもできないのだ。

ここからPKの常軌を逸した大冒険が始まる。繰り返すが、これはすべて実話であり、本文の内容は、当時の新聞などで、すべてウラがとれている。

インド国内で「カースト」に苦しめられたPKは、今度は「インド国籍」のため苦しむことになる。PKはまずニューデリーから国境の街、アムリトサルを目指す。試しに手持ちのスマートフォンのSiriに「ニューデリーとアムリトサルまで、鉄道で行けばどれくらい距離があるのか?」と聞いてみると、「正確な距離はわかりませんが、カラスが飛べば四〇一キロメートルです」との返答があった。

つまり、直線でもその距離なのだから、実際にはそれ以上の距離になる。ちなみに、東京から京都まで、高速道路を使用した場合の距離が、約四五七キロメートルだ。国境にたどり着くだけでこれほど遠いのだ。

さらに、「愛の不時着」をご覧になった方なら、「一本の線」を超えることがどれほど困難なことかを痛感したはずだ。もともと一つだった国に一本の線が引かれ、お互いに行き来できなくなる。ユン・セリとリ・ジョンヒョクが「一本の線」から一歩向こう側に足を踏み入れることがどれほど命がけか、というのが「愛の不時着」の一貫するテーマだった。

韓国と北朝鮮は、一九五三年から現在まで、一応「休戦」になっている。細かい小競り合いはいくつもあったが、全面対決にはなっていない。

しかし、インドとパキスタンは、少なくとも三回全面戦争になり、殺し合った。もっといえば、実話をもとにした映画「ホテル・ムンバイ」のテロリストたちは、おそらく今もパキスタンに身を潜めているだろう。インドとパキスタンがいがみ合い、お互いに入国できないのも背景を見れば納得できる（さらに詳しく知りたい方は、映画「英国総督　最後の家」、武井壮さんも出演されている「ミルカ」をご覧いただきたい）。

さて、私には何人かの競輪選手の友人がいる。つい最近、ＫＥＩＲＩＮグランプリで優勝した選手もその一人だ。そういった人であればあるほど、本書の物語を「信じられない」「ありえない」と口をそろえる。それほどＰＫの挑戦は人智と体力の限界を超えた偉業なのだ。

聞けば、本書を「ホテル・ムンバイ」のデヴ・パテル主演で、映画化の話が進んでいるという。一読すれば、そんな話が出る理由は誰にでもわかるだろう。

この世界にも、一人の女性に愛を貫く一途で純粋な男がいるのである。そして、二人は七十歳近くになり、今も健在である。永遠の愛は、少ないとはいえ確かに地球上に存在する。

本書を読んで、心を揺さぶられない人は存在しないだろう。それだけは、私が約束する。

作家・翻訳家　タカ大丸

NEW DELHI - BORÅS
by Per J Andersson

First published by Bokforlaget Forum, Stockholm, Sweden,
Published in the Japanese language by arrangementwith Mahan AB, Sweden
through The English Agency (Japan) Ltd.

第一章

予言

インドのジャングルにある小さな村で、生まれたその日から、私の人生はある予言によって導かれている。

あれは、新年のお祝いを間近に控えた、ある冬の一日のことだった。

新年を祝うという習慣をもたらしたのはイギリスだったが、すでに二年前にイギリスは私たちの祖国から撤退していた。十二月に雨が降ることはめったにないのだが、あの年に限ってはインド北東部のオリッサ沿岸にモンスーンがやってきていた。やっと雨がやんだが、川の両側にある坂は暗い雲に隠され、朝になったにもかかわらず、外は暗いままだった。

そのとき突然、太陽が暗さを切り裂いた。

そこに私が生まれ、かごの中に寝かされ、その瞬間にはまだ名前すらなかったのだが、これから始まる物語の主人公になろうとしていた。周りを家族一同が取り囲み、生まれたてほやほやの私を見下ろしていた。そこに同席していたのが村の占星術師で、私がキリスト教の預言者と同じ日にやぎ座の下で生まれたと厳かに告げた。

「見ろよ！」

兄の一人が叫んだ。

「どうした？」

「あそこだよ、ほら、真上に！」

全員が空を見上げると虹がかかっており、光線がわが家の小さい窓を突き抜け入っていた。

占星術師はこの事象の意味を読み解いた。

第一章　予言

「この子は大人になったら、色に関わる仕事をすることになる」

小さな村に噂が広がるのに、長い時間はかからなかった。「虹の子」と呼ぶ人がいたり、「偉大な魂、マハトマが生まれた」と言ったりする人もいた。

私が生まれて一週間後に、一匹のコブラが私の眠っていた小屋に忍び込み、言うまでもなく私は命の危険にさらされたそうだ。しかも、私の寝床まであがってきた。母はこの光景を見て、もう毒蛇が私を噛んでしまったと信じ込んだ。母は私のところに駆け寄り、蛇を追い払った。だが、幸い私は無事だった。それどころか私は平然と横たわり、黒目が虚空を見つめていたという。何という奇跡だろうか。

村の蛇使いに言わせると、蛇は自らの身を伸ばして小屋の屋根を覆い、私を雨漏りから守ろうとしたのだという。それまで数日間、大雨が続いていて、たしかに小屋で雨漏りが始まっていたのだ。村で蛇は神聖な存在とされており、これは何か神からのお告げがあった証だとされた。蛇使いがそんな話をしたときに、占星術師はうなずいた。

そう、たしかに、私は最初から普通の子どもではなかったのだ。そして、占星術師は私の運命を語り始めた。先のとがった棒を手に取り、ヤシの葉に私の将来を書き始めたという。

「この子の結婚相手はとてもとても遠いところ、それも村の外、郡の外、州の外、いや、この国の外からやってくる。彼女を探しに遠くへ行く必要はない。むこうからお前のところに来るだろう」

占星術師は私の目をじっと見つめながら語りかけたそうだ。

当初、父はその続きの言葉をまったく理解できなかったという。占星術師はオイルランプを手に持っており、ススが予言を書いたヤシの葉に垂れるに任せていた。

すると、文面が両親の前に浮き出てきた。占星術師はわざわざそれを読み上げる必要はなかった。父はオリヤー語の丸まった文字を読むことができたので、母に読み聞かせたのだ。

「この子の将来の妻には音楽の素養があり、実家にジャングルがあり、おうし座の生まれのはずだ」

私はヤシの葉に浮き出た予言、そして、虹と蛇の物語を大人からずっと聞かされ続けてきた。周囲の誰もが、すでに私の未来は定まったものと確信していた。

自身の未来について聞かされていたのは私だけではなかった。すべての子どもの将来は、生まれた瞬間に星に刻まれているという。両親はずっとそう信じていたし、私もそう信じて育ってきた。

そして、ある意味では、今もそう信じている。

ジャングルに生まれる

彼のフルネームは、ジャガット・アナンダ・プラデュムナ・クマール・マハナンディアという。

実に喜びにあふれた名前だ。というのも、ジャガット・アナンダとは全宇宙の幸福を意味しており、マハナンディアは楽観主義という意味だからだ。だが、これも彼の本当の意味でのフルネームではない。省略版である。祖父や部族、カーストなどから継承された名前をすべて含めると三七三文字の長さに及ぶ。

しかし、三七三文字を正確にすべて覚えられる人がどこにいるものか？　よって、彼の友達は二文字に集約して呼んだ。（プラデュムナの）Ｐと（クマール）のＫで、ＰＫだ。

ＰＫが村を駆けまわったり、マンゴーの木に登ったりしているときに、家族が長い名前を使って呼ぶことはなかった。父親は「小僧」を意味するポアと呼び、父方の祖母は「孫」を意味するナティと呼び、母は肌の色が兄たちより少し薄いこともあり「黄金の子」スナ・ポアと呼んでくれた。

村における彼の最初の記憶は、三歳の頃、ジャングルの中にある川のほとりにいたときのものだ。いや、そのときは四歳だったのか、あるいはまだ、二歳だったかもしれない。年齢は大した問題ではなかった。

当時何歳であったとしても、ＰＫが泥で分厚く塗り固められた壁と枯れたヤシの葉でできた屋根がある家で暮らしていたことは確かだ。夏は夜になるとトウモロコシ畑を吹き抜けるそよ風で土埃が舞い上がり、冬になると木の葉が舞い落ちて積み重なり、春には果汁いっぱいで重くなった果物が落ちてくる。

村の中を流れるせせらぎが合流して一本の大きな川となり、上流から流されてきた膨大な葉や枝が積み重なっている。ここがジャングルの入り口であり、その奥に入っていくとゾウがいたり、ヒョウやトラの唸り声が響いたりする。野生動物の足跡は泥に刻まれており、その周りにゾウの糞が残っていたり、トラのひっかき跡があったり、そんな動物につきまとう虫が群れていたり、小鳥がさえずったりするような環境だった。

ＰＫが住んでいるのはジャングルの入り口だったが、少年の世界はさらにその向こうの密林まで広がっていた。

そこには村とジャングルがあるだけだった。密林は果てしなく続き、謎めいていて、秘密の園だったが、馴染みもあり安全な場所だった。ジャングルの中に入っていくのは冒険だったが、一方で確かな安堵もあった。街というものがあるという話は聞いていたが、ＰＫ本人が目にしたことはなかった。

ＰＫは両親と二人の兄とともに、粗末な小屋で暮らしていた。それから、当然のように父方の祖父母がいた。インドのほとんどの家族がそうだった。インド古来の伝統で、長男は結婚して子どもが生まれても、両親と暮らすのが当然とされていた。ＰＫの父シュリダールもこの伝統に従っていた。

ＰＫは父親と顔を合わせることはほとんどなかった。父親は近郊の街・アスマリックで郵便局長を務めており、この街には市場や喫茶店、派出所と刑務所もあった。片道二〇キロメートルを毎日自転車で通うのはあまりに酷だったので、父親は、平日は郵便局の中にある一室にベッドをこしらえ、そこで寝泊まりしていた。そして、土曜日の夜になると、同じ街にある寄宿学校で学ぶ二人の兄ともども家に戻ってくるわけだ。

村には日光が射し込むが、密林の中なので枝葉に遮られ、比較的暗い空間をつくりだす。ほとんどの家は似たようなつくりだった。乾かした茶色の泥で壁を塗り固め、形は長方形か円形かのどちらかで、屋根は枯れたヤシの葉でできていて、飼っている牛やヤギ用の竹でできた囲いが備わっていた。その横に畑があって、そこでとれる野菜を住人は食べていた。

村には何軒か、大英帝国が不可触民に対する一種の憐憫の意味で残したレンガ建ての家があった。だが、誰かが移り住む前に、モンスーンで大雨が降ると、そうした家の屋根は跡形もなく崩壊してしまった。そこを除けば、ＰＫの小宇宙は小学校と村の集まりが開かれる小さな建物だけで構成されていた。

ＰＫの母は、いつも「私たちはインド最大の密林で暮らしていて、その中でもコンドポダは最古の村なの」と言い聞かせていた。母に言わせると、この密林は生きている人と死んだ人が分かち合う家なのだそうだ。川沿いの砂場は火葬用の場所として使われており、魂が旅立っていった者の亡骸は、夜にここへ集い、歌って踊るという。近年も二人の女性、両方とも新婚かつ妊婦だったのだが、川の渦に巻き込まれて亡くなったという。母親はこの二人の亡骸が川岸に横たえられ、おでこに純潔を示す赤い点が施されていたのを目撃していた。二人とも、何かを探し求めているかのように目を大きく見開いており、最期の瞬間に助けを求めて絶叫したことを示すかのように口も大きく開かれていた。

母がPKにした説明によると、口が開いたままなのは二人の魂が肉体から旅立ったことを示すのだという。ただ、この二人はいまわの際に扉を閉めるのを忘れただけだったのだ。

夜になると、母は藁敷きの上でPKの隣に横たわり、昔話や伝承、黒魔術の話をたくさんしてくれた。お化けの効果音を出すために首飾りを振りまわした。PKはすくみ上がり息を飲み、鼓動は高鳴った。暗闇の中でお化けが近づいてくると、震え上がった。だが、そのあとに彼を包み込むのは母親の体の温もりだった。息子を怖がらせてしまったと悟った母親は、いつも優しく抱き寄せてくれた。

昼間は密林で思い切り遊び、満面の笑みで駆け巡り、寝る前には死者の怖い話に怯えて、それから母親の優しさに包まれる。安らぎを覚えながら、少年はいつも眠りについた。

母親は決して死者を怖れていたわけではなかった。悪意を食い止める最善の方法は、自信をもって生きることだと信じていた。自己疑念こそ、死のワナに引っかかる第一歩なのだ。母親はいつも、PKにこう言い聞かせてくれた。

「勇気をもっている限り、死んだ人も含めて、誰もお前を傷つけることはできないのよ」

カースト

小学校へ入学するまで、PKは「カースト」とは何なのかをまったくわかっていなかった。人間は四つの階級「ヴァルナ」に分かれており、その中でさらに数千に及ぶ分類があるということを、誰一人この少年に教えてはくれなかった。四つのヴァルナについて描写された、数千年前の古典『リグ・ヴェーダ』の伝承についても教わったことはなかった。太古の生き物、という宇宙最初の生命体たるプルシャについても知らなかったし、この生命体が四つに分割されたのがカーストの始まりだということもわからなかった。ブラミンとは司祭だが、これはプルシャの口から来たという。クシャトリヤとは戦士だが、これはプルシャの腕の化身であり、ヴァイシャは商人・職人・農民といったところだが、この由来はプルシャの腿であり、労働者や召使いたるシュードラは、ひざ下からくるぶしの部分である。

今から三千五百年ほど前に、中央アジアからインド＝アーリア人の騎馬隊が南侵してきてインド亜大陸の先住民に農作業を教え込んだとか、占領した者たちが司祭・軍人・官僚といった高い地位について支配者になったという経緯も、少年には知らされていなかった。同じく聞かされていなかったのは、もともとインドの密林に暮らしていた肌の黒い先住民たちは、PKの父親一家がそうであったように労働者階級として低い身分に落とされるか、母親の実家一同がそうであったように密林地帯で狩りをする野蛮人扱いされるかのどちらかということであった。

成人して、ＰＫはこのカースト制度とは、ヨーロッパに長く根付いていた封建領主と小作人の関係と大して変わらないものであるという結論に達した。

「そんなに小難しいものではないよ」

西洋人がインドの身分制度が理解できないと言うときに、ＰＫはいつもそう答える。

「まあ、ヨーロッパのやつよりは少し複雑かな」

そう本人が認めることもあった。そこでいつも説明するのは、インド人とは「ジャーティ」――この言葉自体、誕生という意味だ――と称される、ある一つのグループに属して生まれてくるということで、このグループが中世ヨーロッパでいうギルドのような役割を果たしたということだ。ジャーティは四つのヴァルナの中でさらに細かく分かれる分類であり、サンスクリット語の「色」が由来となっている。そして、ヒンズー教の古代経典の中に、四つの主なカーストが定義されているのだという。ＰＫが説明を続ける。

「つまりは、ヴァルナは四つだけで、数百万のジャーティがあるということだな」

「何百万もあるのか？　そんなの、どうやって記録して追跡できるんだ？」

西洋人が必ず聞く質問である。そこでＰＫは、そんなことは西洋人にできるはずはないし、インド人自身もできていないと答えるわけだが、そうすると彼の友人はこれ以上の追求をあきらめ、別の話題についての会話が始まるのだ。

よほど相手から強く聞かれない限り、ＰＫは友人一同に、自分たちは前記の四つのヴァルナのどれにも属しておらず、実はカースト制度外にいて、触れてはいけない人「不可触民」であることを積極的に語ることはない。

歴史的に言えば、「不可触民」という枠ができたのは、この人たちが穢れたとか不潔とみなされる職業につかされたからだ。この身分に生まれ育ったことを、本人も別に誇りに思っているわけではない。ただ言えるのは、もし生まれが不可触民でなければ、彼の人生は根底から大きく変わっていたであろうということだ。

インド建国の父マハトマ・ガンディーは、そんな不可触民の地位を高めようとしてハリジャン、つまり「神の子」という名称で呼んだ。たしかに響きは素晴らしい、とＰＫも思うが、裏返して言えば、まともな父親がいないという意味にもとれるではないか。ガンディーにはそういった人たちの地位を高め、生活の質を上げようとする善意があった、そうＰＫも信じている。だが、レッテルを貼っていることは昔とまったく同じであり、当事者たちの血肉を否定している事実はそのままなので、ＰＫは成人後、この名称を嫌悪するようになった。大英帝国の撤退後、インド政府高官は公式に不可触民を「指定カースト」と呼び、鉄道料金を割り引きしたり、大学進学や議会の議席にも一定数の便宜をはかったりするようになった。こういった対策をとることにより、政府が生活の質や地位を高めようとしているのは事実だ。

不正義に対抗すべく差別禁止法も施行されたが、法律とは執行されなければ無力である。残念ながら、古代の偏見意識は人々の思考回路に深く埋め込まれてしまっているのだ。

本当の変化は人の内部、心の底から始まらなければならないのだ、とＰＫは確信するようになった。

異国への好奇心

インドから何千マイルも離れた国で、ロッタは十二歳の頃からインドに行ってみたいと憧れを募らせていた。

今も鮮明に覚えている、初めての「東洋」とは、学校の教室で見せられたガンジス川の映像だった。川の向こうから太陽が昇ってくる姿が、テープをまわす音とともにプロジェクターへ映し出されていた。

そのときにスピーカーから流れてきたシタールの響き、寺の鐘が鳴る音、巡礼者たちが川に入って腰まで水につかる姿も合わせて、今も完璧に覚えているのだ。

この白黒映像こそ、彼女がインドについて初めて知らされた瞬間だった。あの映像は、学校で教えられたどんなことよりもロッタの人間形成に大きな影響を及ぼした。生徒たちは感想文を書くように指示されたが、ロッタのものだけは長文かつとても感情がこもっていた。

ロッタの将来の夢は考古学者だった。土を掘り、何かモノを掘り出してみたかった。衝撃的な発見をして、歴史の謎を解き明かしてみたかった。

そこで、美術の授業でピラミッドの絵を描き、イギリス人のエジプト考古学者ハワード・カーターがツタンカーメン王の墓所を発見したときの物語をよく読んだ。ファラオの呪いに魅せられ、遺跡発掘団のうち二〇人が謎の死を遂げたという物語にワクワクした。ロッタは、そんな歴史の謎を解くような人生を送ってみたいと希望していた。

十代後半に入ると、宇宙への関心が高まってきた。

図書館でＵＦＯに関する本を借りてきたり、イェーテボリまで行って、ほかの惑星の生命体に関する講演を聴いたりすることもあった。そして、宇宙関連の雑誌を定期購読するようになり、宇宙で地球の人間だけが唯一の知的生命体であるはずがないと確信するようになった。

何より、今生きているのとは違う人生に大きな憧れを抱いていた。

たとえば、十六世紀に生まれ育ち、広大な密林の中にある小屋で家族と暮らすのはどういうことかと夢想したりしていた。十六世紀ならば、現代の豪華な設備や電化製品は何もない。そのような素朴で、自然に近い生活を夢見ていた。

母親の教え

幼いＰＫにとって、唯一の理解者は母親のカラバティだった。

顔に濃い青色の、鼻に黄金のハートの、耳には月のタトゥーが入っていた。今日（こんにち）、母親の面影を思い出させるものと言えば、母親が愛用していたゾウの形をした黄銅色の祭典用ロウソクだ。ＰＫは密林の中にある黄色の家のマントルピースに腰かけ、ロウソクを見るたびに母親のことを思い出し、深い感慨にふけるのだ。

村で大きな祭りがあるたびに、何軒もの家の壁に伝統的な神々の存在を描いたのは母だった。

もともと色彩感覚にすぐれ、絵筆を巧みに使いこなすことができた。この特技は最高位にあたる司祭も含め、あらゆるカーストの人たちに重宝された。祝祭日が近づくと母親は早起きして、泥で分厚く塗り固められた家の壁を牛の糞で磨き、そこに装飾を加えていった。自宅の作業を終えると、近所の家の作業へ移っていった。祝祭日前日になると、夜明け前から日暮れ後までずっと働き詰めで、神々の姿と合わせて細身の葉と花を添えて華々しく描いた。白い色は小麦粉と水を溶いてつくりあげた。作業を終えると、村の家は明るい白と黄色で彩られ、輝いていた。これぞカラバティの最高傑作だった。

ＰＫは母親が絵を描く姿を見て、なぜ紙に描かないのか不思議に思っていた。

カラバティはクティア・コンドゥという部族の出身だった。

「私たちの部族は、この密林に一番長く暮らしている肌の黒い人間でね、少なくとも数千年はずっとここで暮らしているのよ。平野の人たちが入り込んできて、木を切って小麦やコメを植えるずっと前からね。それから戦争や病気がやってきた。価値ある人と価値がない人を分けたのは、そういう平野の人たちなんだよ。ヒンズー教が入ってくるまで、私たちの間に差別はなかった。森の中にいる人に上も下もなかったのよ」

ＰＫにとって、母親は唯一、本物の温もりを感じられる相手だった。ほかの家族は他人のようなものだった。週末に父親と二人の兄が戻ってくると、何か気まずさのようなものを感じていた。この三人が家にいるのは日曜日だけだった。毎週土曜日の夜になると、父親が自転車を壁にたてかけ家に入ってくるのだが、ＰＫは父のことが怖く、毎回泣いていた。

「泣かなくていいのよ。お父さんはお前にお菓子を持ってきてくれているのだからね」

カラバティがいつもなだめていた。そして、ブルフィとかグラブ・ジャムンとか、イギリスが持ち込んだトフィーのようなおやつを受け取るとＰＫは静かになり、すぐ母親の腕の中に戻っていくのであった。

毎朝、カラバティは近所のコンドポダ渓流にＰＫを連れていって沐浴させた。

二人は水の中に入り、そこは野生の花の薫りが包み込んでいた。母親は、あまり遠くまで泳いでいかないよう、いつも息子に注意していた。サリーの布で背中をこすり、それからココナッツオイルを肌に塗りこんでくれた。ＰＫは、流れる水によって丸くなった石の上に乗っては川に飛び込み、また石によじ登るのを繰り返した。これを何回続けても飽きることはなかった。オイルで肌を守られているためか、ＰＫが寒がったりカゼをひいたりすることはなかった。そうしているうちに太陽が昇り、温かくなっていくわけだ。

真夏になると川の水は干上がり、モンスーンの雨を待たなければならなかった。カヌーで数日かかる上流に新しくヒラクドダムができあがり、マハナディ川の自然な流れを奪い去ってしまった。

本当に細い水の流れが川の中央に残るだけとなった。この水不足が村にとっては死活問題となった。代償として電気が来るならまだよかったが、水力発電による電気はほかのどこかへ行ってしまうのであった。

日暮れを過ぎると、焚き火とオイルランプの炎に頼るしかなかった。カラバティと村にいたほかの女性たちは、村の一角にある浅瀬に何メートルも深い穴を掘り、そこに水を集めるようにした。そして必要に応じてバケツで水を汲むのだ。バケツの一つを頭に載せ、両手にも一つずつバケツを持って水を持ち帰った。

司祭たちに言わせると、不可触民というのは、もともと純粋で神聖だったものすべてを穢してしまう存在なのだそうだ。ＰＫが村にある寺へ近づくたびに、寺の連中は石を投げてきた。小学校に入る前年、ＰＫは復讐してやると決めた。祈禱が始まると、司祭たちは水をいっぱいに入れた甕（かめ）を持ち運んでいたが、ＰＫはパチンコを用意して、石を放った。

ガン、ガン、ガン！　見事に石は命中し、割れた甕から水が漏れ出した。司祭たちは犯人の少年を見とがめて、村全体で大騒ぎしながら追いかけた。「ぶっ殺してやる！」そう叫びながら。

彼はサボテンの茂みの中に身を隠したが、棘（とげ）が足の肉に突き刺さった。流血して、足を引きずりながら母親のところへ戻った。植物も僕を傷つけるのか、とＰＫは思った。

不可触民や森の先住民にとって世間がどれだけ悪意に満ち、不公平であるかを承知のうえで、母はいつも善を優しく耳元にささやきかけてくれた。

なぜ、ブラミンたちが自分のことをここまで嫌うのか、少年にはまったくわからなかったし、寺に入れてくれない理由もわからなかった。自分に向けて石を投げつける理由についての説明もなかった。一つだけわかっていたのは、あの人たちは僕を嫌いだということだった。

そんなとき、母は真実をそのまま語る代わりに、一番美しい物語を言葉で伝えてくれた。

第一章　予言

高いカーストの子どもたちが間違ってＰＫに触れた場合、すぐに逃げ出して川で手を洗っていた。ＰＫが聞いた。

「なんであの子たちは手を洗うの？」

「それは、あの子たちがすぐに洗わなきゃいけないくらい臭くて汚れているからよ」

母は、そう答えてくれた。自分なりの判断力が身について、変な説明のせいで自己卑下しなくなるまで、母親はこの心優しい説明を繰り返してくれた。

カラバティは学校に行ったことがなかったので、読み書きはいっさいできなかった。だが、世間知には長けていた。絵の具の作り方とか、絵の描き方とか、天然の葉や種子や根を配合して薬をつくる方法を知っていた。

母親の生活は、毎日、同じルーティーンの繰り返しだった。毎日、同じことを同じ時間に繰り返していた。日の出前に目覚め、空に浮かぶ太陽の位置でいつも時間を正確に把握しているようであった。

ＰＫは藁のマットに横たわり、母親が水と牛の糞を混ぜたもので床を磨き、ベランダや庭を掃除している音を聞いていた。掃除に糞を使うというのは何か合点がいかなかったが、村の雑貨店で売っているどんな白い化学薬品より、糞のほうが拭き掃除には効率的だという説明を聞いてやっと納得することができた。

家の掃除を終えると、カラバティは一家のトウモロコシ畑に肥料をまき、それから川で沐浴した。その後、帰宅して藍色のサリーに着替えた。少しカールしている濡れた髪の毛は、朝の太陽に照らされて輝き、少しずつ綿の布で髪を濡らす水を絞り出していた。

神聖なバジルに水をやるときには、いつも穏やかな声で歌を口ずさんでいた。そして、台所に入り、人差し指を朱色の粉が入っている小瓶に入れておでこに押すのだった。それから割れ目の入った鏡で自らの姿を確かめた。そんな鏡に顔を寄せて、自家製の炭とギーを混ぜてつくった濃い黒の線を目の周りに引いた。

やっとPKが起きると、寝ていた藁のマットを巻き上げて、魔除けのためにおでこに黒い点を打ってもらう。少量のギーが混ざっているため、日差しとともに溶け出して顔に垂れてくる。このバターこそ、村人が思っているほど自分たちは貧しいわけではないのだというカラバティ流の伝え方だった。

「みんながみんな、バターやミルクを買えるわけではないのよ」

母が言い聞かせた。

「でも、私たちは買えているでしょ」

見ろよ！　マハナンディア一家はバターが子どもの顔に流れるままにしているぞ！　これが、カラバティが少なくとも村人に思わせたいことだった。

体を洗い清め、髪をとかし、バターをおでこに打ち、PKの新しい一日がまた始まるのであった。

母方の先祖である先住民は、何千年にもわたり密林の中で狩りと農業により生き延びてきた。

第一章　予言

近年は、カラバティの親戚の大部分は川沿いでレンガづくりに従事していた。川底から泥をすくいだし、形づくって火に入れるのだ。しかしながら、ＰＫのおじは、旧来の生き方に固執し、狩りで生計を立てていた。ＰＫはこのおじから孔雀の羽をもらったことがあり、森の中で遊ぶときには頭に強く括りつけ、自分も狩りをしているかのようにふるまった。

カラバティは心秘かに女の子を望んでいて、ＰＫにも髪を伸ばさせて後ろでおさげにしていた。ＰＫはそんな長い髪の毛が自慢で、よく先っぽに石を括りつけていた。

「どうだ、僕の髪強いだろ！」

ほかの子どもたちにそう自慢し、長髪の先の小石を振りまわしていた。

短髪の男の子たちは、ＰＫの長髪に憧れていたようだ。そんなに長い髪というものを見たことがなかったからだ。

いつも全裸で、リストバンドと白い貝を腰回りに巻くベルトだけの姿で遊びまわっていた。クティア・コンドゥ（ジャティの一つ）の子どもたちはみんなそんな感じだった。カースト制度の中にいるヒンズー教徒にとって、そういう先住民は奇異そのものだった。

カラバティは太陽と空、猿と牛、孔雀とコブラとゾウを崇拝していた。

ホーリーバジルの香りやイチジクの実、そして歯磨きに使える抗菌作用があるインドセンダンの葉を大切にしていた。母親にとって、神に名前はなく、周りのすべてに神が宿っているのであった。週に何度か、母親は四方がグローブの木に囲まれた一画に足を踏み入れた。その中には、天然の寺院とでもいうべき聖なる場所があり、そこに小石や新鮮な草を集め、そこに少量のバターと紅粉をまいていた。そして生きとし生けるすべての清らかなるもの、その中でもとくに、太陽と並び神聖なものと信じていた木に対して祈りを捧げているのであった。

祖先の歴史

インド東部の密林に暮らすほかの先住民部族と同じく、クティア・コンドゥは決してカースト差別を受け入れたことはなかったし、人間を主人と従属物に分けたこともなかった。

誰にでも同じように神々を崇める権利があったし、神聖なるものとの対話も認められていた。だが、あるときから事態が急変した。カラバティはインド北西部の平野民がどのように故郷に侵入してきて、どのように農業を促進したのかを、まずＰＫに語った。そして、こういった平野民は密林の先住民を野蛮で文明化されていないとみなしたと、悲しそうに母は話した。

「こうして、私たちはカーストの一番下に押し込められてしまったのよ」

密林の先住民たちは何度か反抗を試みたが、圧倒的な軍事力を前にＰＫの部族は制圧された。

ＰＫが二十代に入った頃、毛沢東主義者のゲリラがインド共産主義者をたきつけて先住民の権利のために戦えと煽っていたという話を読んだことがあった。少しずつ、紛争は激化して最終的にインド国軍が投入された。多くの血が流され、憎悪が憎悪を生み、新聞はこの紛争を内戦と呼んだ。

ＰＫはこういう暴力的解決法がどうしても好きになれなかった。ＰＫは聖なる山、密林に炭坑企業が手をつけたときに、母の親戚一同がすべての希望を失ったことを知っていた。

当初、彼は徹底抗戦のみが唯一の解決法だと信じていた。だが、そこからＰＫの憎しみはおさまっていった。たとえ、弾圧者や殺人犯であったとしても殺されるのはよくない。マハトマ・ガンディーが「〝目には目を〟を繰り返していると全世界が盲目になってしまう」と説いたが、これにはＰＫも納得した。

アスマリックは大英帝国時代のインドに五六五あった王国の一つで、住民はわずか四万人程度だった。歴史上、「実在」の国家だったことはない。王はあくまでも大英帝国に従属した存在であり、一九四七年の帝国撤退に合わせて否応なく民主主義を受け入れ、投票で選ばれた政治家が率いる近代国家に変身することとなった。

アスマリック王国の始まりは謎に満ちている。王族はラジャスタン州のジャイプールからやってきた高貴な一族の子孫だと自称していた。王子の一人、名前はプロタプ・デオと言ったが、この男は王宮の中に居場所を見つけられず、弟たちを引き連れて東へ向かい、ベンガル湾沿いの壮大な寺院がある都市プリを征服しようと攻め込んできた。

だが、この計画は失敗して、一行はマハナディ川上流まで撤退することを強いられた。つまり、密林奥深くの内地に追い込まれたということだ。数日間の撤退行の後、プロタプ・デオは自ら王国を建国し、周辺の村々を支配するようになった。そして、先住民の部族長を殺害して自らを王座に押し上げた。

この新王がやってくる以前、まだ先住民の部族長が支配していた時代には、ジャガンナートという名の神がアスマリックの山奥にある崖の割れ目に住んでいたという。この神は、目を大きく見開き、四肢がない木製の像が象徴していて、先住民のサバール族が崇拝していた。

しかし、ある日、ヒンズー教徒の司祭たちがボートに乗ってきてジャガンナートを連れ去り、プリにある主寺院に押し込めてしまい、以来、そこにいたままなのだという。

こうしてジャガンナートはヒンズー教神殿の一員となり、数千万単位のインド人が全土から巡礼をするようになったそうだ。アスマリックにおいて、ジャガンナートは当時、世界最大のダイヤモンドで彩られ、コ・イ・ヌールの名前で知られるようになり、ムガール帝国、ペルシャ、シーク教徒の手を経て、イギリス王家のコレクションに加えられることになった。

一八二七年に、ギルバートという名の大英帝国の大佐が南西前線指揮官としてアスマリックに乗り込んできた。そこで気がついたのは、王が川向こうのボウド国と紛争中であるということだった。

ボウドの王はアスマリック王を臣下とみなし、納税を要求してきたが、アスマリックの支配者は代々支配下に入った覚えはなく、支払いを拒否した。ボウドはことあるごとにアスマリックへ奇襲をしかけては、生活資材や貴重品を盗むようになったということだった。ギルバートは絶好機ととらえた。そう、内部抗争だ！　一気に支配を拡大する絶好機、分割統治を掲げる大英帝国にとって一番おいしい状況と考えたのだ。

ＰＫが子どもだった頃、アスマリックの人々は、まだ王国時代のことを話していた。当時のことは懐かしさをともなって語られていた。王国時代、ＰＫの親族は暮らしぶりもよく、父方の祖父は野生のゾウを捕まえて、躾（しつけ）を施したうえで献上する名誉な任務も与えられていた。慣習として、ゾウ使いの一族は代々王家に重用されることになっていた。

　アスマリック王国は、大英帝国と戦うことはなかった。政治的優位と交易上の利益を確保するために帝国主義者の要求を受け入れる代わりに、大英帝国の保護を受けるようになった。大英帝国はそれに報いる形で、一八九〇年に王だったマヘーンドラ・デオ・サマントを偉大な王マハラジャの地位に引き上げた。

　王国時代にもある程度いい暮らしができていたわけだが、ＰＫの一家が本当の意味で物心ともに満たされたのは大英帝国時代だった。

　一九一八年にビブデンドラ国王が亡くなったとき、後継者はまだ十四歳で王座を継ぐには若すぎた。よってコブデン・ラムゼイ大佐が暫定で王座に就いた。ラムゼイは白いラジャとして周囲に知られており、その後、七年間にわたりアスマリック王国を統治した。ＰＫの祖父によると、この七年間が人生で一番幸せな時期だったのだという。

「コブデン・ラムゼイはほかのイギリス人と違って差別はしなかった。カーストのことなんか気にしていなかったしな」

　そう祖父が聞かせてくれた。多くのインド人とは対照的に、ブリティッシュは単に個人単位の利を求めるのではなく、共通の公益を考える傾向があった。

「ブラミンの連中で、一人でも自身のカーストより下の者に敬意を払ったヤツがいるか？」

　そう祖父は家族に問いかけていた。

「あいつらが一度でも下のカーストの人間のために尽くしたことがあるか？　まったくない、皆無だ！　だが、ブリティッシュは常日頃からいつもそうしていたぞ。つねに全体に目を配って、我々、不可触民を軽蔑したことはなかったぞ」

ＰＫ一家はブリティッシュを敬愛していた。富も権力も兼ね備えた男たちから、穢れた存在として扱われなかったのは初めてだった。一家は皆、インドのエリートが大英帝国を憎んでいたことを知っていた。だが、ＰＫの祖父は常々、大英帝国の植民地支配者に怒りを向けた不可触民とは一人も会ったことがないと言っていた。

マハトマ・ガンディーはブリティッシュを差別者だと糾弾した。それ自体は事実かもしれないが、ＰＫの祖父に言わせれば、インド社会に巣食う最悪の差別は、ヒンズー教の高位カーストによる不可触民へのひどい扱いであるという事実を、ガンディーはまったくわかっていなかったということになる。

ＰＫの祖父、祖母、父は皆、アスマリック王国の首都カイントラガールにあったイギリスの学校に通い、そこで読み書きを覚え、なおかつ少々英語も話せるようになった。

「大英帝国が来る前には、我々のための学校など一つもなかったぞ」

おじいちゃんが言った。

「だが通学が義務になったんだ！」

まるで凱歌をあげるかのように叫んだ。ブリティッシュは現地人を区別せず、高いカーストも低いカーストも同等に扱った。

「我々がどのカーストに属しているかなど関係なかった。しかも、学べるということがどれほどの喜びだったか！　生まれて初めて、我々は仲間の外から幸運を願う人がいることを知ったのだ」

毎年ヴィクトリア女王の誕生日になると、同級生たちが大英帝国国家を斉唱するなか、おじいちゃんはユニオン・ジャックを掲げる名誉に浴した。

数十年後、ＰＫのヨーロッパ人の友人たちは、祖国が外国勢力によって占領され、植民地となって従属を強いられているのに、そういう式典を喜んでいたという彼の親族の思考がまったく理解できずに苦しんだ。

だが、アスマリック王国は、そもそもずっと外部の王に支配されていたのだ、とＰＫは説明する。何百年も前に、アショカ王はオリッサ遠征を行っている。その後、ベンガルのスルタンがやってきて、それからマラーター王国が続いた。

「大英帝国もそういう外国勢力の一つだったというだけの話なんだ」

「支配者が一般庶民の生活に介入してこない限り、現地住民は誰が上にいようと気にしていなかったのだよ」

そうＰＫは語った。だが、大英帝国により史上初めて村の中の力学が大きく変わった。イギリス人はカースト制度を、ブラミンが望む形では理解していなかった。そして、ブリティッシュは不可触民を郵便局や市役所、鉄道局といったところで雇用した。さらに、誰でも望めば学校に入学することができるようになった。

「つまり、ブリティッシュは何ら恥ずべきことはしていない」

というのが祖父の意見だった。

アスマリック王国は、とりたてて裕福というわけではなかった。巨大な御殿に何百頭もゾウを飼い、狩猟の成果を壁に飾り付け、ダイヤモンドで煌(きら)びやかに飾られた西インドのラジャスタン州のマハラジャとは大きく違った。

もちろん、二七台のロールスロイスを乗りまわすマハラジャとも、娘をプリンスに嫁がせた際に「ギネスブック」で「一番高価で派手な結婚式」と記録されたマハラジャとも違った。飼い犬二匹の結婚式で二五〇匹の「客犬」に宝石で飾り付けた服を着せたマハラジャとも違った。こういうバカバカしい無駄遣いは、PKが生まれ育ったごく小さな王国では無縁だった。

PKが生まれたころには、大部分のマハラジャ御殿やビルはすでに放棄されていた。ブドウの木が長く枝を伸ばしてモンスーンで崩れた壁に巻き付き、屋根を突き崩していた。アスマリック王国最後のマハラジャの息子はインド独立に際して宮殿を離れたが、その後、ビジネスで成功してこの宮殿を豪邸として買い戻した。

PKと家族はいつでも出入りできておしゃべりしたり、紅茶を飲んだり、大英帝国時代にターバンを巻くインドの王子たちを撮ったセピア色の写真を見たりすることができた。そして、今もPKは、子ども時代と同じようにこの宮殿に迎え入れられている。

不可触民という最低の地位に押し込められているにもかかわらず、PKの父、祖父母はそれでもヒンズー教を信仰していた。父親は自宅で祈禱を行っていたが、ほかの不可触民も同じように祈りを捧げていたわけではない。

この父親の祈りというのは、より高いカーストにいる郵便局の同僚に影響を受けたものではないかというのがＰＫの見立てだった。

父シュリダールは繁栄の女神ラクシュミーの化身の写真、ゾウの化身ガネーシャ、そして宇宙の庇護者ヴィシュヌの彫像をまとめ、その周りをお香とオイルランプで固めていた。毎日、甘い香りと炎からあがる煙と合わせ、父親は自身と家族一同に幸せな生活がやってくるよう祈りを捧げていた。

身のまわりにブラミンがいない限りにおいては、不可触民もシヴァ寺院に入ることができた。だが、不可触民は神々の彫像がある一番神聖な部屋に関しては、入ろうという気さえ一人も起こさなかった。そんな非礼を働いたらブラミンが激怒してしまうからだ。

地元の伝承で蛇を傷つけたり、殺したりすると不運を招くというものがあり、寺院を蛇のすみかにしていた。すると、ブラミンがシヴァの意に沿うべく毎日蛇にエサをやった。村人が蛇を崇（あが）めるというのはＰＫもいいことだと思っていた。ときどき寺院の中をのぞきこみ、暗闇の中で光る金属製のコブラを見つめた。自分が赤ちゃんのときにあの本物のコブラがやってきていたように、神々を守ろうとしてか、力の限り首を長く伸ばしていた。蛇は人類の友達なのだ、とＰＫは確信していた。

寺院は蛇に嚙まれたときに駆け込む場所でもあった。

寺院につくと、入り口前で腹ばいになり、シヴァ神に祈りを捧げるように命じられる。遅かれ早かれ、そこに吉兆がやってきて傷が癒えるのだ。伯母が蛇に噛まれて重傷を負ったときに、PKはその光景を目の当たりにした。伝承に従い、伯母は寺院の入り口で腹ばいになり祈った。それから帰宅し、就寝した。翌朝には完全に回復していた。シヴァの手による奇跡の一つであり、そこにいた全員が目で確かめることができた。

シヴァの力は蛇の噛みつきに限られたものではなかった。

PKの伯母の一人は結婚生活十二年で一人も子どもを身ごもることができなかった。そこで寺院に行き、入り口で腹ばいになって祈りを捧げ、そこで四日四晩を過ごした。その間、食べることもなく一言も話すことはなかった。当然、疲労困憊になった。弱り切って帰宅したので、すぐにコメを食べなければならなかった。この九か月後、初めての子どもに恵まれた。

神々は決して寺院の中に引きこもっていたわけではなかった。

近くにあるサボテンの木が密集している場所は、密林の先住民に長年崇められたが、それゆえにヒンズー教徒には怖れられた七人の女神の一人、サト・デヴィの住処でもあった。この女神には絶大な力が備わっていると多くの人々が口にしていた。もし敬意を払わなければ、何か悪いことが起こるといわれていた。

村人が来年の収穫のためにタネを集める前には、必ず僧侶が神々をなだめる儀式を執り行っていた。だが、この儀式の終わりを待ちきれなかった男が一人いて、勝手に作業を始めると間もなく発熱と激痛に襲われた。脚の筋肉が極度に衰弱し、小枝と同じくらいの細さになってしまったのだ。その後、この男が回復することはなかった。亡くなるまでずっと杖に頼る暮らしを余儀なくされた。神々を軽んじるとこうなるという典型例だった。

村の東側の果てに古い木があり、そこにはコウモリや夜行性の鳥が暮らしているとＰＫは祖母から聞かされた。

毎晩、木に集まっておしゃべりに興じる鳥の会議が開かれ、その中でも一番うるさいカラスの甲高い声によって閉会になっていた。だが、ＰＫはカラスの鳴き声は、魔女に呪いをかけられ、残りの人生を鳥として過ごす羽目になったヒトたちの悲痛な叫びなのだと思い込んでいた。

村の外れに大型の木製台車が停められていた。ちょうど夏の祭典中で、黒、白、黄色の神々を運ぶためだ。具体的には、宇宙の神ジャガンナート、その兄バララーマと妹のスバドラーだ。この三者は密林先住民の神々であり、その後、ヒンズー教に取り込まれたが、母の先祖が古来ずっと崇めてきた存在だった。ジャガンナートはヴィシュヌの預言者となり、仏教徒は仏陀の生まれ変わりとみなした。

秋になると、再び祭典の時期がやってくる。このとき崇められるのは、シヴァの妻ドゥルガーだ。ブラミンたちは村の近くにある丘で生贄（いけにえ）のヤギを用意し、絞り出した血で大地を染めていく。この血のおかげでドゥルガーには神々の秩序を乱す悪と戦う力が与えられるのだという。

ヒンズー教には神々の数が多すぎる、とＰＫはかつて考えていた。

なぜ、これだけ多くの存在がいて筋が通るのか、どうしても理解できなかった。だが、自身もそんな神々の存在を実感していたので、諸々の矛盾は無視することにした。

成人してから、彼は両親がああいった祭典のすべてに参加することを許されていなかったと悟った。式典の一部に参列することはできたが、決して神々の偶像や木製の台車に触れることは許されなかった。

祈ることこそできたが、上級カーストの隣や寺院の隣ではダメだった。祈禱してもよかったが、あくまでもブラミンたちから姿が見えない目立たない場所でのみだった。ブラミンたちの裁量に任されるときには、不可触民は在宅を命じられることもあったし、それによりあらゆる純粋で神聖なるものからは遠ざけられた。

祖母への決断

インドのエンターテインメントで必ず取り上げられる話題といえば、母親と息子の嫁とのいざこざ、いわゆる嫁姑問題だ。インドの家族で揉め事が発生する大部分の原因であり、それゆえ数えきれないほどの昼ドラやボリウッド映画で取り上げられてきた。

一つの屋根の下で数世代が同居していれば、そういう問題が発生しないほうがおかしい。男が山の主よろしく偉ぶっていても、核心を握っているのはつねに女性側である。今に至るも、家庭内の権力争いで主権を握っているのは夫の母親であり、実家の母親から引き継いだ習慣を持ち込む息子の嫁側は苦労するしかない。インド伝統のパンであるチャパティをどう巻いて、ダル（豆）をどれくらいゆでて、トウモロコシをどれだけ栽培して、今後、子どもをどのように育てていくのか？

第一章　予言

ＰＫがまだ三歳の頃の話だ。身のまわりで何が起こっているのか理解するにはまだ幼すぎたわけだが、のちになって父方の祖母と母親の間に何があったのか兄たちが教えてくれた。

カラバティはその三か月前に四人目となる子ども、プラモディニという名の女の子を出産した。それが義母にとっては許せなかった。

「お前が大好きなヨメは魔女だよ」

そうシュリダールに言い渡した。そして、カラバティに対して言い放った。

「お前はここにいないでくれ。災難ばかりもたらすのだから」

カラバティの表情が一変したが、返答はしなかった。ここで抵抗したところで何の得があるのか。この姑が全権力を握っていることは全員わかっていた。この家は夫とその母のものなのだ。ＰＫの母親は、そこに入り込んできたよそ者でしかなかった。この場で唯一、妻の立場を守るべきは夫のシュリダールだったが、無言のままだった。夫は黙って怒りを飲み込み、落胆と羞恥心を封じ込めた。母の言動に対し、不快感も含めいっさいの感情を見せなかった。一家全体を沈黙が覆った。

月曜日、シュリダールは何も言わないまま街の仕事場へ向かい、カラバティは日常の雑務に戻った。だが、一週間が経ちシュリダールがそろそろ週末の帰宅というときに、カラバティは義母と向かい合った。涙を一滴もこぼさないまま、母は義母に対し、実家の両親のところへ戻ると宣言した。

「下の二人と一緒に戻ります」

祖母はこの案を却下した。

「まだ赤ちゃんの、女の子だけ連れていきなさい。男の子たちは私のところに残して出ていきなさい」

カラバティは一言も言わず受け入れた。


ＰＫはベランダに立ち尽くし、腕を組み、涙が頰を伝うのに任せて、母が片方の腕に持ち物をまとめ、もう片方の腕に妹を抱いて家を出ていく姿を見つめていた。

トボトボと歩きながら、お母さんは何度か振り返ってくれた。ＰＫが手を振ると、お母さんも手を振り返してくれた。今に至るも、彼は寂しそうにサトウキビ畑の向こうに消えていった母親の姿とともに、全世界が空虚になった記憶が残ったままなのだ。

お母さんと妹が消えてしまった。父親のシュリダールは週に六日間、街に出ていて、ＰＫは祖父母と三人だけで家に取り残されることになった。

残された少年は何日も、何週間もただ泣き続けた。モンスーンで空が一気に曇り、豪雨で屋根や家の壁がドロドロになるのと同じように、涙がとめどもなく頰を流れ続けた。

残っているのは喪失感だけだった。泣き疲れると、一言も口をきかなかった。話すことも、笑うことも、ほんの少し微笑みを見せることもなくなってしまった。無表情のまま何日も過ごした。一言すら話すことを拒否した。家の一角に座り込み、虚空を見つめるばかりだった。食事も受け付けなかったが、祖母が無理やり食べ物を口に押し込んできたときには抵抗する力さえなかった。コメにもレンズマメにもいっさいの味がなくなっていた。食べ物はもはや口の中を通り過ぎる単なる物体でしかなかった。

ある日曜日に、一人の男が自転車でやってきた。この男はカラバティ一家からの伝言を預かっていた。母親が重病だというのだ。もはや家事もできなくなっている、と伝令の男が言った。ひたすら座り込み、泣き続けているのだという。シュリダールはこの一報を受け、周りの誰にも自分の思いを悟らせないまま裏庭へ歩いていき、土いじりをしていた母親を引っ張り上げ、トウモロコシ畑へ連れていった。

「こんな生活はまっぴらだよ！」

ついにたまっていた怒りをあらわにした。母親は何の返答もしなかった。

「あんたのせいでオレの妻がおかしくなってしまった！」

そう怒りの言葉を続けた。それでも祖母は無反応だった。

いったいどう反応すればいいのか？　プライドが高すぎるせいで、自分が間違いを犯したと認めることはできなかった。そして心の奥底で、おそらくはまだ自分が正しいと信じ込んでいた。祖母は頑固な女だった。妥協を知らなかった。これだけ周りが混乱していても、自身の論理を固持しているようだった。

次の土曜日、父親は帰宅すると、息子たちを座らせて、アスマリックにある郵便局近くの一角に小さな土地を買ったと告げた。そして、こう宣言した。

「我々はそこにできる、新しい家に引っ越すぞ」

「我々って誰のこと?」

「我々だ。我々だけだ」

「僕たちだけでそこに暮らすということ?」

PKがさらに聞いた。今まで祖父母と一緒に暮らしていない家族を見たことがなかったからだ。シュリダールは、こう断言した。

「そうだ、オレたちの家だ。オレたちだけだ」


雨がサトウキビ畑を濡らし、赤土を泥に変え、それにより牛や自転車は進まなくなる。黒い雲が上空を覆い、大地も暗くなり、村人から貴重な日照時間を奪っていった。

父親は、PKを二頭の牛が引く台車に載せた。台車には竹製の屋根がついており、土を焼いてつくったいくつかの甕に祖父母の牛から絞った牛乳を入れていた。牛が動き、車輪が回り始めると、台車はリズムよく音を立てながら村を通り過ぎて行った。

父親は祖父母とともに台車の後ろを歩き、話していたが、一方でPKは、生まれたばかりの妹を片手に抱く母のすぐ隣に寄り添って座った。父親が何を話しているのかはよく聞こえなかったが、なぜもう祖父母と一緒に暮らすことができないのか、土壇場で母を選び引っ越すのかを説明してくれていることを願った。

数分後に、台車は村の外れにある神聖な木の横でいったん止まった。PKが振り返ると父親が祖母の前でひざまずき、おでこを地面にこすりつけていた。そして手を伸ばし足首の上あたりにすがりついていた。

再び雨が降り始め、雫が祖母の白髪を伝い黄色いサリーへ落ちていった。

だが、祖母は断固として涙は流さなかった。牛が引く台車は畑の中を通る細い土の道を進んでいった。ＰＫはあたりを見まわしたが、寺院とトウモロコシ畑が遠くなっていき、最後は霧の向こうへ完全に消えた。

祖母は灰色の光景の中で黄色い一つの点となり、モンスーンと日暮れが重なり、背後の村とともに消えていった。

ＰＫが母に膝枕をしてもらうと、母は薄いが柔らかい綿を体にかけてくれた。

台車は木々のおいしげる道を順調に進み、田んぼを通り過ぎ、流れが激しくなっている川にかかる細い木の橋も通り過ぎた。雨雲のせいで、星や月による自然の光は完全にさえぎられていた。ＰＫは闇に眼を凝らしたが、何も見えなかった。

だが、耳は車輪の音と密林の響きをしっかりととらえていた。カエルが鳴いていて、キリギリスが鳴き、キツネが鳴き声をあげていた。そして、母の柔らかい太ももの温かさが心地よく、息遣いが聞こえて安心できた。

目的地への到着を知らせる母のゆさぶりで彼は目覚めた。疲れ切っていたため、ＰＫは助けを借りながら台車を降りた。そして暗闇の中を見つめたが、何も見えなかった。僕たちの新しい家はどこにあるの？

父親がランプに火をつけると、新しい家が闇の中に浮かんだ。長い草のせいで足がくすぐったかった。ＰＫは聞いた。

「ここはどこ？」

「リプティンガ・サヒよ。アスマリックから近くて、お父さんが働いている郵便局やお兄さんたちが通っている学校の近くよ」

母がそう答えてくれた。父親が台所にある食べ物をとりにいったん姿を消し、すぐに金属製の弁当箱いっぱいに食べ物を詰めて戻ってきた。一家は新しい家の床に座り込み、祖父母からも故郷からも遠く離れた新しい村で、初めての食事をした。

人生が急に明るくなった、とＰＫは思った。ランプに照らされる一匹の虫さえも愛おしかった。ダルの味さえも全然違う、と驚いた。味覚が戻ってきた。家族を覆っていた悲しみの雲が消え去り、過去のものとなった。

これ以降、少年と母親を切り裂くことは誰にも二度とできなくなった。

新しい環境と仲間

新しい家は一軒だけ離れて建っており、ほかの長屋とつながっているわけではなかった。だが、ＰＫはしょっちゅう子どもたちが叫び合い、笑い合う声を聞いていた。

「あの子たちは私たちと同じ仲間よ」

母が、ＰＫの頭にポンポンと軽く触れながら言った。

「同じ仲間？」

「あの子たちは、私たちと同じカーストに属しているということよ」

あの村ですでにイヤな経験はしていたが、この言葉を直接聞くのはそれが初めてだった。だが、ＰＫはその言葉を聞き、あの子たちは僕と一緒に遊んでくれるんだと思った。だって同じ仲間に属しているのだから。ＰＫは聞き返した。

「カースト？」

「そう、あの子たちはパンという身分で、あなたのお父さんとまったく同じよ」

「ママはどうなの？」

「私はコンドゥよ。クティア・コンドゥということ」

新しい家に移り、何か新しいことを学べる予感がしてきた。


トウモロコシ畑を突っ切る道を過ぎると、そこには黄色い建物があり、小さな窓に鉄格子がはめられていた。密造酒を求めて、村の男たちがその建物に入ろうと長蛇の列をつくるのであった。列の男たちは、中にいる男に向かって「さっさと出てこい」と喚き、中にいた男は大きな瓶ビールを何本も抱え、時には茶色の紙袋の中にさらに密造ウイスキーの小さな瓶を入れていたりした。男たちは朝一番から日暮れまでずっと列をなし、調子外れの歌を唄ったり、喚き散らしたりして、白目はいつも血走っていた。

これがＰＫとアルコールとの初めての出合いだった。それまでに酔っぱらいの男は一人も見たことがなかったのだ。

家からはもう一本の細い道が出ており、大きな貯水池につながっていた。ＰＫはいつもこんな道を散策し、何か目新しいものを見つけるのが楽しくてしかたがなかった。毎日、少しずつ前の日より遠くへ足を伸ばした。

けれど、酒の匂いをまき散らしている大人たちが怖くて、例の密造酒店は避けるようにしていた。いつつかみかかられるかわからなかったし、どのみち男どもが何を言っているのかさっぱりわからなかったからだ。

祖父母の家に行くと、近くの川で水浴びをしていた。リプティンガ・サヒにおいて、一家は、睡蓮の葉で覆われ、魚が泳ぐ貯水池で体を洗っていた。村人の多くが毎朝そこで体を洗うわけだが、そこには朝食を探しまわる熊と、さえずる鳥も集まっていた。

母はいつも貯水池の隅の土を掘り、そこに貯めた水を容器に入れて家に持ち帰っていた。そして髪や皿、鍋などを洗うときには泥で汚れを落としていた。

「砂利と泥を混ぜたもののほうが、石鹼と水より汚れを落とせるんだよ」

カラバティが言っていた。店で買うものはできるだけ少なくして、家族にとってもっと大切なもののためにお金を貯めるようにしていた。


引っ越し後、初めてのモンスーンの雲が頭上を過ぎ去り、秋の太陽が照りだすようになると、ＰＫも新しい土地が地元のような気がしてきた。まるで昔からここに住んでいたかのように、馴染むのは早かった。もし馴染めなかったら溺れてしまう。その後だいぶたってから、あらためて悟った真実である。

ある日、母が村のすぐ外れにある二本の大木のところまで連れていってくれた。この大木二本は鷲とハゲタカの住処でもあった。木の下で男たちが死んだ牛から皮を剝ぎ、皮革をなめして靴やバッグに加工して靴屋に売れるよう準備をしていた。

「あの人たちは、私たちの仲間よ」

男たちを指さして母は言った。ＰＫは聞いた。

「僕たちの知り合いということ？」

「いや、同じカーストに属しているということよ」

だが、この説明すら完全に正しいわけではなかった。動物の死体を扱う男たちはガシアラというカーストに属する一族の出身だった。この一団はトウモロコシ畑のはるか向こうにある密林の中で暮らしていた。だが、同時に不可触民でもあり、母が言わんとしたのはまさにその点だった。

ガシアラの一団は悲惨な暮らしをしていた。ブラミンたちはこの一団が動物の死体、それも聖なる牛の死体を扱っているからという理由で、パンよりさらに穢れがひどいとみなしていた。存在そのものが神の禁忌に触れているとされており、彼らの影さえも避けられ、姿が一瞬視界に入るだけで悪夢の前兆なのであった。

だが、暗闇が広がると、ガシアラの女たちは途端に触れてもよくなる、とカラバティはよく知っていた。夜になると、近くの村から男どもが群がってきて、日中は清潔で地位も高くふるまっているのと同じ男が、女を買い漁りに来るのである。日中は唾を吐きかける最高位のブラミンたちさえも、夜になると女がいるテントの中へしけこむのだ。

カラバティはそういった事実を息子に伝えることはなかった。できるなら、少しでも長く不可触民の過酷な現実から息子を守ろうとしていた。

ＰＫはトウモロコシ畑に立ち、ガシアラの男たちが死んだ牛を精霊の宿る木に引っ張っていくのを見ていた。一家にとって引っ越し後、二度目となるモンスーンの時期に入っていた。男たちが巨大な牛の死体を地面に横たえ、皮と肉を切り離し、骨から肉を切り離して見ていた。ハエの大群が肉の塊の上を飛びまわり、ハゲタカの群れが低空を旋回していた。

そして、ついにハゲタカの一団が上空から矢のように飛びかかってきた。しかし、降りてはきたものの、ひたすら石の彫像のように固まって動かず、忍耐が欲望に勝ることもあるという実例を見せてくれた。ＰＫから見ると、ハゲタカの一団はまるで神の使者であるかのようだった。少なくとも、肉食獣には見えなかった。なぜ、ハゲタカの一団が目の前の肉を喰わないのか。空を見上げると、さらに二羽のハゲタカが上空を飛んでいた。そして、突如、羽根を動かしてサイクロンのようなつむじかぜを巻き起こしつつ、この二羽も飛び降りてきた。

ＰＫも同じことをやってみたいと夢見た。自宅に向かって走りだし、思い切り両腕を広げ、まるでハゲタカのように、優雅に飛んだつもりだった。

「ママ、もし僕がハゲタカの背中に乗ったら、あんなふうに飛べるのかな？」

帰宅してから聞いてみた。だが、空を飛んでみたいという夢は一瞬にして潰えた。

「ハゲタカには気をつけなさい！　目の玉をつつかれて食べられたら、目が見えなくなるんだよ」

母親が即答した。

「なんでハゲタカはあんなに食べるまで待つの？」

「ハゲタカというのはね、人と同じようなものなのだよ。王様と女王様がいて、息子と娘が家族の中にいるのよ。そして、牛が一頭死ぬと、ハゲタカは王様と女王様に肉がどこにあるか伝えるんだよ。王様と女王様が食べるまでは、ほかのハゲタカが先に食べるわけにはいかない。だから、あんなふうにずっと我慢しているんだよ」

それから母親は続けた。

「ハゲタカの中で一番美しいのが王様と女王様なのだよ。今度じっくり見てごらんなさい。王様の羽は太陽に照らされて黄金に輝くから」

そして、母は手を息子のおでこにかざした。

「ハゲタカの世界は、私たち人間界とそれほど変わらないのよ」

ＰＫの母方の祖母は、ジャングルに数キロメートル入った奥にある、小さな村の一軒家で一人暮らしをしていた。

家はさらにみすぼらしく、竹と泥でできた壁に藁でふいた屋根はモンスーンの時期に入るとしょっちゅう崩れた。庭は背の高いトウモロコシで覆われ、実がなると野生の動物がやってきて、むしり取っていくのであった。

常連の中には、黒い熊がいて、キツネもいた。せっかくなったトウモロコシを盗られてしまうことに嫌気がさしたおばあちゃんは、藁を束ねてカカシをつくり、竹に突き刺して立てた。そして錫のベルを吊るし、風に合わせて鳴るようにした。これにより、大部分の動物は恐れをなして近づいてこなくなった。だが、全部とはいかなかった。

PKと妹のプラモディニはある日、おばあちゃんの家を訪ねた。その晩、ゾウの一家がやってきた。彼らが家の壁を揺らし始めたころ、子どもたちはすでに眠っていた。二頭の大人のゾウと一頭の子どものゾウがトウモロコシを踏み荒らし、黄色い実を食べ始めていた。

だが、おばあちゃんは怯えることはなかった。ベランダに飛び出して乾いた草に火を点け、振りまわした。残念ながら、ゾウの一家もそれで怯えることはなかった。父親ゾウはうなりながら地面を踏み鳴らし、おばあちゃんに向かって突撃してきた。おばあちゃんは火を投げ出して家の中に駆け込み、木の扉をバタンと閉めて、鍵をかけた。

ゾウはこの貧弱な扉に思い切り体重をかけてきて、竹と泥でできた壁を粉々にし始めた。おばあちゃんは孫二人を叩き起こし、PKにプラモディニを連れて逃げるよう命じると、反対側の壁を叩き壊し、二人が逃げ出せるだけの穴をあけてくれた。PKとプラモディニはうまく外に出て、棘だらけのやぶとサボテンの間をぬって走り抜けた。棘が肌を突き刺して痛かったはずなのだが、PKはそのときの感触を何も覚えていない。血が足元にしたたっていたのだが、まったく痛みはなかった。夢を見ていたのかと思うほどだった。

おばあちゃんもあとから逃げ出して追いつき、疲れ果てた三人は、やっと立ち止まった。どのくらいの距離を走っていたのか、ＰＫには見当もつかなかった。逃亡時間は短かったはずなのだが、無限の長さにも感じられた。汗と血にまみれ、三人は木に倒れかかり日の出を待った。夜の空気は穏やかで、蚊が飛びまわり、キリギリスとコオロギが鳴いていた。

「まだゾウが僕らに怒っていたらどうしよう？　追いかけてきて踏み潰されたら……」

だが、幸いにもゾウがそれ以上追いかけてくることはなかった。おばあちゃん、ＰＫ、プラモディニは疲れ切っていたものの無事だった。

信仰と価値観

北極近くのこの国には、野生のゾウはどこにもいなかった。代わりに、ボロースの湖の周りを蚊が飛びまわっているだけだ。

ヤナギが風に吹かれてこすれ合うときにセレナーデが奏でられ、数百年の樹齢を誇る密林の中をヘラジカが歩いていた。雨水が土をえぐり細い道を残していた。そんな静寂の中で、人がいる夏のコテージから灰色の煙だけがあがっていた。

ロッタの一家は、教会で祈りを捧げるのが習慣だった。ロッタの母は、司祭が説く、罪人が永遠に罰せられる死後の煉獄をつねに怖れていた。父親本人はとくに信仰深いこともなかったが、家族が毎週教会へ行くのにはいつも同行していた。ロッタは父親が宗教と教会についてどう考えているのかはよくわからなかった。

もともと、どんなことに対しても意見を表明しない物静かな父だった。だから、内面を知るのは難しかった。会話が足りなかったにもかかわらず、この人のことが理解できたと思ったことは何度かあった。とくに、無言のまま父親の隣に座っていたときがそうだった。

ロッタが八歳のとき、伯母の一人が妊娠中に重篤な状態に陥った。一家は神に祈りを捧げたが、容態は悪化するばかりで、結局、伯母と赤ちゃんの両方が亡くなり、ロッタが何となく感じていた信仰は怒りと落胆にとって代わられた。

彼女は教会に通ってはいたが、それは別に信念があったからではなかった。単純に周りのみんなが行っていたからだった。もともと両親や友人の影響を受けやすいタイプではあった。周りと違うこと、わが道を進むのは難しかった。常識破りの存在に人々はいっせいに背を向けるところがあり、長年の因習に固執するところがあった。ロッタ自身、もともとそれほど強い自我があるほうではなかった。

一つの考え方にしがみつくのは性に合わなかった。ほとんどの人が言うことに一つや二つはヒントになることがあるとは思っていたし、政治にはほとんど関心がなかった。一つの政党、イデオロギーをどうすれば一〇〇パーセント信じ、それに賭けられるというのか？　そんなことを認めれば、全員が完全に間違っていることになってしまう。政党政治は、彼女の好みではなかった。

ときどきロッタは、三歳のときに覚えた歌を口ずさんでいた。その歌詞とはこうだった。

——光は人間がどれほど驕っていたとしても、野心があろうともなかろうとも、あらゆる人を照らし出している。

光は私の中にも宿っている、そうロッタは思った。だが、その光とは決して神ではなく、ほかの何かであるはずだ。

雲が来て、雲が去る
時には心が凍りつくけれど
私たちの頭上、空には
願いをかなえる星が輝いている

神の代わりに、十代後半のロッタは、アジアに想像力を広げていった。インドの古典『ウパニシャッド』を読み、それから仏陀の教えが続いた。古代ヒンズー教の教えと『新約聖書』にある山上の垂訓には似ているところがたくさんある、と思った。

だが、キリスト教には何か間違いがある、と彼女は感じた。救う者より排除する者のほうが多すぎるのだ。キリスト教は人と人の間に境界線を引きたがるきらいがあった。人であれば誰でも、クリスチャンであるかなしかを問わず、同じ生命力が宿っているはずだ。

人がどんな信仰をもっていようと、心臓は同じように鼓動を打っているはずだ、とロッタは考えた。宇宙に存在するすべての原子は共存しているはずだ。すべてのものはつながっているはずだ。

その意味でアジアの哲学、とくに、すべての人間と動物は死後に消滅し、再び別の生き物として生き返るという思想に彼女は強い影響を受けた。そうだ、これなんだ、と思った。もし過去を知りたければ、今を見ればよい。将来を知りたければ、もう一度今を見直せ、と仏陀も言っているではないか。

命は輪廻するものであり、何度も再生を繰り返すのだ。私たちは、もともとみんな土と水だったわけで、その後、また土と水に戻るのだ、と十代のロッタは思った。

森の芸術家

パンの男たちが一頭の水鹿を仕留めたとき、ＰＫの祖父も肉の味見で招待された。祭りの時期に入り、村人たちはトラの皮とか鳥の羽といった、祖父への高価な贈り物を持参して集まっていた。

おじいちゃんの地位が高いおかげでＰＫにも恩恵があり、不可触民の子どもたちの間で彼は王様扱いだった。おじいちゃんが自慢で、いつも真似をしていた。おじいちゃんは一組の弓と矢をプレゼントしてくれて、ＰＫは手下の子どもたちを引き連れてジャングルに分け入り、いつもどおり裸に近い恰好で、孔雀の羽根とベルトと蛇の形をしたブレスレットだけを身に着けていた。一団は道をかき分けて切り開き、トラと鹿を狩る真似事をして楽しんだ。近くの木を駆けのぼるリスや密林の上空を舞う鷲を見つけては興奮していた。

子どもたちはＰＫを部族長に見立て、もう一人の子どもが精霊のアドバイザーを務めた。この少年がＰＫに果物を捧げ、お辞儀をしながら渡した。それから少年たちは駆けだし、川に飛び込んで魚を捕まえたり、枝にぶら下がっているミツバチの巣に狙いを定めたりした。

ミツバチの巣こそＰＫの狙いだった。いつも乾いた草の束を片手に木をよじ登り、それに火を点けて巣の真下にもっていき、煙でミツバチを炙り出した。口には棒を一本くわえ、それで巣を叩いて中に残る勇敢なミツバチをすべて追い出すのであった。時には、蜂の一団が反撃を加えてくることもあった。だが、どれほど痛い目にあっても、ＰＫは巣の中で待つ蜂蜜の甘さを味わうまで決して引き下がることはなかった。片手で木にしがみつきながら、蜂蜜を吸い尽くし、頬から胸に流れるに任せていた。それから下で待つ仲間たちのために蜂蜜を落としてやり、口を開けた子どもたちは空から降り注ぐどろりとした甘みを大いに楽しんだ。

ＰＫは村の画家にもなった。大きくて滑らかな石を集めては村の外までつながる道に並べ、木炭で絵を描いた。日の出を、日暮れを、そして樹木が豊かな山を描いた。

ＰＫの絵はすぐに上達した。近所の子どもたちを、川の近くにある大きくて平らな石の前に引き連れていき、「目を閉じていれば、僕の魔力でここにトラを立たせることができる」と言い放った。子どもたちは半信半疑だったが、指令に従った。それからＰＫは描き始めた。その石には、大口を開けて叫ぶトラの姿が描き出されていた。「見ろよ！」ＰＫが叫んだ。目を開けた子どもたちは驚きのあまり唖然としていた。おののいていたのか？　ＰＫは仲間たちを納得させられたのか？　はたまた白昼夢だったのか。とにかく全員が面白がって笑いだした。

そうか、僕は絵で人を喜ばせることができるんだ、とＰＫはそのとき思った。

その後、さらに絵のレパートリーを増やし、技術に磨きをかけていった。暇があればとにかく何か描いていて、授業の前後、そして日曜はずっと絵に熱中していた。一口に石といってもベージュとグレーだけでなく、さまざまな色のものがあることに気づいた。それから葉っぱや花を使って混ぜ、黒以外の色をつくりだすことも学んだ。

川からすくった泥で皿をつくってそれに色を付けることも学び、そこに卵黄を塗り込んで素早く固められるようになった。ほかにも、紙にジャングルの中の様子、つまりは葉っぱや花、木も描くようになった。一家から半径一〇〇メートル以内にある石は何らかの形で彩られ、芸術作品となった。そこは少年だけの美術館だった。そして家の中には、彩られた皿が誇らしく立てかけられて並んでいた。

こういった芸術作品は、ＰＫの幼少時代の一番美しい思い出である。

密林が少年に語りかけ、冒険の願いはさらに高められた。そこには少しずつしか知ることのできない秘密と驚きがあふれていた。残りは永遠に謎めいて知ることのできないままになる定めだった。

この考え方は今も残り、彼に染みついている。人生など、ほんの一部でも知ることができるなら、それで十分なのだ。生涯をかけても決して知ることができないことがたくさんあると、彼は今も強く信じている。

小学校入学

ＰＫの父は、口笛を吹きながら思い切り自転車のペダルを漕ぎ、とても上機嫌だった。道はトウモロコシ畑の中を進み、マンゴーの木や、泥でできた家々が続いていた。自転車は風を切り裂き、小石や小枝を弾き飛ばしていた。ＰＫも同じように上機嫌だった。後ろの荷台に乗り、目の前で父親の白いシャツが風を受けて大きく広がっていた。

二人は街へ向かうところで、同類の集まる村から離れるわけだが、新しい冒険に胸が躍っていて、何が起こるかわからないスリルがたまらなかった。

ついに、小学校入学なのだ。

アスマリックにある小学校では、すでに新学期が一か月前に始まっていたが、先生は、シュリダールに対して息子をクラスに入れてくれると約束した。おそらく、ＰＫが教室でどのように扱われるのか、最悪の事態を怖れて両親は進学の決定を遅らせたのだろうと思われる。夫妻自身の苦い経験からいっても、何かひどいことが起こることは間違いなかった。

学校は黄土色の泥で塗り固められた壁で囲まれていた。砂でできた運動場の側に長いベランダと、緑の竹の棒とブドウの木を編んでつくった壁があった。

ＰＫは教室に足を踏み入れた。そこには、大きな丸いお腹を揺らす担任の先生がいた。まさにガネーシャそのもののような外見だった。

その後、教師はほかの生徒のほうを向き、黒板に書かれた文字を指さした。子どもたちは黒板の言葉をそのまま復唱した。

こんなにたくさん子どもがいて、新しい友達がいる。

それから教師はいったん指導を止めて、ＰＫのいるべき場所を指さした。だが、指さした先はほかの子どもたちが座っている場所ではなく、外にあるベランダだった。

「あそこだ。お前はあそこに座れ、プラデュムナ・クマール・マハナンディア！」

教師は言い放った。ＰＫは外の砂でできた床に足を組んで座り込んだ。困惑と落胆に襲われていた。

なぜ、僕一人だけ外に座らなければいけないのか？　だが、父親は何も教えてくれなかった。父親が知っていてＰＫが知らなかったことは何なのか？　父親はＰＫの手をタッチして、別れを告げ、竹のフェンスに立てかけていた自転車に向かい歩いていった。

ＰＫは見知らぬ人たちのなかで一人ぼっちになった。この子たちは僕と友達になりたいの？もはや確信がもてなくなっていた。自転車に乗っていたときの興奮は完全に消え去っていた。なぜ、先生は僕に向かって怒っているのだろう？　なんで僕はほかの子どもたちと同じように、教室の床に座らせてもらえないのだろう？

教師はベランダに出てきて文字書きの練習を手伝ってくれた。

ＰＫが使っている木の板に薄く砂をはり、人差し指で書くべき文字を書いた。そのときＰＫ

は、先生が自分に触れないようにしていることに気づいた。近くに座っているが、触れてしまうのを注意深く避けるようにしていた。なんで先生はこのようにふるまうのだろう？

ベランダからは、教室の中がよく見え、教師が黒板にオリヤー語の「マ」という字を書いていた。「繰り返しなさい」と教師が指示を出した。

「マ、マ、マ、マ、マ」

ＰＫとほかの生徒たちが合唱した。

教師が錫（すず）のベルを鳴らし、授業の終わりを告げた。子どもたちは急ぎ足で外へ飛び出したので、ＰＫもそれに続いた。

「お前はどこに行くのだ？」

教師が叫んだ。この質問にＰＫは心乱された。そんなこと、わかりきっているじゃないか。

「お前はあの子たちと遊んではならん！」

と担任が続けた。ＰＫは信じられないほど素早くこの命令に応じた。学校一日目、休憩の時間はずっと校庭の隅っこにいて、ひたすら涙をこらえていた。

二日目には、学校の背後に池を見つけて、そこなら一人で時間をつぶせそうなことがわかった。一週間もしないうちに、ＰＫは一人ぼっちの時間が逆に待ち遠しくなった。なぜ、こんな事態になるのかわけがわからなかった。水に映る自分の姿を見つめた。その姿かたちを見ていると、だんだんと色が変わってきて、自分がほかの子どもたちと違う存在のような気がしてくる。鼻が平たすぎるか、体全体が黒すぎるか、髪が巻き毛すぎるのか？　時には、水面に映る自分が、人間というより密林の中にいる、何か得体のしれない生き物のほうに近いのではないかと思うことすらあった。結局、本当はほかの子どもたちのほうに外見は近かったのだが。

一週間がたち、ついに勇気を振り絞って本来一日目に聞くべきはずだったことを母親に聞いたのだが、頭が混乱してうまく言葉にできなかった。

「なぜ、僕は教室の外に座らないといけないの？」

母は台所で腰をかがめ、トウモロコシに火を通してチャパティを焼き上げているところだった。そんな母が少年をじっと見つめた。

「なんで僕はほかの子どもたちと一緒に遊んではいけないの？」

さらに質問を続けた。やっと母が言葉を絞り出した。

「私たちはジャングルの民だからよ」

ＰＫも母親の目を見つめたが、困惑した。いったい、何を言っているのか？

「大昔、私たちの先祖は密林の奥深くで暮らしていたのよ。おそらく、そのまま密林の中でずっと暮らして、平野の人たちと一緒の村に移るべきではなかったのね」

母は息子を抱き上げて膝の上に座らせた。

「私たちが寺院に入ったら、お坊さんたちが怒りだすから入れない。それはもう気づいているでしょ。私たちはほかの人たちと同じ池から水を汲むことは許されない。だから、私は川や貯水池に行っても、みんなと同じ場所からは水をとらない。でも、私たちにはどうすることもできないのよ。受け入れるしかない」

「なんで？」

息子が聞き返した。

「だって私たちは不可触民、つまり低いカースト……、いや、そもそもカーストにすら入れないくらい低い身分に生まれてしまったから」

母は息子の目を見つめなおした。

「そのうち、きっとよくなるから、お前が本当のことだけに目を向けられるなら……」

母は涙を拭いた。

「お前自身と周りの人に対してずっと誠実であり続けるならね」

その晩、ＰＫは藁のマットを敷いて横たわり、母の言葉を反芻(はんすう)していた。コウモリや犬が近くにいて、彼の考えの中に踏み込んできた。母は焚き火用の枝を集めていて、ステンレスのボウルに入れてから、焚き火をしてくれた。焚き火の音は安らぎをもたらすものであり、いつもこれさえ聞ければ安心して眠れるのであった。

だが、あの晩だけは頭が休まることはなかった。カーストとはどういう意味なのか。不可触民？　その言葉のせいで、あの教師の変なふるまいに対する説明がついたことは直感したが、では、この問題はどこから来たのか。なんでみんなはそんなものにこだわっているのか。

学校での仕打ち

ＰＫのクラス全員が、運動場の一角にある畑での仕事に駆り出された。そこには生徒たちがキュウリやオクラ、ナス、トマトといった野菜を植えていた。野菜がなると、生徒たちは摘むことが許され、野菜を家族のところに持ち帰ることができた。ＰＫには野菜を水洗いする当番があてがわれた。彼がタネとか水に触れることに関しては誰も気にしなかった。

収穫の時期になると、ＰＫには自分一人だけのかごが与えられ、一方で、ほかの生徒たちはみんなでお互いの収穫分を分け合っていた。そこでまた、この仕打ちはあの子たちが野菜を僕のせいで穢されたくないからだ、と気づいた。

だが、もうそんなことはどうでもよくなっていた。ただひたすら目の前のトマトに集中し、母親にお土産を持って帰ることだけを考えていた。収穫の時期は彼にとっても嬉しい時期で、畑全体を駆けまわった。そこで思いきりつまずいた。

水のホースに足をとられて、クラス用のかごに飛び込んでしまい、中に入れていた野菜が飛び散った。ＰＫはひざまずき、拾い上げてかごに戻した。しかし、担任は絶叫した。

「なんということをしやがった！　お前のせいで全部汚れてしまったではないか!!」

ＰＫは凍りつき、すくみ上り、そのとき担任が少年専用のかごをひったくった。何か良くないことが起こる前兆なのは明らかだった。

担任はＰＫの頭上にかごを持ち上げて、中のトマトを思い切りぶちまけた。赤いトマトの汁が頭に降り注ぎ、トマトが一面に散らばり、同級生たちは茫然と立ち尽くして無言のまま一部始終を見ていた。そして、担任はこの野菜をＰＫが全部持ち帰れと言い放った。もはや誰もこんなもの食べたくないのだからという意味が言外に込められていた。

号泣しながら、ＰＫは腰を下ろし、トマトを拾い上げてかごの中に入れていった。

泣きはらした顔で家に帰ると、母の顔色が大きく変わったが、実際に何が起こったのかを話すと、明らかに落胆の様子を見せた。このまま退校処分になって、村人からも嫌がらせをされるのではないかと。母が切りだした。

「お前にはまだヒンズー教のカーストのことを話していなかったね。ときどき、あの人たちは私たちに人前で恥をかかせようとするからね」

だが、次の日になると、教師はまるで前日に何もなかったかのようにふるまった。そしてＰＫも家族も、その後、何かイヤな反応を受けることはなかった。

そこでＰＫは考えた。あの教師は僕が触るものはすべてケガれると言っていた。なら、僕がほかの生徒たちに触ったらどうなるのだろう？　怒るのかな？　それとも何もなかったかのような顔をするのかな？

これは試してみなければ、と幼いＰＫは思った。

ある日の朝、校庭に行くと、いつもどおり生徒一同が列に並んでいた。今こそ決行の瞬間だった。少年は一気に駆けだし、手を伸ばして一人ひとりのお腹に触りながら通り過ぎていった。

それから担任と校長のところにも走っていき、同じようにお腹に触ってやった。

担任は絶句していた。最初にＰＫをにらみつけ、次に校長へ目をやり、やっと生徒全体を見まわした。

「来い！」

担任が叫び、生徒たちに命令した。

「これから我々は池で体を洗ってこなければならぬ。ＰＫ、お前はここに残れ。あとでお仕置きしてやるからな」

当時の教師は校則を破った生徒に対して鞭打ちの刑を加えるのが普通だったが、鞭がケガれ、そのケガレをほかの生徒にまき散らしたくないと、ＰＫは鞭打ちされたことは一度もなかった。ＰＫには、担任がまったく別のお仕置き法をつくりだしていた。目を閉じたままベランダに立たされ、それから担任は尖った小石を投げつけてきた。そのたびにＰＫの肌には切り傷ができ、醜い痣(あざ)として残るのであった。

ＰＫは担任を呪ったが、母の言葉を聞いてあきらめの境地に陥ったのを覚えている。これが運命なの。いつもこういう扱いを受けざるをえないの。これればかりはどうしようもないの、と。

それからＰＫは怒りをたぎらせ、いつか復讐をするか、神からの正義の裁きが下される姿を夢見た。苦い思いは、帰り道でもずっと付きまとい、次の日の夜明け前に目覚めたときも、まだ前日のイヤな思いが残っていた。

そしてある日、本当に神の裁きが下された。

生徒が日課の祈りを大声で捧げている間に、担任が机に突っ伏して寝てしまったのだ。大音量のいびをが教室全体に響き渡らせ、口を思い切り開けて寝ていた。ＰＫは担任の口から酒の匂いをかぎとった。

そのときに生涯忘れることのできない出来事が起こった。いつも教室内に来ていた鳩の一羽が思い切り脱糞したのだ。ウンチは容赦なく教壇、担任の椅子、そして生徒たち全員の願いをかなえるかの如く、教師の口の中に命中した。この担任は驚きのあまり飛び上がり、絶叫して生徒たちに呪いの言葉を吐き、生徒の誰かが自分の口にウンチを投げ入れたと信じ込んでいた。あの鳩が、ＰＫの願いを読み取ったのか？　実際のところはよくわからないが、担任が不快な目にあって打ちのめされているのを見て、ざまあ見ろと思ったことは確かだ。

学校の雰囲気が激変したのは、教育監察官が訪問してきたときだった。

監察官の主な任務は、カースト制度を違法としたインドの反差別法に学校がきちんと従っているかどうかを確かめることだった。きちんとした青いブレザーと白いシャツに、折り目がついた白いズボン姿の監察官は、存在自体に威圧感があった。笑顔は穏やかだったが、その背後に強烈な意志が潜んでいた。

あの朝、ＰＫは教室内に招き入れられ、まるで不可触民など単なる悪夢でしかないというような扱いを受けた。

突如、少年は仲間の一員となり、休憩時間にはほかの子どもたちと一緒に遊ぶことも許された。誰もあっちに行けとは言わなかった。ＰＫは有頂天になり、興奮した。だが、残念ながらこれは一日限りのインチキで、監察官がひとたび去ると、再び教室から追い出されるということを知らなかった。もう少し無垢さがなくなっていれば、一日限りの幸せに浸って、次の日に再び地獄の思いをすることはなかっただろう。

あの晩、少年は監察官の問いかけにきちんと答えて、ほかの子どもたちを感嘆させたという話を母親にした。母親は明らかに喜んでいて、感動のあまり涙しているようでもあった。それだけ自分が母親にとって大切で価値がある存在であるということで、ＰＫ本人も嬉しくなった。

それから何年もたち、十代後半のころ、あのときの母親の涙はこういう偽善のカラクリ、つまり、あの日の待遇は一時的なものであり、また息子がひどい目にあうことをすべて知っていたから流していたのではないかと考えるようになった。

いつの日か、また監察官が戻ってくることを夢見ていた。

監察官は教室の後ろに座り、鋭い目で教室全体を監視していた。監察官の目は何も見逃すことがなく、教室の全員がＰＫを平等に扱っているのを確かめていた。ＰＫは教室の真ん中に座り、ほかの子どもたちに囲まれていた。彼は手を挙げ、すべての問題に正しく答え、周りから繰り返し称賛されていた。

だが、そんな甘い興奮は目を開けると一瞬にして消え去った。横たわったまま少しでも甘い夢の世界にいようと、ぐずぐず寝返りを打った。起き上がるとすぐに胸に重いものが押し寄せてきて、太陽の下でベランダに座る自分の姿が見え、監察官が去ったあとのいつものイヤな日々が押し寄せてきた。空想のなかの様子は次のようになっていた。

監察官が自転車に乗って去っていった直後に、PKの担任と上位カーストの同級生たちは、大急ぎで貯水池へ石鹼と水で体を清めに行く。きっとほんの少しでも僕の感触が残らないように、ゆっくりと時間をかけて体の隅々まで洗いつくすに違いない。

初めてそんな事件が起こったとき、少年は帰宅して号泣した。

「あの人たちのほうが汚いのよ」

母は慰めてくれた。

「あの人たちが泳ぎに行く口実をお前がつくってやったんだよ。あの子たちこそ匂うからね！」

母は息子が泣き止むまでこの言葉を何度も繰り返した。母がウソをついていることはよくわかっていたが、その言葉には温もりと柔らかさがあり、ブランケットのようにPKを包み込んでくれた。少なくとも、世界に一人は彼をありのまま受け入れてくれる人がいるのだ。

この茶番は一回きりではなかった。

学校に通い始めて三年目、独立後もオリッサに居残っていたイギリス人統治官夫妻が教室に入ってきたことがあった。夫はダークスーツ、夫人はフローラルドレスという装いだった。

二人の顔はまるでヨーグルトのように真っ白だった。教室のブラミン階級の女の子たちは、二人に歓迎の意味を込めて花でつくった首輪をかけてあげた。この機に限り、再びPKは教室内に座ることを許され、いつもの侮辱は、幼い男の子が見た幻かのような気にさせられた。子どもたちはいっせいに立ち上がって訪問客のために合唱し、愛にあふれた家族のような装いを見せていた。

イギリス人夫妻が教室を出ようとしたとき、夫人がＰＫのところに来て軽く頬に触れ、彼の目をじっと見つめながらこう言った。

「私も不可触民だから、あなたに触ることができるのよ」

そして、花の首輪を外してＰＫにかけてくれた。

受け入れられた感覚は魅惑的だった。これが一時的なものであることを十分に承知していたが、それでも嬉しかった。普段なら蚊と同じように追い払われる身分なのに、この瞬間が少しでも長く続けばと強く願った。イギリス人が目の届く範囲であれば、カーストなど存在しなかった。あの人たちが上の立場にいれば、今の生活はもう少しマシになるのではないか？　少なくともおじいちゃんはそう信じていた。

この白人女性を見ながら、少年は占星術師の予言を思い出していた。「結婚相手は遠い、本当に遠い場所、もっといえば別の国からやってくる」と言っていた。運命の相手はこの女性のようにヨーグルトのような肌をしていて、フローラルドレスを着ているのだろうか？

東洋への憧れ

ロッタの東洋への憧れは強まるばかりだった。「ビートルズが瞑想のためインドへ」という見出しがいっせいにスウェーデンの新聞を飾った。

ジョージ・ハリスンがインドへ渡った理由が記され、精神的指導者に出会い、シタールを習ってロンドンにあるヒンズー教寺院でヒンディー語の歌を唄う写真が載っていた。それからビートルズのグル（東洋哲学の師）にあたるマハリシ・マヘーシュ・ヨギが、この四人には宇宙的資質が備わっていると説くインタビューも読んだ。目の届くところすべてにインドがあり、もはや目を背ける理由はなかった。

ロッタは、二歳のときに亡くなった祖父のことを思った。生前の夢ははるか遠い国を旅することだった。織工で、ボンベイ出身の繊維業者の友人がいた。イギリスの詩人、小説家ラドヤード・キプリング、アメリカの作家ジャック・ロンドン、スウェーデンの冒険家スヴェン・ヘディンの本を愛読し、いつも東洋を旅行する夢を語っていた。

ロッタはいつも、すでに黄ばんだインドクルーズツアーの広告に、おじいちゃんがマルをつけた雑誌「イドゥン」を見ていた。結局、おじいちゃんは夢をかなえることはできなかった。その代わり、世界を自宅に招き入れていた。

ある日、地元のゴミ捨て場で香炉を見つけた。調べてみるとペルシャ産であることが判明した。どうしてボロースのゴミ捨て場にたどり着いたのかよくわからなかったが、理由はどうでもいい。ロッタの祖父はこれを宝物にした。それがおじいちゃんなりの大冒険だった。

亡くなったとき、ロッタはこの香炉を受け継いだ。何年もたってから、この香炉を家の屋根から吊るした。私は香炉だけでは終わらせない、とロッタは自分自身に誓い、何が何でもおじいちゃんがかなえられなかった夢を実現させると誓った。

一家が暮らすのは、三つの部屋がある小さなアパートだった。よくお金が足りなくなり、慎ましやかに暮らしていた。両親は相続した織物店を経営していたが、もともとそれほど望んで始めたものではなく、ビジネスが傾くと結局、閉鎖に追い込まれた。

ロッタの父親はその後、家族が所有する密林を管理するようになり、一方で母親は歯科医の兄を頼って看護師の仕事を始めた。

こんな今の慎ましやかな生活からは想像しにくいが、実はロッタの一家は騎士の子孫だった。フォン・シェドヴィン家という貴族の末裔だったのだ。

だが、ほかの人にとっては誇りにもなりそうなこの名前も、ロッタにとっては首にかけられた無駄な重しのようなもので、あまり好きではなかった。ロッタはほかのみんなと同じになりたかった。一方で、特権に恵まれた自身の生まれ育ちについて罪悪感も覚えていた。

家族が乗っているのは、錆びていてよく故障する古い車一台だった。だが、ロッタと姉妹は馬一頭が欲しかった。そこで家族会議を開いた。車か馬か、どちらが有効な投資なのか？　どちらも違うような気もするし、どちらか選んだほうがいいような気もする。ロッタの母親が多数決をとった。

「女の子には趣味があったほうがいいのよ、新しい車よりはね」

と締めくくった。そして、ロッタとほかの娘たちに言い渡した。

「これからは、あなたたち自身以外も面倒を見ないといけない責任が生じるのよ」

ロッタはかつてインドのジャングルでゾウを乗りまわす少年の姿を映画館で見たことがあっ

た。いつかあんな友達が欲しいな、とそのとき思った。すでにそのときにはナイロビ、日本、オーストリア、サンフランシスコに文通相手がいた。

ある日、ゾウのたてがみでできたブレスレットがナイロビから届いた。次の日、それを身に着けて学校に行った。

一筋の光

インドの初代首相は、一九四七年八月十五日に大英帝国からの独立を宣言したジャワハルラル・ネルーだった。

彼の信念は近代化、産業化、都市化、そして鉄道だった。インドの将来のビジョンを語るスピーチにおいて、彼は頑迷な過去との訣別を宣言した。これには多くのＰＫの同胞たちが感銘を受けた。事実、ＰＫの父親も熱烈なネルー支持者で、学校の新校長もまた同じだった。

就任初日に、校長は生徒全員を校庭に呼び出し、都市部で見てきた機械やそのほかの近代文明を象徴するものについて、滔々（とうとう）と語り聞かせた。最初に電話のことを話し、それから何か奇妙なものについて話していた、とＰＫは今もはっきりと覚えている。

「機関車というものがあってな」

と、まるでドラマでも聞かせるかの調子で校長が言った。

「非常に大きくて、私が立っている場所からあそこくらいまでの長さの蛇みたいなものだ」

そう言いつつ数百メートル先にある原っぱを指さした。

「そして動きも蛇のようで、田舎に向かってジグザグ進行をする。私はそれに乗り、二泊三日で目的地にたどり着いた。そこには一〇〇人以上の人が乗っていたのだ」

ＰＫは校長の言葉を注意深く聞き取り、列車とはきっと人間がつくりあげた長いもので、砂漠を突っ切り、そこに何百人もの人々がまたがっていて、馬とかゾウに乗っているような姿を思い浮かべた。「何か質問は？」という校長に、ＰＫは手を挙げて聞いた。

「それってコブラみたいに飛び跳ねられるのですか？」

彼にとってコブラとは、生まれてすぐに自分の身を守ってくれただけでなく、まだ五歳のときに咬まれた相手でもあった。彼は怒り狂ってコブラの首をつかみ、絶命するまで握りしめて振りまわし叩きつけた。思い浮かべたのはそのときのコブラよりはるかに大きく、輝いていて力強い存在だった。校長は鼻を鳴らして軽蔑の思いをあらわにした。

「あれは重すぎて飛び跳ねることはできん。全体が鉄でできているのだからな」

そう答えた。それはたしかに重いだろうとＰＫも思った。地面から飛び跳ねることはできないのかもしれない。だが、もう一つ聞きたいことがあった。

「それっていつか僕たちの村にも来てくれるのですか？」

今度は校長がキレた。

「いいや、この村には来ない。列車とは鉄の上のみを走るのだ。線路はすべて鉄だ。よって我々の村には来ない」

すごい！　鉄だけでできた道というのがあるのか。道すべてを鉄でつくるには、どれほどの量が必要になるのか。おじいちゃんが持っている矢じりを合わせた全部よりもたくさん、いや村全体の鉄全部を集めたよりももっとのはずだ。もし僕が村の鉄全部を集めて溶かしたとしたら、せいぜい一メートルいくかどうかではないか。それ以上ということはありえない。だが校長は今、鉄製の線路が二泊三日分ずっと続いていたと言ったのだ！

　何とかそのものを思い浮かべようとしたのだが、あまりにも規模が大きすぎてクラクラしてしまい、首を振って雑念を振り払うしかなかった。


　小学校五年を終え、父親や兄たちがそうしたように、彼は全寮制の学校へ進学し、母親のもとへ戻るのは週に一回だけとなった。

　新しい学校の階段を上り、そこで屋根を見上げた。そこには今まで見たこともない奇妙なものがぶら下がっていた。ガラス製の球体で、細い線で吊るされているのだ。驚きの光景だった。あれはオイルランプか？　本当に明るいじゃないか！　ものすごい量のオイルを消費してしまうに違いない、と思った。あらゆる角度からためつすがめつして、どこにオイルが溜まっているのか探し出そうとした。

「町の人はどうやってあのランプにオイルを入れるのさ？」

　最初の日曜日に帰宅して父親に聞いてみた。

「そんな面倒なことに構うな。そのうちすべてがわかるようになるから」

と、シュリダールは答えにならない答えをした。そして、こう付け加えた。

「お前も新しい世界に慣れろ！　首相は我々の村にも間もなくあのようなランプをもたらしてくれると約束しただろう」

新しい学校に入って一日目から、彼の不可触民という身分は誰の目にも明らかとなっており、新しい教師と同級生はそのようにふるまった。

実際、ポケットには地元町役場で発行されて折りたたまれたカースト証明書が入っていた。これがあれば、「指定カースト」「指定部族」「そのほかカースト」に対する割り当てが優先的に与えられるのは確かだった。

カースト証明書：登録番号１９７５―44。スリ・プラデュムナ・クマール・マハナンディア、デーンカナル地区のカンダパダ・ＰＳ・アスマリック村在住　スリ・シュリダール・マハナンディアの息子。指定カーストの一員。サブカーストはパン。

もうこれで決まりだ。

彼が不可触民、社会の最下層、二級市民である動かぬ証拠である。この証明書があれば鉄道料金が安くなり、将来的には大学進学も容易になるが、ただそれだけのことだった。

だが、本人にとってこんなものは恥辱の刻印でしかなかった。生き延びるためだけに特別な手配が必要な、貧しい落ちこぼれ以外の何者でもなかった。

新しい教師の一人は、たまたまダリット（不可触民）向けシェルターのディレクターでもあり、若いＰＫにどうふるまうべきか事細かに指示を出した。誰かがいるときには台所や食堂に入ってはならぬ、そのときには廊下に座って食べ物が出てくるのを待てというのだ。料理人は最後に、わざわざ別途、彼に食事を出してくれるそうだ。

調理人は鍋を持ってきて、コメ、ダル、野菜カレーをＰＫの皿に触れない高さから注意しながらぶちまけた。日によっては、もうほかの食材がなくなってしまったからとコメだけ与えられたこともあった。不満を述べると相手はため息をつき、まるで自分はこの場でＰＫと同じく無力であるかのようにふるまった。

「これはお前の前世の業（カルマ）なんだ。こればかりはお前も尊重しなければならない」

それが唯一の返答だった。この回答は何も目新しいものではなく、ブラミンたちやそれに洗脳された人たちから散々聞かされてきたことだった。あの人たちが悪いわけではない、あの人たちは不可触民をつまはじきにしろと教わってきただけだと自分自身に言い聞かせた。

それでも、心の中で怒りの炎が燃えたぎるのを止めることはできなかった。

学校は入寮者の服を洗うために、ドビ・ワラー（洗濯カースト）の男を一人雇っていた。ただしＰＫのものを除いては、だった。これに気づいたとき、ＰＫの怒りは耳をつんざくような喚き声となりそうになったが、さすがに外へ吐き出すのはためらわれた。代わりに、川岸へ行き、かつて寺院の僧侶にそうしたように、ドビ・ワラーの男が使う洗濯用の釜をパチンコで狙い撃った。再び、彼は捕まった。

同じ週に、ドビ・ワラーの男から一通の手紙がＰＫの父に届いた。

「あなたの息子は我々の規則と伝統を尊重しなければならない。もしも、あなたの息子が突然生まれ変わって全員を喜ばすことができたならば、どれほどいいことか？」

シュリダールは自分自身が伝統をすべて理解していること、つまりは息子も同じように理解している旨を伝えた。「しかし」と父は返答した。

「こういった陋習（ろうしゅう）は間違っており、近代化と西側先進国に追いつこうとする国にとっては恥ずべきものです」

このドビ・ワラーの男は、ネルー首相の演説を聞いたのだろうか？　ニューデリーの政治家たちが、カーストの権力構造から離れた、自由で新しいインドをつくろうと奮闘しているのを知らなかったのか。この男はネルー首相が唱える「人々は自由意志に基づいて生きるべきであり、旧来の悪習に捉われる必要はない」という言葉を聞かなかったのか？

人生とはカードゲームのようなもの、とネルーは喝破した。あなたに与えられたカードはもともと定められた宿命のようなものだが、人生はゲーム中にどう自らの技量を活かすかにかかっているのだ、と。これこそ自由意志の尊さというものだ。

次の週、このドビ・ワラーの男が、階段に座って一人で食事をするＰＫに近づき、こうささやいた。

「今晩、お前の服を持ってこい。だが、誰にも見られないようにしろ。オレが洗って明日の夜、皆が寝たあとに渡してやるからな」

少なくとも、半分は勝利したといえよう。

インド社会が矛盾だらけであることは、PKでなくともわかるくらい深刻だった。そのいい例が、カースト制度により父方の祖父の運命がどう左右されたかだ。おじいちゃんは一般社会においては尊敬を集める存在だった。それでも、ブラミンたちからすると、そんな祖父が触れた食物や水を受け取るのはもってのほかだった。結局、亡くなるまで寺院への出入りを許されなかった。

パンは数百年にわたり織物工として働いてきたわけだが、おじいちゃんは伝統を打ち破り、初めてアスマリックで事務の仕事に就いた。

ブラミンたちは祖父をゾウの糞のごとく扱ったが、イギリス人は敬意をもって接してくれた。イギリス人はブラミンをイラつかせるべくあらゆることを行った。果てにはおじいちゃんをチャティア、つまりは村長に任命し、地元の係争調停を任せ、地元で発生した誕生と死亡登録、および犯罪の発生の植民地統治機構への報告もすべて委ねられた。

村には交番もなければ役場もなかったので、すべての責任をおじいちゃんが負っていたということになる。もし、誰かが法に触れることをすれば、木の棒で被告を叩くのはおじいちゃんの任務だというのが大英帝国からの辞令だった。しかし、何より大切なのは、この地位が大英帝国により任じられたものだという点であり、そんな措置をしたのは帝国主義者がブラミンを信用していなかったからだ。

「ブラミンの間には数々の食に関するタブーがあり、社会的拘束も多く、よそ者の何気ないふるまいが侮辱になっていてもおかしくない、内々でのみ規則が共有されているようだ」

当時、アスマリックに配属されたイギリス人の報告書にある一文である。ブリティッシュも相手側も不信感を抱いていることはよく承知していた。正統派ブラミンたちは帝国主義者を深く蔑み、ビーフィーター（イギリスの牛喰いデブ）と呼んでいた。明らかに侮辱を目的とした蔑称である。

おじいちゃんは、いつもどれほどブリティッシュが大好きか、ＰＫに言い聞かせていた。

「あの人たちはちゃんと約束を守ってくれる。いい人たちだ。ブラミンどもと違い、我々と握手してくれる。我々に触れることを気にしていないんだ」

そう語っていた。そして、声を潜めてさらに続けるのだ。

「ブラミンどもは信用するな。もしお前がきちんと距離を保たなければ、お前が悪いことになってしまうんだぞ」

十代後半に入り、ＰＫが親しみを感じて付き合うことができたのは意外な集団だった。旅芸人の一団である。

ある日ふらりと何の予兆もなくやってきて、テントを張り、ゾウをつなぎ、公演会場をつくりだすわけだ。公演初日の夜、大観覧車や回転木馬をお目当てに長い列ができ、その動力は男たちによる自転車発電だった。

錆びたアトラクションはこすれるし、動力が不安定で明滅するし、変な音をよく出していた。今にも壊れそうな貧弱な構造だったが、それでもＰＫにとっては回転もするし明滅もするということで感銘を受けるものだった。さらにＰＫが魅力を感じたのが、サーカスのテントだった。キャラバン隊の中に分け入り、馬やゾウの背中を撫でたり、ジャガーやライオン使いに自己紹介したりした。

ＰＫはおそるおそる、相手に自分が不可触民であることを伝えた。これは熟慮の結果だった。そうすれば、あちらは適度な距離を保つ、あるいは遠ざけることもできる。これなら相手を自分のせいで汚染してしまうことはない。

「我々はそんなこと気にしないぞ！」

ライオン使いの一人が、そう言い切った。

「我々は全員ムスリムだから、お前の立場がよくわかる。あいつら、オレたちのことも不可触民みたいに扱うからな」

ジャグラーも同調した。

インドにおいて、ムスリムは不可触民と同じくらいひどい扱いを受けていると教えてくれた人は誰一人いなかった。理論的には、ムスリムはカースト制度に組み込まれていない。

だが、実際のところ、今はムスリムの人たちもかつては低いカーストの出身で、不可触民に対する差別から逃れるためにイスラム教へ改宗したのだ。残念ながら、これでは助けにはならなかった。今までと同じく排除され、侮辱され続けた。カースト制度は不治の病だ、という結論にＰＫは達した。

学校が終わると毎日サーカスへ行った。

ついに、まともな人間としてお互いに接することができる集団を見つけた。サーカスの一団は皆親しみやすく、開けっぴろげで好奇心旺盛だった。質問すればなんでも答えてくれたし、彼の話にも耳を傾けてくれた。今までにない感覚だった。

数日後、サーカス団から仕事の話が出た。断る理由がどこにある？　それで少々学業に支障が出ても関係なかった。それが生き方だった。考える前に動くほうであり、いいオファーなど滅多にないから断るはずもなかった。

ＰＫはもはや有頂天だった。生まれて初めて、誰かに受け入れてもらえたのだから。二週間にわたり、動物に干し草を与え、テントの骨組みを手伝った。ポスターも描いた。

「我々のピエロになって、ツアーに来いよ！」

ある日、サーカス統括責任者が言ってくれた。

もちろんですよ、ぜひぜひと答えた。どのみち夏休みが始まる時期だった。長すぎる縦縞のコートを着せられ、プラスチック製の赤い鼻も手渡された。いくつかの基本的なトリックとスケッチを渡されたが、それほど難しいものではないことが判明した。そして何よりも、観衆が笑ってくれた。注目を集めるのは簡単だったし、当初はやみつきになった。

サーカスの共演者も彼のことを気に入ってくれた。数週間がたち、統括責任者がさらに数週間ツアーに加わってインド東部全体を周ってみないかと提案してくれた。だが、そこでためらった。何か直感的に合わない気がした。

道化を演じ続けるのは、究極の排除の扱いではないかと考えるようになったのだ。愚か者を演じて事実を覆い隠す間抜けとは、失敗者でなければ何なのか？　周りにはよく似た仲間たちがいて、仕事もあり、お金さえも稼ぐことができたが、上級カーストのヒンズー教徒が集まる観衆からの笑いは結局、嘲りでしかなかった。そう考えると、このままずっと道化になるのはごめんだった。

命のともしび

学校での試験は拷問だった。ＰＫは椅子に座り、問題をにらみつけ、呆然とするばかりだった。一つ答えられるかどうかだった。数学と物理は最悪だった。教師が言っていたことを何一つ理解できていなかったということか？

僕は不可触民で、かつバカなんだ、と自分を憐れみながら心の中でつぶやいた。試験に合格しなければ、将来はなかった。あとは富豪の家でトイレ掃除をするか、織物工になるか煉瓦焼きをするか、不可触民にもともと割り当てられた仕事にしがみつくしかなかった。

もはや命を絶つしかないと川に行った。

急流へ身を投げ、すべてから解放され、もう少しまともな啓示をあの世で受けようとした。これで今までの傷や屈辱はすべて消えるのだ。だが、そこで何かが押しとどめた。

実際に飛び込んで水が肌に押し寄せてくると、一つ考えることがあった。お母さんはこれを見てどう言うのだろう？　体内に残っている感情が、暗闇に向けて彼を押し出そうとする急流に反発した。

もっと生きてみたい。

水面に顔を出し、河原まで泳ぎ、狭い砂利の川岸に登った。それでも、もう一回飛び込んでみようと思った。川へ飛び込んだが、体が川の流れに従おうとしなかった。再び水面に顔を出した。もう一度やろう、そう自分に言い聞かせた。体が川底に触れ、ＰＫはそこにある大きな岩にしがみつき、このまま水中に居続けようとした。これで最後の逃亡を果たしたかったのだ。もはや後戻りはなかった。が、突如、大岩が川底から離れて川面に浮き出した。

ずぶ濡れの敗残兵になった気分で、学校に戻り、寮の共同寝室の床に横たわり、ぼんやりと天井を見つめた。そして、最近の出来事をあらためて振り返った。教師が大嫌いで、あのドビ・ワラーが気に入らず、調理人も同級生一同にも憎悪の念を抱いていた。あいつらが、前世からの宿命が現世の社会的地位を決めるという迷信を受け入れていることが許し難かった。

それでも、すべての事象には理由があるという考えを完全に振り切ることはできなかった。人生において完全に無意味なものは存在しないはずだ。失敗にさえも何らかの意義があるという。この排除の感覚にも何らかの意義があり、自殺未遂にも何らかの意味があり、あの瞬間に、あの岩が川底から外れたことにも何か意味があるに違いない。

慰めをどこかに求めようとしたときに、彼はあのヤシの葉に浮き出た占いを思い出した。あの予言。将来結婚する相手のこと。彼女のことを想像し、頭の中で姿を描き出した。肌が白い女性の姿が暗闇の中に浮かんできた。ものすごい美人で、笑顔に優しさがあふれていた。目を閉じると肌の温もりが伝わってきて、自身の周りに光が射してくるのを感じた。

そこには母もいた。どうしてかわからなかったが、間違いなかった。母がすぐ近くの床に座り、息子を揺さぶって、語りかけてくれた。

「どこにでもバカな人たちはいるでしょうよ。でも、お前がしていることはすべて正しいのよ。いつの日か、予言に出てきた女性、お前の将来の奥さんがやってくるからね」

暗闇はこれ以上ないほど暗かったが、そこには母がいて、光があり、おかげで命を無駄に投げ出すことだけは思いとどまった。

お母さんがすぐ隣に寄り添ってくれてよかった。あの晩、眠りに落ちる直前に思い浮かんだ最後の思いがそれだった。

軍事訓練キャンプは、高校最終学年の男子全員に課せられた義務だった。

インドはすでにパキスタンと二度、中国とも一度、戦争をしていた。ジャングルの湿原で戦うこともあれば、乾燥しきった砂漠でも、凍りついた氷河でも戦闘があった。高校生でさえも次の戦闘に備えておく必要があり、次の戦争が勃発するのも時間の問題であることを全員が承知していた。

ＰＫにもバウルプールで行われる軍事教練に参加するときがきた。

オリッサ州全体から一〇〇〇〇人以上の男子が集まり、灼熱のなか、基礎体力訓練と射撃練習を行った。ブラーマニ川沿いのテントで暮らし、マンゴーの木の下にいたので、ときどき甘く熟した実が砂場に落ちてくることもあった。訓練は同じことの繰り返しで退屈そのものだったが、ＰＫは軍服、帽子、メダル、革靴は気に入った。この装いによって、何となく権威が与えられた感じがしたからだ。

ある日、彼と二人の兵士がテントの警護を任され、そのほかの全員が一キロメートルにわたり川沿いを行進している間に夕食を用意するということがあった。今にも雨が降りそうな黒雲が、午後の間ずっと木々のすぐ上の低空を覆っていた。強い風が全員に吹きつけてきた。全員が出発して間もなく、湿った風が吹きつけてきて、トウモロコシがこすれる音が大きくなった。サイクロンが、予測していたよりも強い力で襲ってきた。

十分もしないうちに駐屯地全体のテントが押し倒された。一瞬のうちに真っ暗になった空に、ときどき白と青の稲妻が光り、ＰＫと仲間二人はその日に掘ったばかりの塹壕にほうほうのていで駆け込んだ。突如、強烈な風が兵士たちに吹きつけた。巨大なマンゴーの木の枝が吹き飛ばされ、爪楊枝（つまようじ）のように舞った。小さな枝も吹き飛び、ＰＫを直撃した。激しい痛みが襲ってきた。見上げると塹壕の外にいた仲間が横たわっていた。次の瞬間、紅色の液体が軍服にへばりついた。それは血だった。数秒のうちに全身が血まみれになった。自身の体を見下ろしたが、自分は出血していなかった。そこで気づいた。この血は塹壕の外にいた仲間のものだと。

ＰＫは気絶して数時間後に目覚めた。

鬱陶しいほどの光が照っていた。気がつくと、デンカナルにある病院の硬い担架の上だった。脚を骨折していた。仲間は、さらに大きな枝に打ち付けられて死亡していた。

旅立ちのとき

いつの間にか、また試験の時期が来ていた。もはや絶望しかないと思っていたら、そこにかすかな希望が生まれてきた。悪運がやっと通り過ぎたようだ。記憶力も向上してきて、呪縛が解けた感じだった。ギリギリだったが、試験に合格できた。教わったことが完全に消え去ったわけではなかった。つまるところ、完全な役立たずではなかったということだ。

父親があらためてＰＫに進むべき道を提示してくれた。息子よ、エンジニアになれというのだ。ＰＫとインドに明るい将来を約束する素晴らしい仕事だという。そこにあるのは理性と科学であり、高僧による迷信や偏見の入り込む余地はない。

父親は工学大学を目指せと言い、ＰＫは言われたとおりにして大学に合格した。だが、入学後、すぐさま授業に飽きてしまい、講義の間ずっと教授の肖像画を描いていた。

「やっぱり不可触民どもには脳がないんだ！」

絵を見つけた数学教授が言い放った。だが、ＰＫは教室から放り出されても、今回は落胆することはなかった。自分が求めるものが何かわかっていたし、それが父親の期待するものと違うということも理解していた。自然科学は全体的に大嫌いだった。物理、化学、数学との相性は最悪だった。国家建設の任務はほかの誰かに任せよう。

翌日、同じ教授が彼に近づいてきていいアドバイスをくれた。

「プラデュムナ・クマール、ここは君向きではない」

「ではどうすれば？」

「美大に出願しなさい！」


こうして教授の助言を受け入れ、ポケットに全財産の五十ルピーだけ入れて出奔した。

当初、どこに行くのかはわかっていなかったが、そういえば家からバスで数時間の場所にあるカリアパリにビマ・ボイ瞑想センターがあることを思い出した。ＰＫは、そこの僧侶たちならば自分のようなさまよえる魂を受け入れてくれると知っていた。

実際、温かく迎え入れられ、寝床用の藁マットと食べ物を与えてもらった。この僧侶たちとは同じ価値観を共有でき、股間を覆う布きれ一枚以外全裸の男たちと、文字どおり裸の付き合いをすることになった。

ＰＫは創設者ビマ・ボイの思想に魅せられた。もともとは近所の村で生まれ育った孤児で、インドのカースト制度、身分差別、偽善者のブラミンどもに嫌気がさし、このような宗派をつくりあげたのだと僧侶たちが教えてくれた。立ち上げて短期間のうちに、数多くの支持者を獲得したのだという。

僧侶たちは導師(グル)を称える歌を唄い、美しい詩を諳んじて、誰もが平等に暮らし、競争も分断もない社会を夢見ていた。ＰＫもこの考えに共鳴することが多く、心底からこの歌を唄うことができた。ここでは、誰もが平等で自分もその平等なみんなの一人だった。僧侶たちもブラミンどもに対して同じように嫌悪感を抱いていた。

　それでも、残りの生涯をここでの瞑想に費やすわけにはいかないと思っていた。

　僧侶の生活は向いていなかった。欲望も色々とあった。何より、占星術師が言ったとおりに結婚してみたかったし、外の世界、アスマリックの彼方を見てみたかったのだ。

　彼はまた旅を続け、西ベンガルを目指して北上する列車に忍び込んだ。

　この列車が新しい人生へと導いてくれると信じ、窓際に座って流れ行く光景を見ていると、かつて列車とは鉄製の蛇のようなものだと自慢気に語っていた校長の姿を思い出した。

　かつての自分はその話を聞いて、乗客が皆巨大な蛇にまたがり、鉄で舗装された道を走り抜けるものだと妄想していた。当時の自分の愚かさに笑ってしまうしかなかった。まだまだこの世界には彼が知らないことがたくさんあるはずだ。

　次の目的地はカラ・バヴァナといって、ベンガル人の詩人ラビンドラナート・タゴールがシャンティニケタン村に創設した美術学校だった。

　まずは学校のホステルにチェックインした。一晩一ルピーなどありえるのか？　これなら十分に支払い可能だ。だが、授業料はそれなりの金額であり、結局はあきらめるしかなかった。まさか父親にねだるわけにはいかなかった。その代わりとして、カリコテにある美術学校、ここなら地元オリッサ州にあるし、彼のように経済的に恵まれていない者でも行けるということで勧められた。

新たな希望を取り戻し、南下する列車に飛び乗り、目指す美術学校に到着すると、そこは旧式コロニアル建築で大理石の床と鉄のフェンスでできており、山あいで壮大なチリカ湖の近くにあった。

この学校は授業料が無料だったため、ものすごい人気があった。三十三人の合格枠をめぐる競争は熾烈で、ＰＫは数百人の出願者の一人だった。選考過程のなかには、志願者がどれくらい絵の具、インク、チャコールをうまく使いこなせるかというテストも入っていた。この学校には植物も育っており、ブドウとマンゴーの木もあった――希望の光がそこにはあった。

ＰＫは周りの人たちの絵を見て、これならいけるという手ごたえを感じた。次の日、教授一同が結果発表を行った。最初に不合格者が告げられた。その次に、技量の順番に名前が呼ばれていった。ＰＫは一等だった。

カリコテの美術学校において、不可触民の出自については誰にも話していなかった。そして、誰もその点を聞くことはなかった。教師も志願者もインド全国から集まっており、お互いに馴染むことができ、それを見る限りでは、カーストや階層などどこにも存在していないような感じだった。

これは今までにない斬新な感覚だった。ここには今までに知っていたのとは違うインドがあり、かつてほんの少しだけ加わったムスリム・サーカスの一団を思い出させる何かがあった。ここならもう一度、別の人生を始められそうだった。

カリコテでの一年はそれまでで、もっとも実りあるものだった。

教師たちは彼の図抜けた才能に絶賛を惜しまず、春にはニューデリーの美大で奨学金を受け取れるようはからってくれた。そこで願書をまとめ返答を待ったのだが、周囲の人たちからの拍手とモンスーンの豪雨がほぼ同時にやってきた。郵便局長だった父親は、茶色の格式ばった封筒を自宅に持ち帰り、妻に渡して封を開けてもらうと、中身を読み終えて叫んだ。

「奨学金がもらえるぞ！」

ＰＫが電話をすると、母がその旨を伝えてくれた。今踏みしめている大地が大きく揺れたような気がした。

「お前は首都に行くんだね」

母はそう続け、泣き始めた。父は祝福の言葉を贈ってくれて、ついに息子をエンジニアにするという夢をあきらめてくれた。

母は涙を流し、出発までの三日間、食事を拒否した。この引っ越しは、母から見ると遠すぎて悲劇なのだった。思いは複雑だった。首都の美大に奨学金付きで息子が受け入れられるのは自慢でもあったのだ。事実、近所の女性たちの前では、こう自慢していた。

「うちの息子はバスと列車で旅して、そこからジャングルと山を飛び越える銀色の鳥に乗って、想像もつかない遠い場所へ行くのよ」

第二章

変遷

コンクリートジャングル

夏の終わり、たわわに実って落ちてきた果物の香りと、モンスーンの雨の匂いが鼻孔をつく時期だった。ＰＫはニューデリーを目指して旅立とうとしていた。

彼は母の前にひざまずき、足を洗ってあげた。すると母は泣いた。自身も涙を必死にこらえて立ち上がり、母親を抱きしめてから、牛の後ろに取り付けられた台車に飛び乗った。

運転士が指示を出すと、牛は目の周りを飛ぶハエを振り払って応じた。

それから泥まみれのデコボコ道を駅に向かって進んだ。途上で、占星術師の言葉をあらためて反芻(はんすう)していた。結婚相手は、

「とてもとても遠いところ、それも村の外、郡の外、州の外、いや、この国の外からやってくる」

次の朝、列車はオリッサの州都ブバネシュワルに着き、今まで見たこともない桁外れの大都市にＰＫは否応なく興奮した。

幅広くまっすぐに伸びる街路を、交通警察隊が交差点で整理にあたっていた。ヒンドゥスタン・アンバサダーのタクシーが列をなし、コットン製の服をまとった男たちが後部座席に座っていた。古風な国宝級寺院が、色彩豊かな庭園に囲まれて建っていた。さまざまな物品を売るバザールが道路まではみ出るほどの勢いだった。食欲をそそる香ばしい匂いが、無数の小さな

食堂から漏れ出していた。自転車の大群に分け入るように、リキシャを引っ張る牛が唸り声をあげていた。そして、夜になると、きらびやかな寺院と高い建物から光が漏れ出していた。この世のものとも思えない華やかな光景だった。この街でこれなら、ニューデリーはどこまですごいのか？

　そのときＰＫは二十二歳、あるいは二十一歳、ひょっとして二十歳……正確にはよくわからなかった。字が読めない母親は、正確なところを知らなかった。誕生日を祝うという習慣は実家にはなかったし、当時のインドにはＩＤナンバーといったものも存在しなかった。

　あの年は一九七一年だった。学校に吊るされていたカレンダーにはそう記載されていたし、路上で販売されていた新聞にもそう印刷されていた。

　幼少時代は不可触民であることの辛酸を少しずつ思い知らされるものだった。孤独があり、恥辱があり、それが母親の無条件の愛によって癒されるという繰り返しだった。

　村での暮らしは残酷だった。しかし、彼は今、完全な自由、地元では決して得られない匿名性とともに新しい大地に立っていた。すべてのもの――家、道路、都市の喧騒といった諸々――が新しい夢の世界、将来の明るいビジョンを暗示していた。

　スケジュールをあらためて見直すと、ブバネシュワル～ニューデリー間のウクタル・エクスプレスで二日半かかるのだが、最終駅に着くときには八時間以上の遅れが発生していた。いったい何が起こったのか？　同じ車両の後ろにいた男は肩をすくめ、こう答えた。

「我々は目的地に着いたわけで、もう変えられない過去をどうこう言ってもしょうがないだろう。つまりだな、お前さんはそれを知って何ができるというのかね？」

たしかに一理あるアドバイスだった。前を、未来を、見よということだ。あの恒常的いじめが続いた村を脱出して、ここ首都にたどり着いたことを喜べ。ここならファンタジーも現実にできて、野心も達成できそうではないか。

その晩、ＰＫは首都で暮らすオリッサ州出身者向けのゲストハウスの五階に泊まり、爆睡した。翌朝、目覚めてゲストハウスの大ホールの窓際に行った。

だが、そこに立って朝日に照らされながら目をこすりつつ、今度は恐怖感を覚えた。夜寝る前には勇気満タンだったのに、目覚めたら恐怖が胸の奥からせりあがってきた。要は安全な場所、オリッサ州の実家、家族が待つ家のベッドに戻りたくなっていたのだ。

窓の下に拡がるニューデリーの街並みを見下ろした。そこには黒々としたアスファルトが敷き詰められた幅広い道路があり、白とベージュのカマボコ型の車が無数に走り、絶え間ない大渋滞の間を縫ってバスが方々に行き来し、虹色に染められたトラックや、黒と黄色の動力化されたリキシャ、オートバイがコンクリートのビルでできたジャングルの間を駆け巡り、九月の太陽を鉄とガラスが照り返していた。

ここを地元と思える日がいつか来るのだろうか？

そもそも、自分はここで外出する勇気があるのだろうかと、ためらいを覚えた。大都市の住民は僕の言葉なんか理解できないのではないか？　当時話せたのは、地元言語のオリヤー語と学校で習った英語だけだった。だが、首都の公用語はヒンディー語で、高校でほんの少しかじったただけだった。決して自信をもって話せる言葉ではなかった。「マイ・オリッサ・セ・ホ」、私はオリッサから来ました。「マイ・ティク・ホ」、私は元気です。ヒンディー語で話すと、会話の内容は堅苦しく、杓子定規で、子どもっぽかった。

それから地図上で、ゲストハウスから美大までの道筋を指でなぞった。結構な長旅になりそうだった。どのように市内バスを乗り継げばいいのか見当もつかなかった。もしも間違えてしまったらどうすればいいのか？　もし帰り道がわからなくなったらどうしよう？　強盗にあったり騙されたりしたらどうしよう？　大都市の人が僕のことを田舎者すぎて変と思って――彼自身、変わっているのか服装が変なのかわからなかった――笑い者にしたらどうしよう？

最初の一週間、どのバスに乗ればいいのか混乱しないよう、学校と宿の往復はすべて徒歩で行った。だが、すぐに疲れ果ててしまい、バスに乗るしかなくなった。バス停に近づくと、恐怖が襲ってきた。デリー交通公社のポンコツ車両が、絶え間なくパイプから黒い煙を発しながら走り、乗客は実がなったブドウのように、乗車口で窓の縁にしがみつきながらぶら下がっている。運転手はバス停に来ても車両を停めることはなく、乗客が飛び乗ったり、飛び降りたりできるよう速度を落とすだけだった。

それでも、ＰＫはかろうじて車両に自らを押し込むことはできた。汗まみれの人ごみの中に何時間も押し込められたような感覚を経たのちに、高いビルは消え去り、いつの間にか泥で塗り固められた低い家、それから畑が続くようになった。

つまり、バスは学校とは違う方向に進んでいたということだ。間違えた方向のバスに乗り込んでしまったのだ。次のバス停で飛び降りて対向車線のほうに向かい、親指を立ててヒッチハイクで市街地に戻る手立てを探し出すしかなかった。

次の日は徒歩で行くことに決めた。幅広い街路に馴染み、高層ビルの間を通り抜けていくと、少しずつニューデリーに慣れてきた。かつては危険で敵意に満ちているように見えた場所に少しずつ親しみを覚えるようになってきた。彼は安堵した。これが自由だった。ここなら不可触民のパンの小僧ではなく、アスマリックの不可触民郵便局長シュリダール・マハナンディアの息子でもなく、肌が黒い先住民女性カラバティ・マハナンディアの息子でもなかった。

そもそもアスマリックなど誰も聞いたことがなく、つまりはどこにあるかすら知らない。どこで生まれ、どのカーストに生まれるかについてはいっさい選ぶことができなかった。だが、ここにおいては、今のところ、誰もそんなことはいっさい聞いてこなかった。

美大の教授陣は現代的で、どこにも過激なところはなかった。カースト制度に強く反対しており、その点はカリコテの美術学校の教員たちと同じで、彼自身、気持ちよくほかの学生と並んで同じ教室に座ることができた。高いカースト出身でも低いカースト出身でも、扱いはまったく同じだった。

ＰＫは、教授たちが「カースト制度は撲滅しなければならない絶対悪だ」という旨の言葉を口にするのを何度も聞いた。そういった言葉を、声高に自信をもって、まるで凱歌のように語り、本気で若い学生たちがこの陋習から自由になることを願っているように見えた。

ＰＫはほかの学生たちと一緒に食事もできた。同じ部屋で、同じテーブルにつき、同じボウルから食材をとった。彼が近づいても誰一人よけようとしなかったし、誰一人として彼の存在や接触を嫌がることもなかった。ここは革命後の新世界なのか。

夜に宿へ戻るときは浮足立っていた。ニューデリー、大都市こそ、未来だった。

オリッサ州からの奨学金は月に一度支給されることになっており、学費、画材代、教科書代、ゲストハウスの家賃、食費はこれでまかなえそうだった。

だが、数か月後、奨学金の支給が止まった。父親が毎月送ってくれる五十ルピーでは、数日分の生活費にしかならない。政府の奨学金担当部署の誰かがお金をくすねて、自分のポケットに入れているのではないか。ＰＫは奨学金を受け取れるはずの窓口に何度も舞い戻ったのだが、いつも返答は同じだった。

「申し訳ありません！　お金はありません。一か月後にあらためてお問い合わせください」

美大の一年目は順調だったが、奨学金が送金されなくなってからは、貧困・飢餓・不安が襲ってきて夜も眠れなくなってきた。

最初の三か月は色々な学生の家に泊まることもあった。だが、あまり長い間、同級生たちの善意に頼りたくなかった。しばらくすると、ニューデリー駅で日雇い労働者や障害者、物乞いや翌朝の列車を待つ人たちと並んで寝るようになった。駅はブランケットにくるまった人たちで満杯になっており、大きなバッグを抱え、穀物や藁がつまったジュート製の袋や、ミルクをつめた瓶、農作物を持つ人もいれば、時にはヤギを連れている人もいた。

駅舎の中は、外の道路よりも多少温かく快適だった。デリーの夜は故郷の村のように暑くなく、湿気でじめじめしていて、多少肌寒いことすらあった。しかも、駅のトイレで体を洗うことができたので、汗臭いまま大学の教室に入ることもなかった。

何度か、夜にわざわざ駅まで歩くのすら億劫(おっくう)になることがあった。そういう夜には、大学近くの公衆電話ボックスに忍び込んで眠りについた。

独り立ちへ向けて

十八歳になると、ロッタはロンドンに行き、現地の病院で看護師になるための実地訓練を受けた。そのときには誰の助けも、同行する友人もいらなかった。これまでの環境とは正反対だった。一人で行くことに解放感を覚えていた。

そして、ハンプステッドにある評判が高い病院に就職した。そこでは長期間入院する患者と長期間働くスタッフは家族のような関係を築き上げていた。ロッタに任されたのは、サーと呼ばれることを好む老齢で重病の患者だった。

「ロッタ、私に約束してくれ、絶対に自分の考えだけに固執しないようにと」

その人は、ロッタの勤務最後の日に、手を握りながらこう言葉をかけてくれた。

彼女はその後の人生で、この言葉をずっと守り続けてきた。

ロンドンでは、よく近所のインド料理店に行きクミンやチリの香りをかいだ。ロイヤル・フェスティバル・ホールでインド・オディッシー舞踊団の公演を観て、ロイヤル・アルバート・ホールで世界平和を願いジョージ・ハリスンとシタール奏者のラヴィ・シャンカールが共演したコンサートにも行った。短期間ではあったが、デリーから移民してきたインド系の男性とデートしたこともあった。

それから、病院で見つけた一冊の写真日記があった。写真の一枚は、大きな石の車輪を写したものだった。一見ものすごく古くて、そこには小さな人とゾウの姿が彫られていた。彼女は写真を切り抜いて下宿のベッドの上の壁に貼り付けた。夜になると、ベッドに横たわり、じっと写真を見つめた。

〈まるでこの車輪が私を引っ張っているみたいだった〉

そう日記に記している。

〈まるで、奥深くで、何か大きく、忘れ去られた存在が、この車輪をとおして語りかけてくる気がした〉

死の淵をさまよう

ＰＫはだんだん授業から足が遠のいていった。

食べることすらできない日は、教授の話す内容も頭に入ってこないし、課題をこなすこともできない。そんな日は、あてもなく街を歩きまわった。

そうやって最後にたどり着くのがコンノート・プレイス、街の中心のロータリーで、コロニアル風の家宅が並んでいる場所だった。市内で最高級のレストランとおしゃれな店が並ぶ場所でもあった。ロータリーの中には、芝生、樹木、噴水、池もあった。

これぞまさに大都市の縮図といえる光景だった。よどんだ水の悪臭も混ざり、ディーゼルカーの排煙に人間の排泄物の臭いも加わったうえに、花や果実の香りも重なり、同時に荷物運びの男たちが吸うタバコの臭いも連なっていた。芝生に横たわり、大麻を吸う人もいた。

公園のすぐ隣に白い建物があり、そこがインディアン・コーヒーハウスだった。

ここにはいつも大学生やジャーナリスト、知識人たちが集っていた。そこに最近加わった新しい客層が、ヨーロッパからのヒッピーたちだった。塗装したVW（フォルクスワーゲン）をすぐ外に停め、何かスローガンを車体に書いていたりした。たとえば、「インド大冒険1973－74、次の停車地ヒマラヤ山脈」とか「ミュンヘン―カトマンズ陸行ツアー」とかだ。

PKはほぼ毎晩、インディアン・コーヒーハウスに通った。多様な人が集まっているそこの雰囲気が大好きだった。

壁に掲げられたサインを見ると、このカフェがインドコーヒー労働者連合の一部であることがわかった。そして一九五〇年代に出され、すでにセピア色になった広告に目をやった。「いい男……（白髭を生やし、綿製の帽子をかぶった誇り高きコーヒー農家）、そしていいコーヒー（豆が写っている）」、そして決め台詞が続く。「どちらもインド製だ！」

店のスタッフたちは白いパジャマ（インドでよく着られているゆるいズボン）に幅広い緑と

黄色のベルトを巻き、雪のような白さの綿製帽子をかぶっていた。

ココナッツ繊維でできたマットの上を裸足で走りまわり、熱いブラックコーヒーや水牛のミルクを入れた紅茶を白い陶磁製カップとソーサーに入れて給仕していた。そんな場所で、ＰＫは何時間もお茶一杯で粘り、鉛筆とスケッチブックで習作を続けていた。

スタッフと客の両方を描いたが、とくに外国人を中心に描いた。ひげを生やし、長髪の男たちが綿製のスカーフを巻き、インドの模様をあしらったシャツを着ている。ヘナで髪を染めてジーンズを穿き、ピチピチのＴシャツか華やかな色合いのダボダボのシャツを着た女の子たち。

時には描いた相手に絵を渡すこともあったが、シャイすぎてお金を請求することはできなかった。お茶を一杯恵んでくれればそれで十分だった。なかにはそれでも何枚か小銭を渡してくれる客もいて、そのお金は紙、絵の具、絵筆を買う費用となった。ほかにも、お腹が空いているかと気にかけてくれる人もいて、揚げたサモサ、パコラ、ひよこ豆、フライドポテトなどを食べさせてくれた。

本当にお金が底をつき、ＰＫがキャンバスも油絵の具も買えなくなったとき、代わりに薄いコピー用の紙や茶色の包装紙、黒インクを、コンノート・プレイスの裏通りにある店で微々たる額を払って買った。そして、飢えに苦しむ人を印象派の手法に基づいて描いた。

ＰＫにとって、飢餓は重要な題材だった。ひっかくような線は、空腹状態のとき、人がどんな気分なのかを如実に表していた。こうして彼は全世界の飢える人たちに声を与えた。他人の苦しみを描くことによって自身を救い、一時的とはいえ飢えをしのぐことができるのであった。

結局、学費の支払いを止め、六か月後には学生名簿から除名となった。教授たちは彼が出席しているかどうかも気に留めていなかったので、学校へ行くのもバカらしくなったのだ。そして、絵そのものも同時にやめてしまった。その当時の彼にはもっと大切な任務、たとえば食料の確保があった。

四日間、何も食べないでいると、さすがにお腹がけいれんしてきた。まるでロープできつく縛られたかのような感覚だった。痛みは急速にひどくなり、何度となく吐き気を催し、再び空腹の痛みが続くのであった。今思えば、あの症状は一種の統合失調症ではなかったか。

あるときには落胆と鬱の症状が襲いかかり、次の瞬間には元気いっぱいだったりした。多少考える力があるときは、すべての思いが食べ物に寄せられた。できたてのチャパティ、蒸したパニエや大きなボウルに山盛りのカリフラワーに濃い味のソースがかかった様子をまざまざと目の前に浮かべた。

そして、食べ物を求めてあてどもなくさまよった。そのなかでも最悪だった何日かは、デリーの政府機関が並ぶフェロズ・シャー・ロードをふらつき、強烈なスパイスの匂いを嗅いだ。もはや自分を止めることはできなかった。壁で囲まれていたが、門は開いていた。なので中をのぞきこんだ。中庭には、大天幕が立てられ、その下にテーブルクロスで彩られた長テーブルが用意されていた。そして、白いターバンを巻き青ジャケットを着たスタッフが何人もいて、あちらこちらを駆けまわり、皿と金で縁取られたグラスを回収し、濃い青のジャケットを着たブラスバンドが演奏していた。

第二章　変遷

ＰＫは注意深くなり、違法行為やトラブルになりそうな行動は極力避けていた。だが、飢えの前では、そんなお行儀のよさなどどこかへ吹っ飛んでしまっていた。彼は結婚式の真っ最中であるこの中庭に入り込んだ。何百人もの招待客が歓談に興じながらビュッフェ形式で食事を楽しんでいた。ほうれん草とラム、赤いチリソースがかかったチーズ、ミントソースがかかったタンドリーチキン、黄金に輝くサモサ、ひよこ豆のマサラがヨーグルトに浸っており、クミンがまぶされたポテトとカリフラワー、コリアンダー、チャパティ、ナン、パコラ……。

お腹が激しく鳴っていた。今やるかやらないかしかなかった。一皿を手に取り、山盛りに食べ物を盛りつけ、隅っこに引っ込んだ。

そして、飢えた犬のようにかぶりついた。なんとか穏やかに食べようとしたが無理だった。誰かに見られたのではないかと不安で、後ろを振り返りあたりを見まわした。だが、誰も見ていなかった。みんな美味しい食べ物に夢中だった。

皿を空っぽにしてお腹が満たされると、一目散に出口を目指した。あと数歩で出口、誰にも見られていないはずだった。そこで、誰かが肩を軽く叩いた。妙に力強く、有無を言わさない権威が備わっていた。

彼は凍りつき、全身がパニックに陥った。これで人生は終わった、と思った。次は警察の独房に行くしかない。それからオリッサへ強制送還となり、そこで待ち構える恥辱と侮辱の日々が頭の中をよぎった。

「コーヒーか紅茶、どちらになさいますか、サー？」

振り返った。そこにはウェイターの一人がいて、清潔な黄金のコートを着て白いターバンを巻いていた。最初、PKはこの男が何を言っているのか理解できなかった。そういえば、相手は警察とかなんとか言っていない、と気づいた。紅茶かコーヒー？　本当にこの男はそう言ったのか？　純粋に大きな喜びが全身を駆け抜けた。

「あっ、ああ、結構です」

PKは戸惑いながら答えた。誰も見ていなかったことに安堵し、すぐに通りへ飛び出してインド国産アンバサダー車とスクーターの間をすり抜けて行った。

道に出て、マンディ・ハウスのロータリーまで駆け抜け、そこから一目散にコンノート・プレイスを目指した。それからインディアン・コーヒーハウスの目の前まで来てやっと立ち止まった。落ち着いて、やっと休憩することができた。そして笑みを浮かべた。お腹を襲っていた鈍痛は消え去った。

日によっては、パーラメント通りの木になっているジューンベリーの実が唯一の食べ物ということも何度かあった。秋に入り、モンスーンの雨も去ると、木にたわわな紫と青の真珠のような実がなる。誰もベリーを摘まないときは、実った果物が路上に落ち、道をワインレッドに染めるのだ。

果実は甘くて食べた人に活力を与えてくれた。土の汚れは路上の水道で洗い流した。だが、結局、体調を崩して発熱し、疲れが出てしまった。高熱にうなされ動けなくなり、辛うじて手にすることができた食べ物さえ失った。体重も激減して視力も落ちてきた。飢えを満たす食べ物の確保だけが唯一の関心事となっていった。

秋が過ぎて冬となり、夜には気温が一ケタ前半まで落ち込んだ。寝るのはコンノート・プレイス沿いにかかっているミント橋の下で、いつも落ち葉を焼いて暖をとっていた。友達など一人もいなかった。どうしようもない不安感が体内に侵入してきた。もはやカフェで肖像画を描く気力すらなかった。その代わりに、父親に仕送りを懇願する手紙を書いた。何も返答がなかったとき、そもそもあの手紙は届いたのだろうかと考えた。きっと、救済の手がそろそろ伸びてくるのではないか？

春が来て、暖かさが戻ってきた。そして、猛烈な暑さをともなう夏がやってきた。デリーの気温は四五度に達し、アスファルトには熱気による蒸気が立ち、日の出から日の入りまでずっと路上にかげろうが漂い、ＰＫは昼も夜もなくずっと病気に苦しんだ。腹痛はおさまらず、再び自殺を考えるようになった。

デリー、インド、世界！　今まで夢だけは大きかったが、現実を見ると、どこにも属する場所がなかった。どこに行こうと彼は貧乏で、役立たずで、望まれない存在なのだ。

自分が生まれたこと、存在していることそのもの、とにかくすべてが間違いだったのだ。もうそろそろ苦しみを終えてもいいだろう。まるで催眠術にかかったかのように歩き、足はがくがく震えていたが、ヤムナ川に向かっていた。川の水が肌に触れると、もうここから出たくないと本気で願った。

だが、茶色に濁った、臭いもきつい川底にたどり着く途中で、ＰＫの無意識が反応した。かつてのときと同じく、空気を求めて体が水面を目指していたのだ。体は意識の命令に逆らった。まるで手足が何かほかの力に動かされているようで、なかなか死なせてくれなかった。

結局、川岸まで泳ぎつき、比較的熱くなっている路上を歩き続けた。どこに行くか自分でもわかっていなかったが、たどり着いたのは線路だった。今度は人生の終わりを鉄道にかけたのだ。頭を線路にもたせかけて横になりその時を待った。

しかし、午後の太陽により鉄は赤くなるほど熱くなり、やむなく起き上がるしかなかった。首のところに火傷のあとが残っており、この計画がうまくいかないことを認めるしかなかった。今度は、座り込んだ。次の列車が来たときに飛び込んでやる、そう自分自身に誓いを立てた。あと二歩だけ踏み出せば、すべては終わるのだ。単純明快、簡単そのものではないか。それだけでこの世からあの世に旅立てるというのか？

数時間が過ぎたが、一本も列車が通らない。いったいどうしたのか？　やっと一人の男が夕暮れ前後に線路沿いまで歩いてきた。ＰＫは男を呼び止め、インド鉄道会社に勤めているのか聞いてみた。

「はい、私は列車操縦士ですが」

「では、なぜ今日は列車が動いてないのですか？」

「あなたは新聞をお読みでないのですか？」

「読んでいません」

「私たちはストライキに入っているのです」

「ストライキ？」

「ここに座っていてはいけません。奥さんが待つ家に帰りなさい！」

「私には帰る家もなく、待ってくれている妻もいません。空腹すぎて腹痛がひどいんですよ。なんで私がここに座り込んでいると思っているのですか？」

操縦士は肩をすくめて姿を消した。

しばらくすると、一人の警官がやってきた。木製の警棒を振りまわしながらこう叫んだ。

「どけ、私が拘束する前に！」

次の日、「タイムズ・オブ・インディア」を手に取り読み始めた。なんでも、鉄道労働者組合会長のジョージ・フェルナンデスという男が鉄道ストライキを決行しているという。フェルナンデスはほかのいくつかの産業における労働組合も説得し、一致団結してストライキを続けているという。総計一七〇〇万人のインド人がストライキをしていることになる。

怒りが向けられたのは急速なインフレ、政治腐敗、食料不足――つきつめるとインディラ・ガンディー政権ということだ――だった。おそらくこれは史上最大のストライキとなろう、とあるコラムニストが書いていた。

苦しんでいるのはオレだけじゃないんだ、と思った。インド全体が怒り狂っているのだ。

考えてみると、史上最大のストライキが彼の命を救ったことになる。死ぬわけにはいかない、少なくとも今ではない。天上の力がそう命じている以上、尊重するしかなかった。

こうしてみると、幾度も自殺に失敗したのは偶然とは思えない。だから、例の予言に集中するしかなかった。何と言っていたかな？　外国から来た女性？　かつて小学校を訪れたヨーグルトのような肌とフローラルドレスのイギリス人女性を思い出していた。きっとあのような人、オレを探し求めている女（ヒト）がいるはずだ。彼女こそ運命の人のはずだ。

理想の彼女の姿が次第に脳内で大きくなってきた。あまりにも巨大になりすぎて、起きている時間のほとんどを支配されていた。それでも、ＰＫが飢えから抜け出すには、インド人の友人の助けが必要だった。予言の女性については、もう少し待たなければならなかった。

ＰＫは授業に戻った。

当初、出席はぽつぽつではあったが、そこでナレンダと出会った。二人は連れ立ってインディアン・コーヒーハウスへ行くようになり、ナレンダは紅茶をおごってくれた。

「ついでに何か食べるかい？」

ナレンダは医学生だったが、実はＰＫと同じく、不可触民出身でデリーにおいては完全に孤独だった。

医学部に入れたのは低カーストに対する優遇政策があったからというのもあるが、学校での成績はよかった。彼と交わろうとしない大部分のブラミン出身の学生連中よりはるかに優秀だった。初めて出会った日、ＰＫは今までの苦労、飢え、そしてここ数か月の絶望感について語った。ナレンダは慰めたうえで、路上に落ちたベリーや残飯をあさらなくてもいいようにいくばくかの食費も出してくれた。二週間後、熱が完全に下がった。ナランダが言った。

「おそらく君はシゲラ感染症にかかっていたんだ」

「悪性のサルモネラバクテリアだよ。別名デリー・ベリーと呼ばれている」

「どうすればいいんだ？」

「勝手に治るよ。ちゃんと毎日食べて、規則正しく生活していればな」

数週間の空腹で、あと一歩で底なし沼に落ち、永遠に消え去ってもおかしくなかった命だ。本人もそれをよくわかっていた。あと一週間、ベリーと汚れた水の生活が続けば、病気で人生が終わっていただろう。

ナレンダと出会い、一時期、謎の消滅をしていた奨学金も、なぜか戻ってきた。幸運が幸運を呼ぶというのはこういうことか。ＰＫの父親も、息子がどれほど苦しんでいるのか知らなかったと言いつつ返信をくれた。数か月後に初めて届いた手紙には一〇〇ルピー札が入っており、これなら一週間分の食費はまかなえそうだった。

最愛の人の別れ

再び学費を払えるようになり、授業にも出席するようになった。

学習意欲も戻ってきてＰＫの人生に彩りが戻ってきた。そして、新しい友達もでき始めた。そのなかには同じく厳しい生活を強いられている学生も一人いたが、ＰＫはどちらかというと、今までの人生で飢えなど想像すらしたことがない人たちと親しくなることが多かった。

同級生の大部分は裕福な家庭の出身で、単に中流階級以上とかではなく、首都の政治経済の中心を占めるエリート階層だった。一人は国立インド郵便局長の息子だったたし、在ブルガリアのインド大使の娘もいた。ほかにもムンバイの裕福なパルシー（イラン系の拝火教徒）出身の学生もいた。彼女の態度はいかにも都会的で、高慢ちきにさえ見えた。

「私はムンバイのど真ん中で育ったのよ」そう言いながら、長い髪が顔にかかっていたのをいったん後ろに振ってから、床にチューインガムを吐き捨てた。ＰＫはどうしてもシャイにならざるをえなかった。彼女と一緒にいると、否応なく劣等感を刺激された。これほどまでに自信満々ですべてに恵まれた娘を前に、どうすれば対等に付き合えるというのか？

学生同士が英語で話しているうちは、まだマシだった。あるとき食費以上にお金を受け取れる機会があり、「リーダーズ・ダイジェスト」を一冊購入して英語の語彙強化に役立てた。ヒンディー語になると、事態が途端に怪しくなり、どうしても会話がつまってしまう。最低限の理解力はあったが、オリヤー語とはまったく違うヒンディー語のデーヴァナーガリー・アルファベットに手こずった。書かれている内容を誰かが指さし、あれを音読しろと言われるのが、怖くてしかたなかった。

だが、ＰＫはこの劣等感を乗り越えようと奮闘して、学校のカフェでイスラム教徒らしき学生、つまりカーストがどうだろうと気にしない人を見つけては話しかけることにした。ＰＫの直感は結果として正しかった。

「オレの名前はタリク、タリク・ベグというんだ」

わかりやすい英語で答えてくれたが、なんでも大学入試では一番だったらしい。

「もっとも、オレの力だけではないんだけどね」

「どういう意味なんだ？」

「オヤジに聞くといい」

「君のお父さん？」

「オレのオヤジ、ミルザ・ハミードゥラー・ベグ。聞いたことのある名前じゃないかい？」

「なんか聞いたことがある気がするな……有名人？」

「最高裁判事なんだ」

「ワォ、タリク、つまり君は実力者の息子ということだね」

「ああ、残念ながら」

「残念ながら？」

話しているうちに、お互い哲学に興味があることがわかった。だが、二人ともブラミンどもばかりを優遇するヒンズー教の思想は気に入らなかった。そして、お互いに今まで読んできた仏教やジャイナ教、またスーフィズムの経典について語り合った。二人はカフェで何時間も語り合い、人間の本性や意識の拡げ方について夢中になっていると、清掃担当者が学校の門を閉めようとしているのを見て、やっと一日の終わりに気づくということも何度もあった。当時、ＰＫはまだホームレスだったのでタリクが家に入れてくれた。

「うちで寝ればいいよ。オヤジは気にしないから」

ベグ一家はデリー市の南側にある寝室二〇部屋とバスルームが九個のバロック風の平屋建て豪邸に暮らしていた。ＰＫがタリクの部屋に忍び込んで間もなく、一家は彼の姉のために盛大な披露宴を開いた。ビュッフェのテーブルが庭園に用意された。インドの政界エリートが軒並み顔をそろえていて、インディラ・ガンディー首相さえも来ていた。

言うまでもなく、ＰＫがそこで歓迎されるはずはなかった。招待客が家の門を通り抜けてきたころ、ＰＫは外側からカギをかけられたタリクの部屋の床に横たわっていた。タリクは必ず山盛りの料理を載せた皿を持ち帰る、と約束してくれた。ＰＫは、まるでエサを待つ犬にでもなったかのような気分だった。

会話がぼんやりと、そして、華やかな音楽も外から聞こえてきた。笑い声が響き、スパイスがきいた美味しい食べ物の匂いが鼻をついた。やっとのこと、夜もだいぶ遅くなってから、タリクが部屋に戻ってきた。

タリクの部屋で暮らした期間は数か月に及んだ。家族の背景はあまりにも違いすぎたが、にもかかわらず共通点がたくさんあった。ただし、哲学的会話が楽しめるようになるのは、あくまでもＰＫがもっと根源的な問い「何か食べるものはあるかい？」を満たしたあとだけだった。

数十年後、ＰＫとタリクはＥメールで連絡を再開したが、以下はタリクによる回想である。

「君はいつもお腹を空かせていて、それればかり気にしていたよね」

空腹によるＰＫのお腹の音がおさまって初めて二人は仏陀に熱中できるのであった。

タリクの父親は、息子が連れてくる貧しい友人に対して不信感をあらわにしていた。とはいえ、最高裁判事はあくまでＰＫに対して礼儀正しく、さすがケンブリッジ大学のトリニティカレッジを卒業したというそつのないマナーで挨拶して応対した。

ＰＫに対して、面と向かって招かれざる客だと言うことは決してなかった。だが、タリクは何度も父親からの長時間の尋問に耐え、いつもＰＫの代わりに慈悲を乞い続けていた。

タリクは父親から、もっと有名人や実力者とか富豪の子どもたちと親しくしろと言われたことをＰＫに伝えた。日が過ぎるたびに重圧は強まるばかりだった。最終的に、ＰＫはもう出ていったからと、タリクが父親にウソをつくことになった。そして、家族が集まる食堂からＰＫ用に食べ物を載せて部屋に運ぶようになった。タリクの父親が部屋に来るときには、ＰＫはワードローブの中に隠れた。真っ暗闇の中で立ち尽くし、判事の声がすぐ外で響くときに、彼は大きな恥辱を覚えた。

結局、一九七三年春を通じて、ずっとタリクの父親と家族から隠れ通すことになった。具体的にどれほど長期間居候していたのかは、今や誰も正確に記憶していない。この宮殿を離れたのは五月のある日、コンノート・プレイスが建つロータリーのアスファルトがバターと砂糖を煮詰めたイギリス風タフィーのように蒸し暑くなった頃だったかもしれない。あるいは、夏のモンスーンの時期、どす黒い雲が首都を覆い、道路全体を濡らして熱風を冷ました頃だったかもしれない。だが、タリクが追い出したわけではなかった。タリクこそ、ＰＫが望みうる最高の友人だったのは確かだ。

タリクの部屋で寝ていた蒸し暑い春のある晩、ＰＫはとんでもない悪夢を見た。普段なら目を覚ませば夢の内容など忘れてしまうのだが、このときの恐怖はずっと尾を引いた。

ある晩、汗だくになって目を開けると、母親が真っ暗闇だったタリクの部屋に姿を現した。そろそろ夜明けかという時間帯だったが、母親はびしょ濡れのサリーを体にきつく巻き付け、その様子はまるで朝に川へ体を洗いに行った直後であるかのようだった。いつもどおり、黒い髪は湿っぽく、頭の上には水をいっぱいに入れた甕(かめ)をのせていた。

どうしてママがここにいるんだ？　ニューデリーに？

「何もかもうまくいくからね」

母はしんみりとそう言って、甕をタリクの部屋の床に置いた。

「私の旅はこれで終わりよ。私に約束しなさい。ソナ・ポア（わが黄金の息子）よ、お前が妹の面倒を見ないといけないんだよ。妹は一人だけなのだから！」

彼はもはや完全に目覚めていた。呼吸するたびに胸が大きく上下し、熟睡しているタリク以外に、部屋には誰もいなかった。時間は午前三時半だった。

だが、母親の存在感を強く感じ、ある種の安心感も覚えた。思い出すと、それは幼いときに母親の腕の中で眠ったときの安らぎと同じだった。彼にはわかっていた。何か重大な事態が発生していることを母が知らせてくれたのだ。母がかけてくれた言葉を振り返ると、胸に重いものが押し寄せてきた。何もなかったかのように再び横たわることはできるが、再び眠るなどもってのほかだった。

すぐに荷物をまとめ、タリクを起こすことなく家を出て、大急ぎで駅へ向かった。そして、人でいっぱいの自由席に飛び乗った。タリクの部屋で悪夢を見てから一時間もたたないうちに、彼は帰郷の途についていた。

三日間で、四回の乗り換えがあり、加えて長距離バスで穴ぼこだらけの密林を通り過ぎ、彼はアスマリックにある実家の前に立っていた。

シュリダールが出迎えてくれたが、しわだらけの服にぼさぼさの髪で、汗と埃まみれの息子の姿に驚いていた。父親が聞いた。

「なぜ、お母さんが重病だとわかったんだ?」

「知らなかった、というか……いや、わかっていた。夢を見たんだ」

「カラバティはお前が帰ってくるとわかっていたんだ」

シュリダールが続けた。

「我々は信じていなかった。そんなことはありえないと、なだめようとしたんだ。だが、お母さんは頑固だった。ずっと言い続けていた。〝あの子は今帰ってくる途中だよ〟と。来なさい、とにかくお母さんが待っている。もう少しで私たちの小鳥はかごから永遠に飛び立つんだ」

家族一同がカラバティのベッドの周りに集まっていた。まだ五十歳そこそこのはずで髪の毛も白くなっていなかったが、最近起こった心臓発作のせいで著しく弱り、危険な状態に陥った。少なくとも、それがアスマリックの病院で受けた説明とのことだった。

カラバティはＰＫをじっと見つめた。そして、不要な挨拶抜きで本題に直接入った。

「絶対に酒を飲まないこと。それから将来の奥さんを不幸にしないでね」

それから、夢で見たのとまったく同じことを口にした。

「妹の面倒を見てあげなさい。私に約束しなさい。たった一人の妹だから」

最愛の息子との会話が、最後の力を振り絞ったものによることは明らかだった。

そこから容態は急激に悪化した。その日の午後までに、ＰＫは半開きになっている母親の口に優しく水を含ませたが、それを飲み込むことすらできなかった。うがいするときのようなガラガラ音が喉から漏れてむせてしまい、母はつらそうにかすかに動いた。もはや目は焦点を合わせることもできず、呼吸も遅く小さくなるばかりだった。

そして、カラバティは亡くなった。


その日の午後、シュリダールは村の大工に、火葬用の木を持ってきてほしいと依頼した。ＰＫと父親は、叔父のプラヴァトに手伝ってもらい、担架で亡骸を川まで運んだ。そして、平らな砂地の上に安置した。それから一家は火葬用の木材が届くのを我慢強く待った。日も沈み、風が強くなり、雲が空を覆った。雨が降り始め、雷が鳴ると地面も揺れて暗闇を光線が切り裂き、またモンスーンが戻ってきたかのようだった。

ＰＫは母の遺骸を、この嵐が連れ去ってしまうことを怖れた。思わず母親の亡骸をのせた担架をきつく抱きしめた。夜の闇はこのうえもなく深かったが、雷による光がときどき青ざめた母親の顔、そして硬直の始まる灰色の脚を照らし出した。何人かの不可触民が火葬を見届けようと集まってきた。

やっと大工が現れたが、木材は持っていなかった。木材は持ってこられなかったと伝えてきた。だからその晩は火葬を行おうにも行えなかった。

「お母さんを担架にのせたまま、一晩中ここに座り込んでいるわけにはいかんぞ。もう少しで腐敗が始まるのだから」

父が声をかけた。ＰＫと兄は何とかしなければならなかった。一同は川沿いに砂の坂を上り、そこに素手で深さ五〇センチメートル程度の穴を掘った。そして、カラバティの遺体を穴の中に優しく横たえた。火葬ができない以上、一家は土葬で妥協するしかなく、あとは自然に川が母親を抱擁して死後の救済をもたらしてくれることを願うばかりだった。

家族はほとんど感情を見せなかったが、ＰＫだけは号泣していた。そして、突如、ＰＫは墓の中に飛び込み母親に抱きついた。

「お願いだ、オレをママと一緒に埋めてくれ！」

しばらく沈黙があたりを支配した。雨が激しくなり全員を打ったが、誰も一言も発しなかった。無言のまま、シュリダールは砂岸に息子を引き上げた。そして、父は妻の遺骸に砂をかぶせていった。

ＰＫは翌朝にはニューデリーへ旅立った。

伝統に基づき、数日後に正式な葬儀が行われ、そこで喪に服すため、頭を剃ることになっていたが参列はしなかった。ＰＫはインディアン・コーヒーハウスで出会ったヒッピーに影響を受け、せっかく長い時間をかけて伸ばしてきた長髪を失いたくなかった。しかも、母親にはすでにあの川岸で別れを告げていたのだ。

母親をあの穴の中に横たえたときの悲しみはすぐに消えていったが、その代わりに空虚感が、大都市ニューデリーへ戻るガンジス川沿いの平野を突っ切る列車の中で襲ってきた。

目に見えない紐(ひも)が切れ、そのときのことを後に日記で書き残している。

〈時として我々は空へ羽ばたくが、最後は母親のもとへ戻る。そして、今、母は世を去り、戻れる大地がない。人生とは不安定そのものだ。僕の足元で大地が崩れた。僕は落ちていく〉

学期が終わり、ＰＫとタリクは一緒に旅に出ることを決めた。ＰＫの家族に会い、その後、仏教の聖地巡りをしようという計画だった。

二人の旅行はＰＫの故郷の村から始まった。オリッサ近辺をヒッチハイクでまわり、まだ妻の死から立ちなおっていないシュリダールを慰め、それからバスに乗ってヒマラヤの高地を目指し、ネパールのカトマンズ盆地に入った。インド国外に出たのは二人とも初めてで、雪が積もる山頂を見たのも、薄く凍った水たまりを駆け抜けるのも初めてだった。

何もかもが新鮮だった。景色はどれも明るく際立っていた。空はどこまでも透き通って青く、ニューデリーを覆う白茶けたかすみなどどこにもなかった。

ある日の午後、ＰＫがカトマンズのラトナ公園で木々の絵を描いていると、一人の男性が近づいてきた。「ナマステ」と礼儀正しい口ぶりで、手を合わせて頭を垂れた。

「人物画も描かれますか?」

　PKは、初めての海外旅行で慣れていなかったため、少したためらった。

「はい。ときどきは」

　男の顔の特徴は、まっすぐな鼻とネパール風のフォラージ・キャップだった。描くのはそれほど難しくなかった。男はできあがりに満足したようで、お礼は数ルピーでいいかと聞いた。このやり取りを聞いていた通りがかりの男が興味を示し、自分も描いてくれないかと聞いてきた。太陽がヒマラヤ山脈の裏に隠れるころには、数多くの人が集まって列をつくり、肖像画の完成を待っていた。

　四時間ぶっ続けで絵を描くと、さすがに右腕が痛くなったが、ポケットは小銭としわくちゃの紙幣でいっぱいに膨れ上がっていた。

　これだけのお金があれば、四日分のフリーク・ストリートのカフェにおける朝食分と夕食分をまかなえた。タリクに頼らず自身の出費分を払うことができる。これ以上、タリクの寛大さに頼らなくていいというだけで大きな解放感を覚えた。PKはずっと自分にのしかかっていた貧困の重しが少しとれた気がした。事態はきっとよくなる、と感じた。

　PKとタリクは西洋人ヒッピーがよく集まるカトマンズの二軒の人気カフェ、パタンとスノウマンに迷い込んだ二羽の物珍しい鳥のような存在だった。

　ただでさえ、不可触民出身のジャングル・ボーイと裕福なムスリム最高裁判事の息子の組み合わせだ。二人とも冒険好きなヨーロッパの中流階級出身の子どもではなかった。ヨーロッパから来た若いヒッピーたちは西洋を遠ざけ、一方で、インドの二人は西洋に憧れていた。ＰＫの立場からすると、西洋で素晴らしいのは豊かさとか発達したテクノロジーではなく、社会にブラミンどもがおらず、カースト制度そのものが存在しなさそうなことだった。

ヨーロッパにも貧しい人はいるだろうと思ったが、インドの不可触民ほど圧迫されてはいない、それは確かではないか？　とにかく、二人は唯物論をこき下ろし、ハッシッシを夜な夜な吸っているヨーロッパ人に馴染もうとした。西洋人側から見ても、現地人の顔をしているのにジーンズをはき、きちんと英語の読み書きができる存在は物珍しく貴重だったに違いない。

ＰＫの人生が大きく変わろうとしていた。生まれて初めて、まとまったお金を自らの手で稼ぐことができた。カトマンズにおける最後の一日は、ＰＫの新たな人生の始まりであり、これで二度と飢えることはなくなるはずだった。

ニューデリーに戻ると、タリクはＰＫをもう一度家に招き入れるのは怖すぎる、オヤジがどこまで激怒するかわからない、と言ってきた。

ＰＫには責めることはできなかった。自分だって同じ立場ならそうしたに違いないからだ。だが、つまりはもう一度ホームレスに戻るという意味だ。何日かは美大で親しくなった友人の家で過ごしたが、それも尽きると駅の石の床で眠ることになった。ネパールのカフェで手ごたえをつかんだはずだったのに、数週間もしないうちに鬱の症状がぶり返してきた。終わることのない落胆にまたも打ちのめされていた。

しかし、今回は出口があった。これからは商業画家になるのだ。そして、営業を始める場所がどこかもわかっていた。デリーのど真ん中にあるコンノート・プレイス公園の噴水前だ。

宇宙飛行士

インディアン・コーヒーハウスの客は、よく噴水沿いに来てＰＫが肖像画を描く姿を見ていた。毎日、午後になると、最近買ったばかりの画架（イーゼル）の周りに人だかりができた。だが、人が集まるということは、警察の注意もひくということだ。

「サー、親愛なる捜査官閣下、おまわりさん、とにかく私だって生活費を稼がなければなりません。わかるでしょう？　おわかりいただけませんか？」

ほとんどの警官は礼儀正しかったし、賄賂を受け取ることもざらだった。主任警官の一人は肖像画が大いに気にいった。

「これなら罰金は払わなくてもよろしい」

そう言い渡してくれた。こうして、警察署の壁はＰＫによる幾多の鉛筆画およびチャコールによる作品で埋め尽くされるようになった。

この作戦がきかないときは、警察署に連行されることもあった。だが、ＰＫが不服を申し立てることはなかった。早期釈放されないメリットをすぐに理解したからだ。拘留とは、つまり、一晩暖かい独房で眠り、メシにもありつけるし、シャワーも浴びられるということだ。そして、一晩熟睡して、清潔かつ休養十分の状態で翌朝、外に出られるということなのだ。

ＰＫはそのなかでも特定の警官と深い関係を築き、仮にこの警官が逮捕するにしても、一日の書き入れ時が終わったあとにしてくれた。二人の取り決めは次のようなものだった。ＰＫは一晩拘留され、警官は売り上げの五〇パーセントを受け取る。この枠組みはしばらく続いたが、警官の同僚が訝しむようになり、「仲間」の警官が問い詰められたため、しばらくはおとなしくしてくれということになってしまった。

だが、ＰＫはカネを稼ぐ必要があり、営業の場所を空港に移した。たまたまその日は一九七五年一月二十六日の共和国記念日だった。

中心街の大通りから空港まで人だかりができていた。車両の通行は禁止されており、警官もいっせいに動員されて、人々が道路にはみ出ないように必死に抑え込んでいた。大衆はいっせいに動き、足の踏み場がないくらいの密度で、空港ターミナルのほうを向いた。何人かはプラカードを掲げ、花束を持ち上げる人もたくさんいた。ＰＫはカメラを掲げる男たちをたくさん見た。突如人だかりに波がたち、誰かが押されて倒れ込み、叫び声があがり、その直後に興奮のざわめきが起こった。みんなが待ち構えているのは誰なんだ？

二台の警察ジープが現れ、さらに二台、追加で登場した。行列がそちらのほうを向き、ざわめきの音量がさらに大きくなった。ＰＫは群衆の中に忍び込み、よく見える場所を確保した。そのとき、ジープに乗り込む一人の女性の姿を認めた。彼女の肌は強い日差しに照らされて乳白色に輝いていた。

第二章　変遷

この女性ははるか遠くの大地から来たに違いない、そうＰＫは気づいた。

誰かが叫んだ。

「ワレンティナ・テレシコワ、あなたはみんなのヒーローだ！」

歓声をあげた。ＰＫはこの一団に加わった。ＰＫは長身のシーク教徒と小学生の集団の間に押し込まれた。子どもたちがケッチを始めた。女性は空から降ってきて空港に着地したかのような注目を浴び、女王のような扱いを受けて送迎されるらしい。周りの人をかき分けて少しでも近くに行こうとした。するとジープが停車した。ＰＫは車が手に届く距離まで近づき、オープンカーに座る女性に描いたばかりのスケッチを手渡そうとしたが、警官が間に入り警棒を使って阻んだ。

手元に花がなかったので、代わりにこの女性のス

だが、警官はスケッチを手に取り、一瞥すると、笑顔を見せた。そして絵を女性に渡した。ＰＫは彼女が肖像画を見て、ＰＫを阻止した警官に何事か話しかけている姿を見た。そして、女性と目が合った。彼女は身を前に乗り出し、何事か警官に話しかけていたが、この男がＰＫに話しかけてきた。

「このお方が君と話してみたいと言っておられる」

「いまですか？」

「そんなわけないだろう、バカヤロー！　お前はどこで何をしているんだ？」

それから住所を書き留めた一枚の紙を渡された。ソヴィエト社会主義連邦共和国大使館、シャンティパス、チャナキャプリ、そう書いてあった。

「明日の昼12時だ。お前の作品を持ってこい。遅れるなよ」

警官は不愛想な口調で言った。

翌日、チャナキャプリ地区、つまり、インド政府省庁や諸外国大使館が集まる地域を訪れた。大使館に入ると、インド政府高官とロシア人の外交官が入り口近くに立っており、無数の記者とカメラマンが取り囲んでいた。例の彼女は、建物の少し奥まったところに立っており、ソ連のリーダーたちとともに並んで写真におさまっていた。警備員の一人がＰＫを女性の前に引き出すと、彼女は手を取り、少しぎこちない英語で感謝の言葉を伝えてくれた。

「きれいな絵ですね」

そう言いつつ、自己紹介した。

「私はワレンティナ・テレシコワといいます」

「お美しいお顔ですね」

いったいこの人は何者なのだ？　二人はカメラに向かって笑顔をつくった。テレシコワ？今まで一度も聞いたことがない名前だった。本当に挨拶を交わす程度の時間しかなかった。部屋の中はあまりにも多くの外交官と記者であふれかえっており、立ち入ったことを聞く時間はなかった。たとえば、「あなたはもうご結婚されていますか？」とか。

代わりに、好奇心をむきだしにした記者たちからの質問に応対しなければならなかった。

「あなたは誰ですか？」「どこから来たのですか？」ジャーナリストたちは知りたがった。ＰＫは逆に、ワレンティナ・テレシコワとは誰か、報道陣に聞く羽目になった。

「なんということだ、君はどこまで無知なんだ？　世界初の女性宇宙飛行士だぞ！」

誰か一人が叫んだ。ＰＫは嬉しかった。それ以上何かを聞く必要はなかった。宇宙飛行士なのか！　もうそれだけわかれば十分だった。それから報道陣の質問に一つ一つ答え、故郷のジャングルの中にある村や先住民出身の母親と不可触民の父親について話した。

記者たちは一気にメモを書いていた。インド人はいい話が大好きで、記者たちはこの浅黒い青年が特ダネになることをよく心得ていた。ＰＫなる貧しく、ジャングルからやってきた低いカーストの男が、世界一有名な女性宇宙飛行士にお目どおりがかなったのだ。

その晩、ＰＫはコンノート・プレイスのコーヒーショップで席を取り、ワレンティナ・テレシコワのことを考えていた。それまでに当日の新聞を読み終えていた。かつては織物工場の労働者だった一女性が、一九六三年六月十六日朝に、宇宙服を着て発射場へ向かうバスに乗り込んだ、新聞にはそう書かれていた。ロケットに点火され制御塔が緊張の極限に達した。二時間のカウントダウンの後、ついにエンジンが発火し離陸を果たした。ワレンティナには、コールサインとして「カモメ」が与えられ、地球を離れた任務が始まった。そして三日間のうちに地球を四八周し、任務を終えてからパラシュートでカザフスタンの一角へ帰還したのだという。地球帰還後は宇宙航空学の研究者としての仕事を続け、ソ連最高議会の議員となり、共産党中央委員会の重鎮としても活躍しているのだという。

そんな偉大な女性が、今、インドにいる。

宇宙へ羽ばたいた女性が地上の車に乗っていることに、何か別世界の出来事のような気がした。これはどういう意味なのか？　そのとき思い浮かべたのは、守護神として、世界の母親として猛牛の上に立ち、本来、男の持ち物であるはずの武器を持つ女神ドゥルガーのことだった。猛牛以外にも、ライオンやトラに乗っているとされることもある存在だった。

ワレンティナ・テレシコワは地球の外へ旅立ったが、今は帰還していた。すべてを超越した女性ということだ。吠えるライオンよりもすごい、火を吐くロケットを乗りこなしていたというのだ。宇宙飛行士だ。

もしやこの女性こそが、あの占星術師が言っていた相手なのではないか？　夢想の中で彼女と過ごすこれからの人生を思い浮かべていた。夕焼けのなか、彼女が乗りまわすバイクの後ろに乗り、長旅の末、彼女の生まれ故郷であるソ連の村を訪れるのだ。花柄のドレスを着た彼女の隣に立ち、自分は西洋風のダークスーツに身を固めている。周りの環境を思い浮かべようとすると、途端にぼやけてしまい、さっきまで高揚していた感情は急に弱まり、宇宙飛行士の家など想像もつかなかった。ソ連の生活がどのようなものかまったく思い浮かばないし、食べ物がどんな味かもよくわからない。車の形も木の種類や高さも見当すらつかないのだった。

彼女が着陸したカザフスタンの大地で出会った貧しい村人についての記事も読んだ。宇宙服で身を固めた女性が、空腹の羊飼いや農民たちに取り囲まれたのだ。

「ちょっと待って！」

そう叫んで着陸用のカプセルに戻り、ビスケットの箱やそのほか宇宙旅行を終えたあとに残っていた食べ物を与えたのだ。

「これ、食べて！」

　そう言って、彼女は持っている食べ物を提供した。のちに彼女は宇宙開発委員会でこの件について厳しく非難された。宇宙食を地元民に与えるべきではなかったというのだ。

　ＰＫはワレンティナの宇宙船がアスマリックに着陸し、お腹を空かせている人たちに食べ物を提供したらどうなるか、想像を膨らませてみた。それを想像すると、心温まる思いがしてきた。世の中の大部分は善人で、ワレンティナもその一人に違いないからだ。人間の痛みを少しでも減らすために必要なことを彼女はしたのだ。

　だが、だんだん夢は萎んでいった。心の奥底で彼女が予言の人でないことはわかっていたし、決して運命の星にはなりえなかったからだ。なんと愚かな妄想だったことか！　そうしてＰＫは店を出て暗闇の中に消えていき、今晩眠るための段ボール箱と公衆電話ボックスを探しに行くのであった。

　次の日、駅のスタンドに並んでいるあらゆる新聞を片っ端から読み漁った。「ナヴラトナム・タイムズ」「タイムズ・オブ・インディア」「ヒンドゥスタン・タイムズ」「ザ・ヒンドゥ、インディアン・エクスプレス」。自分についていったいどんなことを書いているのか？

「新聞に載っている男、これはあなたですか？」

　近くでチャイを売っている男が聞いてきた。

「ええ、私ですよ」

　そう答え、三〇パイサを払って湯気が立ち上るお茶を飲んだ。男は湯を沸かしているやかんを手に取ろうとかがんだ位置からPKを見上げていた。どうも感銘を受けている様子だった。

PKは「タイムズ・オブ・インディア」を一部購入し、ページをめくっていった。するると、一二面で自分の顔を見つけた。ワレンティナとPKの二人が大使館で並び微笑んでいる写真だ。ジャングル出身の男が宇宙からやってきた女性と出会う、という見出しだった。

頭の中でものすごい雑音が響いた。自分自身の人生、ほかの誰のものでもない自分自身の物語が、新聞で活字になっているのだ。

あの日、PKはデリーのバス待ちの列や喫茶店で話題の的となっていた。いくつかの新聞が取り上げていたからだ。駅からの道すがら声をかけてくる人がたくさんいて、いつもいくパハールガンジ市場のデコボコ道でも多くの人たちに取り囲まれた。

インドへの助走

ストックホルムでひと夏働いたのち、ロッタはイングランド南部の海岸沿いに戻り、英語の勉強を再開した。

授業の一環で何かを研究発表することになり、当然、彼女が選んだテーマはインドだった。ポーツデール・バイ・シーからロンドンまで列車で移動し、大英連邦図書館を目指した。数週間にわたり通いつめ、オリッサの先住民の風習について調べ上げ、とくに毎年行われる祝祭について力を入れた。

インドのイカット織りの写真を目にして、何か親近感を覚えた。そして心を打たれた。スウェーデンの地元で伝統的に行われる祭りでよく使われる服の模様とそっくりではないか。事実、マルメ郊外の小さなコミュニティ、トアルプ製のものと、うり二つだったのだ。なんでインド製とスウェーデン製の布地がこんなによく似ているのか？

すべてのことには理由があるに違いない。

リーダーの横顔

インドは深刻な問題に直面していた。もはやインフレは制御不能になっており、失業率は高まるばかりだった。ＰＫは新聞でインディラ・ガンディー首相が現状を「封じ込めが加速度的に不可能となっている」と言い表しているのを読んだ。ヒンズー教右派は宗教紛争をちらつかせた。しかしながら、ＰＫはいつもどおり、ねぐらとしている駅と生活の糧を稼ぐ噴水の間を往復するだけだった。


きちんとした身なりの男が、肖像画に没頭しているＰＫのそばに近づいてきた。

「肖像画をご希望ですか？　十分間で一〇ルピーです」

ＰＫは男を見ることもなく言った。

「私ではない。ちょっと来てくれ。そうすれば誰にも邪魔されずに話せるからな」

「なぜそんな人目を気にするんですか？」

「我々の偉大な大統領、ファフルッディーン・アリ・アフマド閣下が、君を夕食に招待したいとおっしゃっている。そして君の肖像画もご所望だ」

大統領の秘書と名乗った男は、一気にそう語った。

数日後、ＰＫは白いアンバサダーに乗せられた。その車の屋根には赤いランプが点灯し、サイレンが響いていた。


もともと大英帝国の総督公邸として建てられたものだったが、現在は大統領官邸となった建物は、いかにも権力と威光を醸し出していた。そこで彼を迎えたのが大統領警備団で、その中には何人か、頭にターバンを巻いたシーク教徒も加わっていた。この人たちだったら一握りでオレを殺せるなとＰＫは思いつつ、中へ入っていった。

あらゆる方向を見渡す限り、黄金、鏡、シャンデリアで飾られ、古き良き帝国の輝きを全方向に放っていた。ＰＫはただただ圧倒された。写真以外で、こんな光景を一度も見たことがなかったからだ。こんな場所にいるのは誰にとっても場違いなはずで、まして今、自分のような身分の男が首都の中心にある権力の象徴に立っていて、これから大統領にお目どおりがかなうなど、完全に想像の埒外だった。

彼は最大限の敬意を示すべく合掌しつつ、深くお辞儀をした。大統領は小さな円卓の隣に座り、卓上には花が飾られていた。ＰＫはすぐに肖像画の作業に取りかかった。秘書は自身のストップウォッチに目をやって言った。

「終わったら言ってくれ」

十三分後、ＰＫは「ストップ」と言い、秘書はボタンを押した。大統領はできあがったばかりの肖像画を見つめた。しばらく何も言わず全体を見まわしていた。そして、ＰＫのほうに向きなおってこう言ってくれた。

「素晴らしい」

それから大統領はいくつかの冗談を飛ばした。そしてスクーターのエンジンが始動するときのような大きな笑い声をあげた。その姿はどこにでもいるインドのおっちゃんだった。

ＰＫが辞去しようとすると、大統領が秘書に指示を出している声が聞こえた。

「私の娘への仕送りを忘れないように」

ＰＫは大統領を好きになった。インド共和国の大統領は娘のことを愛する普通の父親であり、実家を離れた子どもたちの動向を気にしていた。それが人間的だと感じた。官邸を出る際に、ＰＫは取材攻勢をかけてくる記者たちとフラッシュをたくカメラマンの間をすり抜けて行った。報道陣は大統領がどんな言葉を口にしたか知りたがった。

「大統領は娘に金を送れとおっしゃっていました」

ＰＫはそう答え、そのままの意味で記者が理解してくれると思い込んでいた。大統領は家族思いの、親しみやすい人物なのだ。だが、記者連中はそういう意味にはとらなかった。

「大統領なら、自分の家族より国全体のことを心配すべきだろう」

一人の記者が言った。

「インドの将来は娘一人よりも大切ではないのか」

二人目も不満の声をあげた。

「結局、君にお似合い程度のリーダーということだ」

三人目の声だ。

次の日、すべての大手新聞が彼の大統領官邸訪問を報じ、あわせて大統領本人、ＰＫと肖像画の写真も掲載した。この報道で強調されていたのが、わずか十三分でこの肖像画を描き上げたという点であり、言ってみれば芸術家としてではなく、アスリートとして彼は扱われたようなものだった。


一九七五年春に入り、警察は群衆の鎮圧にさらに強硬姿勢で臨むようになっていた。政府は、政治不安が過熱して暴力沙汰、一揆、騒乱になることを怖れていた。

ＰＫは噴水沿いで看板を立てていた。十分間、一〇ルピー。待合の列は長くなるばかりだった。あまりにも人気が高くなりすぎたので、警察は彼を危険人物として見るようになった。コンノート・プレイス警察の署長が個人的にやってきて、大声で宣告した。

「これ以上はまかりならん！」

こうして再び警察にご厄介となった。

翌朝釈放されると、ＰＫはそのまま美大へ直行したが、拘置所でお腹も満たされ十分な休養もとれていたので、そこから前の晩に絵を描いていた噴水沿いのいつもの場所へ戻った。

得意としていた肖像画に加え、ＰＫは飢えた夜のことを思い出して描いた風景画や印象派風の油絵も展示するようになった。こういった作品は日を追うごとに増えていった。

毎日、午後六時から九時の間、噴水と日没が絶妙のハーモニーを見せて、一番美しい光景を見ることができた。一日の終わりの光線が噴水から飛び散る水滴と重なり、虹がつくりだされるのだ。これこそ、彼の画廊にもっとも似合う刺激的な光景だった。

それから少しずつ、警察の応対もおとなしいものに変わっていった。ときどき、ポーズの一種として逮捕することはあったが、あくまでも警察が仕事をしていると人々に知らしめるだけの儀式みたいなものだった。日を追うごとに、安心して絵画に打ち込める環境を与えてくれるようになってきた。

新聞のおかげで「噴水の芸術家」という定評がついていた。美大の先生たちでさえ彼の才能に称賛を惜しまず、もっとやりなさいと励ましを与えてくれた。かつては彼のことを歯牙にもかけていなかった学生たちもすり寄るようになった。わずか数週間で、彼は無名の人からセレブになりあがっていた。誰でも成功者が大好きなのだ。

宇宙飛行士と大統領との対面を果たしたのち、彼は毎週のようにメディアへ登場するようになり、テレビ・ラジオ・雑誌で顔を見かけるようになった。そして、スラム街からエリート階層に至るまで国全体で話題の種となり、画架を取り巻く列は長くなるばかりだった。名声も高まり、権力の中枢まで名前が響いたのか、二人の国会議員が新聞で写真を見て、サウス・アヴェニューにある首相官邸にもごく近いコンスティテューション・クラブまで招いてくれた。

そこで談笑している際に通りかかったのが、パルメシュワル・ナラヤン・ハスカールだった。ハスカールはガンディー首相の首席秘書だった。政府は深刻な危機にさらされており、ハスカールは何かいいニュースをつくりだす必要に迫られていた。ＰＫはいいネタになるのではないか、と彼の頭が働いた。ＰＫは社会の最下層出身で、上流階級出身の若者には欠けていると思われる向上心の塊があると。

ＰＫは社会に巣食う悪の被害者であり、インディラ・ガンディーと与党が何としても救いたいと願っている人の一人であった。不可触民は人口の五分の一を占め、つまりは大規模な票田になる可能性を秘めていた。もしも、インディラ・ガンディーがこの一団の支持を取り付けることができれば、本人が切望している急激な改革をもたらすことができ、なおかつ次の選挙で大勝利を望めるのだ。

ＰＫはすぐさま、ハスカールがインディラの信頼を一身に集める重要人物であることを悟った。この男こそ首相の報道担当アドバイザーであり、個人的シンクタンクでもあり、選挙戦略担当者でもあり、すべてを一身に背負い、一貫して社会主義的改革を推し進めようとしている人物だった。

もともとはカシミールのブラミン過激派の出身だった。一部の政治コメンテーターは、ハスカールこそ、当時のインド政府が推し進めた銀行の国有化とコカ・コーラなどいくつかの資本主義の象徴たる企業の締め出しを進めた黒幕であるとの見方を示していた。

ハスカールは自己紹介をしてから聞いてきた。

「君は首相の肖像画も描いてくれるかい？」

「喜んで、サー」

文字どおり、椅子から飛び上がりながらPKは答えた。

「どうすれば君に連絡できるかな？　電話番号は？」

「サー、私は電話など持っておりません」

「なら住所は？」

「鉄道の駅で寝ることもあれば、警察に泊まることもあります、サー」

「静かに」

ハスカールはささやきながらPKの口を塞いだ。そして顔を寄せてこう話した。

「君に住まいを手配するからな」


インディラ・ガンディーはさすがに偉大な女性だった。母親の慈愛と国の威厳を両立し、同時に親しみやすさも醸し出していた。直近のニュースや首相官邸の飾り物をジョークの種にしていた。PKは首相の言葉を完全に理解できたわけではなかったが、側近が笑っていたので、ここは合わせて笑っておいたほうがいいと判断した。

首相と話すときには首を伸ばさなければならなかったので、きっと長身に違いないと思い込んでいた。だが、実際には五フィート七インチ（約一七〇センチメートル）、つまりPKとほぼ同じ身長だった。女性的な美しさと輝く目が印象的で、まるで映画スターを前にしているような高揚感だった。

インディラはＰＫに、出身はどこで、今後の計画としてどのようなことを考えているのかを聞いてきた。答えようとすると声が少し震えた。

「オリッサ、私の出身はオリッサですが、今はニューデリーの美大に通っています」

少しでも落ち着いた様子で話そうとした。

「なるほど」

インディラは答えたが、少し集中力が途切れたようだった。少し間をおいてから、窓際の花に目をやった。

「ちょっと」

首相はドア近くに立っている男を呼んだ。

「花への水やりを忘れないでね」

そう言ってから、首相は再びもの思いにふけった。そして、インディラとＰＫは油絵、チャコール、鉛筆のスケッチを含む作品集（ポートフォリオ）に目をやった。かつて首相もシャンティニケタンにあるタゴール美術学校に通ったことがあり、絵画に造詣が深いと聞いていた。首相は作品に目を通し、何点かに目をとめて、うなずいたり「おお」と小さく声をあげたりした。

「この作品いいわね」

そう首相は言って、一作品を掲げたのだが、

「でも、こちらのほうは……そうね、もう少し手直ししたほうがいいですかね。うまくなるに

はそれしかないですからね」

そう言いつつ、首相はＰＫのことをほめてくれて、将来有名な画家になることを願っていると言ってくれた。

「あなたには名声を得る資格があります」

それから一同は食堂で昼食をとることになり、すべて制服のスタッフに給仕された。同じテーブルに世界的著名人であるインディラ・ガンディー首相、そしてＰＫ、つまりはジャングル出身の青年が座っているわけだ。だが、インディラはＰＫが駅で寝泊まりするホームレスであることは知らなかった。ハスカールはそんなことを首相に知らせていなかったからだ。

もしも母に、今この姿を見せられるならどんなによかっただろう。

食べながらインディラの姿を見た。すると、調理済みのジャガイモの皮を首相本人がむいていた。その姿は奇異だった。こんなもの、召使いがやってあげるものではないのか？


インディラ・ガンディーとの初対面をすませ、ＰＫはすぐにニューデリーにあるオリッサ州の施設、オリッサ・バヴァンへ向かった。そこで学生時代からの旧友で、今は地元のクラブハウスでコックとして勤めている男と再会する予定だった。

ＰＫは友人の料理を楽しみにしていたが、入店すると、見知らぬ人たちがいっせいにこちらを向くことに気づいた。いまや知らない人たちまで、オレのことを見るようになったな、と感じた。明らかに興味津々で、何かを期待しているのだ。あの人はどんな言葉を口にするのだろう？　多くの人たちが自分の言動に興味をもっているのだ。

「君のために特別な料理を用意しておいたよ、ＰＫ」

そう言いながら、友人はまるで政府高官に対するかのように深くお辞儀した。

「あの人たちは誰なんだ？」

ＰＫは聞きながら、周りを囲む男たちを指さした。

「ジャーナリストだよ」

友人はそう答えて笑顔を見せた。

「首相が何を言ったか、お前さんに聞きたがっているんだよ」

「ナヴバラット・タイムズ」の記者が近づいてきて単独インタビューを申し込んできた。ＰＫは喜んで質問に応じることにした。注目を浴びることは嫌いではなかったし、首相について皆が興味をもち、自分がそんな興味に対する質問に応じ、答えることも全然苦ではなかった。

おかげで自分が重要人物になったような気がした。だが、ジャーナリストという生き物は、首相との面会を実際よりも劇的に仕上げようとする傾向があった。実際のところ、絵についてちょっと話しただけで、その相手が世界的に影響力がある女性だというだけだったのだ。もちろん、相手の女性が特別な人物だった、それはそのとおりだ。だが、それがそこまで特別なことだったということなのだろうか？

インディラ・ガンディー首相との初対面のとき、たしかにＰＫは緊張して、どのようにふるまうべきか確信がもてなかった。インド人は首相のことを女神のごとく崇めていたので、本人を前にどのような態度をとればいいのかわからなかったのだ。

だが、その後もインディラと面会する機会があった。合計三回あった。すべてハスカールの手配だった。二回目に会ったとき、もはや恐怖感はなく、インディラの人柄を感じられた。もはや、首相だからと構えて怖れる必要はなかったのだ。

三回目は写真撮影も許されたので、官邸内の庭園で首相およびオリッサ出身の何人かの不可触民たちと一緒に写真におさまった。インディラのカメラマンは何枚か写真をとり、翌日いくつかの新聞にこのときの写真が掲載された。白髪と黒髪をきれいに分け、ライオンのような黄色のサリーを着た首相が真ん中に立ち、不可触民一同が芝生に座り、まるで首相の門弟であるかのように見える。

こういった対面を経て、地元オリッサでは「国母」として知られる首相が、ＰＫを養子として迎え入れたという噂が広まった。ＰＫはもはや数年前に亡くなり埋葬された先住民女性カラバティの息子ではなくなっていた。いまやインディラ・ガンディーの息子ということになっていたが、実際のところ、彼に新しい母親は必要なかった。むしろ、あの混乱の時期において、インディラ・ガンディー政権こそが彼を必要としていたといったほうが実態に近いだろう。

ロッタの哲学

ロッタはつまずいたときに、それをずっと引きずるタイプではなかった。

太陽を求めて歩き続けていればときどき当たる雲と同じで、放っておけばいつの間にか通り過ぎていくものだった。大切なのは、今とここだけだった。全世界を見渡せば本当の不幸があるに違いないが、それでも、暗い所ばかりに注目してもしょうがないではないか。多くの人たちがもう終わった過去に囚われ続けているが、痛みをぶり返すことに何の意味があるのだろう。

ロッタはヨガを習い始めたが、そこには彼女の考え方にぴったりな哲学があった。ヨガの動きと呼吸法は、今までに共感していた考え方に基づいていた。自分自身を変えるのにはガッツが必要だが、いつまでも固定観念の奴隷で居続けることはできないのだ。

誰でも幸せになりたいと願うものだが、そのような原則を徹頭徹尾追求するのはなかなか難しい。行き詰まらないよう、毎日自分に言い聞かせなければ、そう思った。

だが、人が人扱いされず、これだけ不公平がはびこっている世の中で、どうすれば幸せを追求できると言うのだろう？　もちろん、政治に関わるのも一つの手法ではあったが、どうしても彼女はその気になれなかった。世の中には複数の意見があり、それぞれに正しい部分はある。完璧で絶対なイデオロギーなどどこにもあるはずがない。

だから、特定の宗教に属することはなかったし、どこかの政党を強く支持することもなかった。もはや、自分自身をキリスト教徒、ヒンズー教徒、仏教徒と称することにすらためらいがあり、保守派も、リベラルも、社会主義も合わなかった。

あらゆるものから少しずつ距離をとっていた。

クリスチャンとして育てられ、ヨガや東洋哲学に親しみを感じていたが、ロッタは組織化された宗教すべてに疑念を抱いていた。彼女は人道博愛主義者だった。それだけで十分であった。人間であれば誰でも肌の下には同じようなエネルギーが宿っており、そこには先祖が誰であろうと肌の色がどうだろうと関係ないはずだ。人種差別などあること自体がおかしい、というのがロッタの考え方だった。

初恋

ＰＫが肖像画で稼ぎ出したお金は、新しい絵の具やキャンバスとなり、それによってさらに大掛かりな作品に取り組み、いままで以上に多彩なテクニックと題材を扱うことができるようになった。作品のほとんどは、噴水の前かインディアン・コーヒーハウスで外国人旅行客に売ることができた。

ハスカールはＰＫにアパートを提供すると約束してくれたが、実現にはしばらく時間がかかった。その間、ＰＫはデリーの最高級住宅地で、かつて、中世にはスルタンの霊廟もあった公園の南隣にあるロディ・コロニーで小部屋を一つ借りた。だが、新居は豪奢とは程遠い代物だった。部屋に備え付けてあったのはベッドと小さなベッドサイドテーブル一台ずつだけで、何の飾り気もない打ちっぱなしの壁に、衣服をひっかけるためのフックが三つついていた。あとは、ホームレスの友人が寝泊まりできる床が数平方メートルあるだけだった。

住まいを整えた彼は、美大の三年目と最終学年を始めることとなったが、食堂で話題の的となっていた。一部の学生はＰＫを教祖のように崇めるようになっていた。ときには教授や年齢が倍以上の老練な美術家もやってきて、彼の助言を求めた。

テクニックに関する質問を受けることもあれば、画材について、あるいは両親も著名な芸術家だったのか、美術全般に関する見識やインディラ・ガンディーと実際に会ったときの印象についで聞かれることもよくあった。

とくに、彼と親しくなろうとしていたのが一学年下の女子学生だった。当初はあまり話しかけてこなかったが、ＰＫは彼女が何か言いたいことがあることを直感していた。ついに、彼女が勇気を振り絞って自己紹介してきた。

「私、プニと言います」

恥じらいながら、穏やかな口調でそう言った。だが、次の質問はストレートだった。

「私と一緒にお昼行きませんか？」

「もちろん」

ＰＫは即答した。もともと誘われたら断らないほうだった。だが、プニは話がうまく進みすぎていることに疑念を抱いている様子だった。

「私、邪魔していないですよね？」

「イエス。君は、少し邪魔をしているかな！　僕は制作の真っ最中なんだ。それでもランチへ誘われて休憩するのもいいかなと思ったんだ」

学校のカフェテリアで楽しい会話を楽しんだあと、彼女が自宅への招待を切りだした。

「うちの母がお会いしたいと申しております。日曜日にお越しいただけますか？」
「お母さんが？　なんで僕に会いたいの？」
「あなたに肖像画を描いてほしいと」

大渋滞の大部分はインドの国産車アンバサダー、派手な色で塗られたトラックと古いくたびれたバスだったが、その中に自転車で引っ張られ、哀れを誘うリキシャが細い路地から大通りに流れ出していた。

ＰＫはリキシャの後部座席に腰かけ、人込みをぼんやりと眺めていた。気分は上々だった。自分のために誰かが運転してくれるなどという贅沢は考えたことすらなかった。そして、このように誰かが働いてくれることを当たり前と考える大地主、商人、ブラミンたちのことを考えた。この瞬間、彼もまた、こうしてお金を払う対価として重労働を強いるのは当然という境地になっていた。

ＰＫを乗せたリキシャは曲がりくねるチャンドニ・チョークを通り過ぎ、宝石店、衣服店、さまざまな広告の前を通り越していった。リキシャは細い道にも入り、自転車や散歩するヤギ、ふらつく牛、吠える犬、灰色のスカーフを被る女性、スカルキャップを被る男たちを巧みによけていった。道の途中には穴の開いた壁があったり、小麦粉やチリを詰めたジュートの袋も多々見かけたりした。それは楽しい光景だった。

デリーの市場は、ジャングル出身の男にとっては今もおとぎ話の世界に見えた。

そこには歴史と権力の匂いが漂い、同時に人口過多と貧困の問題を抱えていた。空気には黒い泥の匂いが混ざっており、同時に近くの家の煙突からマンゴーやイチジクを蒸したときに出てくる魅惑的な甘い香りも混ざっていた。

ついに、目的地へ到着した。車を降り、運転手にまとまった金額のチップを渡し、古めかしい木製の扉を叩いた。

「いらっしゃい！」

扉の向こうから歓迎の声が聞こえた。プニだった。彼女の顔は、少しこわばっていた。

「何か飲み物を出しましょうか？」

「水でいいよ」

PKが答えた。プニはクスリとほほ笑んだ。緊張しているんだ、とPKは気づいた。

「お茶かコーヒーなら」

「あとでいいよ」

二人を沈黙が襲った。PKはあたりを見まわした。壁にはインドのスーパースターたる俳優や女優の写真が並んでおり、コーヒーテーブルの上にはファッション雑誌がのっていた。プニはお盆にコップ一杯の水をのせてもってきてくれた。部屋全体をいい香りが包んでいた。おそらくはシャワーを浴びたばかりで、香水をふりかけているに違いない。ジャスミンとバラが混ざった麗しい香りが彼の鼻孔をついた。

あらためて目の前の彼女を見つめた。華やかな民族衣装のサルワル・カミーズを身にまとい、頬に紅をつけて赤い口紅もひいていた。本当はまだ美大生の小娘なのに、背伸びをして大人の女性を演出しようとしていた。ＰＫは水を飲みほした。

「君のお母さんはどこだい？　今すぐ絵の作業を始められるよ」

「ええっと、お母さんはあなたが到着する直前に外出してしまったのよ。その、急用ができて……職場でトラブルが発生して……」

何かがおかしいと彼は直感した。

「待って、お母さんはすぐ戻ってくるから」

プニは穏やかを装った声で答えたが、ＰＫは気まずくなり、一刻も早く去ろうと考えた。

「日曜日は噴水前で一番の書き入れ時なんだ。たくさんのお客さんが待っているからね。僕だって生活費を稼がなければならないんだ。またね！」

そう言ってそそくさと家を出た。

「おはよう！」

背後から聞き覚えのある声がした。階段で振り返ると、プニが立っていた。

「お母さんが、ザ・プラザでの今晩の映画チケットを二枚買ったんだけど、予定が変わってしまって、私と一緒に行けないんだって。代わりに来てくれる？」

「何の映画？」

「わからないけど、お母さんの映画を見る目は確かだから」

「少し考えさせてくれ。ランチでまた会おう」

それからPKは大学のアトリエに入り、前日の混乱をあらためて振り返ってみた。絵の具のチューブをひねりすぎて、中身がテーブルに飛び散った。絵の具が固まってもうとれない筆を一本捨てた。テンピン油がこびりついた二本のブラシも捨ててしまった。そして半分完成した絵を凝視し、床全体に散らばっているスケッチと見比べた。それから再びブラシを一本手に取り、再び描画を始めた。

それからプニの姿を思い浮かべようとしたが、できなかった。一枚のヴェールが彼女の目の前にかかっているような気がした。そのとき何か音が聞こえ、非常に高いピッチで響いた。まるで目の前の色に音がついて、人になって語りかけているようであった。言葉として成立しているわけではなかったが、コードとトーンで異なる感覚を伝えようとしている気がした。とにかく目の前の絵に集中し、全精力を傾けて完成に向かった。

昼食休憩を知らせる学校のベルが鳴ったが、何事もなかったかのようにそのまま作品への没頭を続けた。

突如、扉のところに誰かが姿を現した。まだ湿り気が残るキャンバスの絵の具の部分に揺れる影がうつるのを認めたのだ。だが、何も見なかったふりをして、そのまま作業を続けた。それが誰かはわかっていたし、いま会えて嬉しいというわけでもなかった。彼女が作業の邪魔に来たわけで、いまは一人で作業に没頭したかった。

「素晴らしい作品ね」

第二章　変遷

プニが言って、アトリエの大きな窓からさしこむ日光の光線をまたぎ、部屋に入り込んできた。ＰＫが振り返って彼女を見た。

「それで、今晩、映画に行く？」

あらためて聞いてきた。どう答えればいいか、よくわからなかった。

「ちょっと待ってくれ！」

そう言い残し、階段を駆け下り、一フロア下のアトリエで作品に取り掛かっているタリクのところへ行った。

「プニという一学年下の女子学生がいるだろ、なんか今晩、オレと映画に行きたいらしいんだ」

ＰＫが切りだした。タリクが見上げた。

「行ったほうがいいかな？　映画に誘われているんだ……」

ＰＫは答えを求めて親友を見つめた。タリクはため息をついた。

「しっかりしろ、プラデュムナ、別に誘拐されるわけじゃないだろ。行って楽しんで来いよ！」


結局、二人は手を振ってリキシャを停め、一緒に乗り込んで映画館を目指した。

その日、見ることになっていたのは「アジャナビー」という作品で、中流階級出身の男の子が裕福で美しい上流階級の女の子と恋に落ちてしまうという物語だった。二人が座ったのは、後ろのほうにあるビニールが破けた二人用ソファだった。劇的ともいえるオープニングテーマ曲が、スピーカーを通して大音量で聞こえてきた。映画のあらすじは衝撃的だった。女の子が妊娠するのだが、産みたくなかったのだ――なんと非インド的な価値観か、とＰＫは考えた――モデルになるのが夢だったからだ。カップルは別れを選択し、女の子は父親が待つ実家へ戻る。ひどい話ではないか。

ＰＫは屋外のシーン、歌と踊りの場面はよかったと思った。当時、封切りされた映画のなかでは、もっともロマンティックなものとされており、彼にも意味は理解できた。当初は画面に没入していたが、プニが手を伸ばして自分の手を握ろうとしたときに現実へ引き戻された。そして二人の指が絡み合った。

「お母さんが、あなたが絵で稼いでいるお金をどうやって管理しているのかと聞いていたわ」

プニがＰＫの耳元でささやいた。

「お望みなら、お母さんが管理してあげるって」

「そんなのいらない、オレは銀行に口座をつくったから」

ＰＫがささやき返した。

二人はそれから数分間、沈黙を保った。スクリーン上では情熱あふれるラブシーンが繰り広げられていた。主人公が女の子にキスをして、インド映画で典型的ともいえる、あとはご想像にお任せしますという体裁だった。それでも、ＰＫにとっては恥ずかしいもので、怖気さえ感じられた。隣のプニがさらに強く手を握り締めてきた。

「何がそんなに問題なの？」

「何も」

少しキレ気味で答えた。

「でも、あなたが震えているから」

「寒いんだよ。オレは寒いんだ」

彼女は頭をＰＫの肩にもたせかけた。

「いや、寒くない」

「本当?」

「アイ・ラブ・ユー」

そう彼女はつぶやき、大きく息を吐いた。ＰＫは困惑し、気まずくなり、気弱にもなった。

「オレはまだ……愛がどうとか考えたことすらない」

「今なら考えられるでしょ」

「そうだな……でも、故郷の村の慣習では、結婚するまでは恋に落ちてはならないことになっているんだ」

画面ではひげ面の男が、宝石がいっぱい詰まったカバンを盗み、そのために狙撃された。泥棒は地面に倒れ込み、そのまま死んだ。プニは言った。

「ああ、そんなことなら心配しなくていいのよ。あなたのお父さんに手紙を書いて許可をもらえばいいのよ。私も両親に話すから。お母さんはあなたのことを気に入っているし、お母さんならお父さんを説得できる。そしたら私たち結婚できるのよ」

さらにたたみかけてきた。

「あなたは絵で稼いで、私は……私も画家になるから。そしたら、私たち一緒に幸せになれるじゃない」

　ＰＫはどう答えればいいのかわからなかった。いきなりつきつけられた夢と計画。彼女が言っていることが正しいのか？　彼女こそ、オレの未来なのか？　父親に手紙を書いて結婚の許可を求めるべきなのか？　この瞬間をどう感じればいいのか見当すらつかず、ひょっとしたら、これが自分に定められた運命なのかと思った。何と言っても、すべては理由があればこそ起こるはずだから。

　幸いにも、映画の結末はハッピーなもので、思わず泣き出してしまいそうだった。カップルは復縁し、クレジットが流れ始めた。

　二人は手をとって映画館を出ると、リキシャを拾って、ヴィヴェカナンダ通りを抜け、雨のなか、オールドデリーを目指した。彼女はグレート・モスクの近くで元気よく飛び降り、リキシャはさらに南下して郊外にあるＰＫの借家を目指した。

　帰宅すると、父親宛の手紙を書き始めた。プニの提案はたしかに魅力的だ、多少複雑で困惑したところがあったが、そう思ったのは確かだった。きっと彼女の言うことが正しいのだ！　占星術師が言っていた運命の女性とは、きっとあの娘に違いない。実際、同じ村や州の出身ではない。ほかの国出身ではないが、似たようなものではないか。

　一人の女の子が僕に恋している、そう手紙に書き、だから結婚したいと伝えた。父親は許可を与えてくれるだろうか？

第二章　変遷

　それから目をこすり、時計に目をやった。夜の十二時半だった。ベッドに横たわったが、さまざまな考えが頭の中でぐるぐるとまわった。何匹かの野犬が外で吠えていた。きしむ自転車が家の前を通り過ぎて行った。雨はすでにやみ、乳白色の街灯が部屋の薄汚れたセメントの床を照らし出していた。すべては定められていた……そして眠りに落ちた。

　プニの実家に行くと、大広間はスパイスの香りで満たされていた。パラサ（インド風パンケーキ）、チキンカレー、パラクパニール（ほうれん草と白チーズのカレー）、アルーゴビ（ジャガイモとカリフラワーの炒め物）といったところだ。すべてが自分のためだけに料理され、それぞれのスパイスが混ざり合っていい香りを出しているという事実に圧倒された。

　無数の皿とボウルが敷き詰められ、ダイニングテーブルの面がまったく見えなくなっていた。もはやナプキンを置ける隙間すら残されておらず、召使いの女の子が、花柄のクロスをかぶせたサイドテーブルにそっと置かなければならないほどだった。

　ＰＫはお腹ペコペコだった。

「ナマステ」そう挨拶し、両掌を合わせて腰をかがめ、相手の父親の脚に触れ、これから義理の父親になるであろう男に対しての礼は十分に果たしたつもりだった。

「ようこそ、兄弟よ、立ち上がりなさい」

　プニの父親が応じた。

「我々はお互いに現代人なのだから、ここは握手をしよう」

その際、テーブルに加わったのが、プニの兄二人とその妻たちで、プニ本人はカーテン越しの隣の部屋にいるのだが、それでも会話を聞くことができる立ち位置にいた。

世の中はこういうものだ、と理性ではわかっていたが、同時に、これは何かおかしいとも感じた。つまるところ、ここには将来の妻に会いに来ているのではなく、両親の面接に合格するかどうかが問題となっているのだ。

だが、オレはプニと結婚するわけであって、このオヤジと結婚するわけではない、とあらためて心の中で自分に言い聞かせていた。父親の最初の質問はこうだった。

「君のカーストは？」

ＰＫは頬が熱くなるのを感じた。これは決していい兆候とはいえない。相手の家族が高いカーストに属しているのはわかっていた。もし、この一家が伝統的価値観の持ち主であれば、自分が義理の息子として受け入れられる余地はない。とはいえ、つい先ほどこの父親は自分たちを現代人と称していた。ＰＫはこの質問に対して質問で答えた。

「あなたはまだカースト制度にこだわっているのですか？」

唯一の可能性はカウンターパンチが決まることだった。プニの父親が答える前に、さらにたたみかけた。

「カーストがそんなに重要ですか？　私は先住民の村に生まれ、父親は不可触民ですが、血管の中を流れる血の色はあなたの娘さんと同じです、違いますか？　私たちには共通の関心があります。それにより、私たちが皆ハッピーになる結末を願っています」

プニの父親が彼の目を正面から見据えた。まだ、扉は完全に閉ざされてはいない。いい結末は可能性の一つとして残されていると思った。

「君は先住民の村で不可触民の一家に生まれ育ったのか？」

ＰＫはこの質問に答えなかった。

「なのに娘はすでに君とデキているというのか？」

部屋にいた全員が凍りついた。誰一人動く者はなく、息を呑んで喉を鳴らす者さえいなかった。ＰＫはこの父親の息遣いと鼓動さえも聞こえたと思った。そして周りを見まわした。笑顔は完全に消え去り、全員の顔が不安で曇っていた。

ついに、プニの母親が沈黙を破った。というより、自身のおでこをはたいてわざと音を立てたというほうが近いだろう。

「オーマイゴッド！」

父親が立ち上がり、ドアを指さした。

「今すぐこの家を出ていけ！」

思い切り叫んだ。

「今すぐにだ！　そして金輪際、絶対に、二度と娘に連絡するな!!」

ＰＫは立ち上がり、別れの挨拶をつぶやく間もなく出ていった。

泣きじゃくりながら、ＰＫはベッドに身を投げ出した。

最初の感情の爆発が去り、しばらく横たわったままで、天井をじっとにらみつけていた。完全に打ちのめされ、自身が空っぽでちっぽけな存在になった気がした。アスマリックの小学校で仲間外れにされ、拒絶された悪夢がフラッシュバックしてきた。いつもつきまとっていた劣等感がさらに増幅してのしかかり、本当は投げ出してしまいたいのにそれすらできない。心は沈み、肌は熱く燃え上がり、汗が体から噴き出てきた。まるで発熱したかのようだった。

その晩はずっと横になったままで、再び無限ループの自問自答を繰り返していた。なんで、どうして、何が悲しくてオレは不可触民なんかに生まれたんだ？


数日後、学校のカフェで紅茶を飲んでいるとき、彼女と再会した。あちらは誰か別の男子学生と談笑していた。ＰＫは声をかけたが、プニはそっぽを向いて別の男とどこかへ行ってしまった。昼食のとき、二人はまたも顔を合わせた。今回は目線だけは交わすことができた。そして、

「私のことは忘れて！」

素早く彼女が言い放った。私はカースト制度なんか信じてもないし、気にもしないけど、でも、お父さんはしているから、と彼女が釈明した。

「私はお父さんを裏切れないから」

ＰＫは愕然とするしかなかった。

「私が話していた男の人見た？」

プニが言った。

「あの人は工学専攻なのね。お父さんはもともと私たちが結婚するよう手配していたんだけど、私があなたのことを愛していると言ったから、考えを変えようとしていたのよ。だけどそれはすべて、あなたの家系について知る前の話だわ」

ＰＫは驚愕のまなざしで彼女を見た。あれほど熱心に求愛していたくせに、たったの数日で、もうほかの男との結婚を決めたというのか。彼女はこう言い放った。

「すべて終わりよ」

「あいつのことを愛しているのか？」

「イエス」

顔の筋肉をいっさい動かさないまま答えた。いったいこの愛とは何なのか？　彼女はウソをついているとＰＫは思った。父親に逆らうのが怖いだけなんだ。

「プニ、よく聞いてくれ。オレは闘うぞ。法的には、誰も我々を止められないんだ。オヤジも、家族も関係ない。本気なら親戚や司祭がいなくても結婚できるし、誰も知らないところへ駆け落ちしたっていいし、誰も知らないところに行けば誰もオレたちのこと気にしないだろ」

だが、プニはそんな語りかけを聴いているようには見えなかった。後ろを向いて階段をじっと見下ろすばかりだった。

「金輪際、私に話しかけてこないで」

プニはそう言い切った。

「もう私のことは忘れてちょうだい！」

「もうオレのことは好きじゃないのか？」

「好きよ、でも、結婚はできない」

「なんでダメなんだ、プニ？」

「お父さんを怒らせることはできないから」


PKはムンバイ発のダリット・パンサーズに関する記事を新聞で読んでいた。アメリカのブラック・パンサーズに刺激を受け、この集団は、ブラミンどもによるインドの現体制は大英帝国植民地時代よりひどいという声明を出していたのだが、まさに、祖父と父が言い続けていたことそのものだった。


彼らは、ヒンズー教の指導者たちは国全体をカーストで縛り上げ、代々引き継がれてきた封建支配体制をもって精神的にも国民全体を圧迫している、と糾弾していた。

「我々は簡単に満足して妥協するわけにはいかない。求めているのはブラミンどもの一角ではないからだ」

そうマニフェストで謳いあげていた。

不可触民向けの新聞、「ダリット・ヴォイス」も刊行しており、ダリット・パンサーズは自身が受けてきた差別をアメリカにおける黒人差別と結びつけていた。アジアにおける兄弟姉妹が傷ついている限り、アフリカ系アメリカ人も完全に救われることはない、と主張していた。

第二章　変遷

事実、ダリットの苦境は二百年前の奴隷が置かれた状況よりひどいという側面がたしかにあった。ＰＫはロディ・コロニーにある自室に戻り、壁に向かって呪いの言葉を叫んでいた。

「貴様らブラミンどもとほかの高いカーストのヤツらめ！　お前らの偏見と、古臭い、小さな考えが許せない！　オレたちがいったいお前らに何をしたというんだ？」

憎しみにあふれたまま、眠りにつくこともできなかった。午前四時に目が覚め、ベッドに横たわったまま、心の中に響く憎しみの声と取っ組み合い、三時間後の日の出まで悶々と過ごすのであった。怒りのあとに残るのは苦々しさと自己憐憫だけだった。

ベッドサイドに偶然、一冊の薄くて黄ばんだ緑の本が置いてあった。それを取り上げ、少しでもプニを忘れようと読み始めた。

〈ある日、インド南部のケララで、シヴァはブラミンに一つの教訓を与えることを決めた〉

ああ、これはいいとＰＫは思い、読み続けた。

この本によると、シヴァは、最高位の僧侶の行き過ぎた誇りを食い止め、そのなかでも、もっとも聡明で高貴とされる精神的指導者たるアディ・シャンカラ・アーチャルヤに罰を与えることにしたのだという。

グルは啓示を受けるまで、あと一歩のところまで来ていた。唯一、アディが輪廻転生のサイクルから逃れることを阻んでいるのは、傲慢さとうぬぼれだけ、具体的には自分の肉と血は、どんなカーストや社会的地位にあろうとほかの人間のものと何も変わらない、ということを認められない点だった。

そこで、シヴァと妻のパルヴァティはワナをしかけることを決めた。二人は貧しくて最下層の不可触民の一つであるプラヤルに化けることにしたのだ。夫妻の息子ナンディケサンも加わり、病弱な子どもを演じることにした。一家は日雇い労働者の恰好をして、服は土まみれで悪臭を放っていた。加えて、シヴァは肉とアルコールの匂いをそこに加え、あえてブラミンのタブーをやぶってみせた。シヴァはまるで一晩中飲み歩いたかのような風体だった。さらに、酔っぱらいぶりのひどさを強調すべく、シヴァはワインの瓶を小脇に抱え、もう片方の手には半分に割ったココナッツの実に酒をいっぱいに満たしていた。

こうして、一本の通り道で、シヴァ、パルヴァティと息子がアディ・シャンカラチャルヤと遭遇したわけだ。慣習に従えば、不可触民はブラミンと遭遇したときは飛び跳ねて道の真ん中をあけ、泥の中に頭を突っ込まなければならない。だが、シヴァと一家はそのままアディの方向へ直進し、そちらこそ我々が通れるよう道をあけろと要求したのだった。

傲岸不遜なアディは激怒した。

「お前らごとき不潔で、臭くて、酔っぱらいで、肉喰らいの不可触民どもが、どの面下げて我々純真でケガレなきブラミン様と同じ道を通れるというのか？　お前らの臭さからして、生まれてこの方、一度も体を洗ったことがないのではないかね。こんな無体な話は今まで見たことも聞いたこともない」

そうアディは吠え、これは神さえも許さない罪なのだから、貴様らの首を刎ねてやると脅してきた。シヴァは返答した。

「おっしゃるとおり、私は酒を一、二杯飲み、最後に体を洗ってからしばらくになります。しかし、私が泥んこに頭をつける前に、あなたのような清潔で高位なカーストの身分の方が、我々不可触民とどう違うのかご説明いただきたい。ついてはいくつか質問させてください」

もし、アディが質問すべてにきちんと答えることができるなら、シヴァと家族は慣例にならって泥に頭をつけて道をあけると約束した。

「最初の質問は」とシヴァが切りだした。

「もし我々両方が手を切れば、流れる血の色は同じではありませんか？　二つ目の質問は、我々は同じ田からとれたコメを食べるのではありませんか？　三つ目。あなたは不可触民が育てたバナナを神へのお供え物にしていないのですか？　四つ目の質問。あなたは不可触民の女性が摘んだ花を神々に捧げてはいないのですか？　五つ目。あなたが寺院での祭祀で捧げる水は、私たちが掘った泉からとったものではないのですか？」

アディは質問にいっさい答えられなかったので、シヴァはそのまま続けた。

「あなたが金属製の皿で食事をして、我々がバナナの葉にのせたものを食べているからといって、我々が違う生物だということにはなりません。あなた方ブラミンはゾウに乗り、私たちは水牛に乗っている。だからといって、あなたがゾウで私たちが牛ということにはなりません」

アディはこのみすぼらしい男に唖然とさせられただけではなく、困惑させられた。このような貧乏ったれの、学校にもロクにいかず、字もほとんど読めなさそうな不可触民どもが、なぜにここまで深く哲学的な問いを投げかけることができるのか？

　そこで、アディは道のど真ん中でいきなり瞑想を始め、自らの第六感に問いかけた。すぐさま彼は悟った。この汚らしいプラヤルの一家が姿を消し、そこに現れたのは生き神、シヴァ、パルヴァティとその息子ナンディケサンで、それぞれが神々しい光を放っていた。

　つい先ほどやらかしてしまった非礼に恐れおののき、アディはひざまずいてシヴァを讃える詩を暗唱した。そしてシヴァは許した。

　アディは、なぜわざわざ不可触民に化けて姿を現したのか、シヴァに聞いてみた。

「そう、たしかにお前は自身の救済と啓蒙活動においては聡明な男だ」

　と、シヴァは切りだした。

「だが、すべての人に敬意と共感が必要だということがわからなければ、お前が本当の意味で悟りの境地にたどり着くことはない。それを教えるために、我々はあのような形をとったのだ。お前は偏見と無知と戦い、ブラミンだけではないあらゆるカーストの人を救い出さなければならぬ。それによってのみ真の悟りの道が開かれるのだ」

　何千年も前に、シヴァはブラミンに教訓を与えていた。そして、いまPKがいて、これだけ長い年月が過ぎたあと、貧しく不幸な不可触民がいまだにシヴァの物語を読んで慰めを得ようとしているのだ。

　かつては希望があった、そう彼は思った。

ケララにおいては、今でもシヴァの祭日が毎年あるが、多くの人がこの物語をカール・マルクスの教義の原点と考えていた。この物語を通じて、ＰＫは神が貧乏人を苦しめるためだけに存在しているわけではないこと、むしろ、特権階級の傲慢さを戒める盾の役割を果たすこともあり、世界を変える原動力となる可能性も秘めていることを学んだ。

現実逃避

ＰＫは精神科医の診察も受けたが、とくに彼の状態に当てはまる診断名はなく、ロディ・コロニーの部屋で一人寂しくしていても何の解決にもならないから、とにかく外に出て人と付き合いなさいというのが答えだった。

「人生を楽しむよう努めなさい」

励ますように医師は言った。ＰＫは学校で友人にも相談したが、その際、アルコールを勧めてきた。かつて悲惨な終わり方をした失恋の際に救いとなったのだという。「結構有効だぞ」と友人は言っていた。それまでＰＫは一滴も酒類を口にしたことがなく、したがって、飲んだくれようという発想自体がなかった。アルコールとは意志が弱い人のものだと思い込んでいた。だが、あまりに絶望していたので、コンノート・プレイスの裏路地にある店の一軒に行き、インド産ウイスキーの小さな瓶を一本買ってみた。

そして、うまく隠れられる場所を一か所見つけた。ボトルの半分を一気に喉へ流し込み、むせて、咳をして、口の中に残っていたものを全部吐き出した。それから階段に腰かけしばらく待った。さらに待った。だが、何も感じなかった。

ある程度の時間がたち、周りの環境が穏やかに、綿のように柔らかくなったように感じられた。おかげで少し気分がよくなり、数週間前の苦痛と悲しみはどこへ行ったのだろうと思えたくらいだった。友人は正しかった。たしかに、アルコールは助けとなったのだ。

それから噴水に戻り、絵を再開しようとしたが、鉛筆を握るのがやっとだった。謝るしかなかった——病気なので、と説明した——画材一式をまとめ、ほうほうのていで家に戻った。その晩はずっと寝て、翌日目覚めた時間も午前の終わり近くで、ウイスキーの瓶の残りを一気に飲み干した。

それからは、ただひたすら飲みまくった。数週間にわたり、朝一番に飲んで夜寝る前に飲むのもすべて酒類だった。飲めば飲むほど自分以外の何者かになれた気がしたし、アルコールこそがちっぽけな自分を気にかけてくれる存在に見えた。鋭利だったはずの厳しい世間が、霧のかかった柔らかいものになったように感じていた。尖った角が丸くなり、それまでの心配が消え去った。

スケッチブックを小脇に抱えて議会通りを散策していると、昔、肖像画を描いたことがある警官の一人とばったり出くわした。警官はＰＫの吐く息から酒の匂いを感じ取り、挨拶代わりに聞いてきた。

「なんでお前さんは酒を飲み始めたんだ？」

ＰＫは自身に起こった物語を話した。プニと出会ったこと、映画館に行った際の一部始終、一瞬目覚めた恋、両親に招待された顚末、実家に呼ばれたときに出された料理の様子、あちらの父親、家から放り出されたこと、このままではオレみたいな不可触民の男など誰も愛してくれないのではないかという恐怖感。ウイスキーの力も借りていたので、独白は大声で熱が入っていた。平衡感覚を失っており、体もふらふらしていた。そして泣き出した。

警官は我慢強く立ち尽くし、酔っぱらっているせいで語尾が不明瞭になっている部分を聞き返す以外は、ずっとさえぎることなく話を聞いてくれた。話が進めば進むほど、ＰＫの気分もよくなってきた。

「もう、あんまりバカをやらかすなよ」

警官がやっと口を開いた。

「ちょっと手のひらを見せてくれないか？」

ＰＫは手を差し出した。警官は手相をじっと見た。

「ここを見ろ、これなら大丈夫だ！　こういう線によると、お前さんは突如、まったく予測していない形で結婚するし、この結婚は幸せでうまくいくはずだ」

「だけど……」

ＰＫは相変わらず舌がもつれたまま話し続けた。

「僕は不可触民ですよ。つまりヒンズー教徒の女性、少なくともまっとうな家族出身で読み書きできる相手とは結婚できないんですよ」

「たぶん相手はインド人ではないんだろうな」

警官の返答は単純明快だった。それでもその晩、ベッドに横たわり、うつらうつらしていると、苦々しい思いが再び襲ってきた。結局のところ、自分はずっと呪われている運命なのに、このあと、何かいいことがあるというのか。

夢の中で、真っ白な天使が姿を現した。パンジャブの小麦畑を飛び越え、ニューデリーの住宅の屋根を過ぎ、彼の家に舞い降りてきた。二人の距離は近く、お互いに触れ合うことができた。天使の息遣い、香り、柔らかい髪の毛が自分の肩に触れた気さえした。体の温もりや愛情も感じられた。物理的にではなく、精神面において彼女のほうが明らかに自分より大きな存在だと思った。

それから目を覚ましたが、彼女は蒸気のように消えていた。それでも、この天使の存在が目覚めている間もずっと気になっていた。

翌晩も天使が戻ってきた。今回は、今まで聞いたことのないメロディつきだった。何と美しい調べだろう、と思った。まさに占星術師が言っていたとおりではないか。

一九七五年

一九七五年春のこと、食料価格の高騰とヒンズーナショナリズムの高揚により暴動やデモが頻発した。不満が沸点に達しようとしていた。

インディラ・ガンディー本人も現状に不満を抱えていた。反目する判事たちに怒り、批判的な記者連中にも不満で、彼女から見れば国を支えるのに必要な器量もないくせに、うるさいことばかり言う野党政治家にもおかんむりだった。

そして、何よりも首相を激怒させていたのは、選挙に関する贈収賄疑惑をかけられているという事実だった。法廷は、前回の選挙において政府の予算を自分自身の選挙に流用して有権者に賄賂を渡し、それが違法行為であると認定していた。これにより国会における議席を剝奪され、六年間の公民権停止という処分を受けていた。

だが、インディラはそれで立ち止まり、政敵のなすがままにしておとなしくするようなタマではなかった。自ら主導権を握って対処し、大統領に働きかけて「国内騒擾」を理由として六月二十五日に非常事態宣言を発令した。

この一手により、首相は権力を制限する裁定を無効化し、代わりに政府の権力をあらためて握りなおした。翌朝早く、その年のモンスーンで初めての雨がニューデリー全体に降りしきっていたが、首相は大臣一同を集めて現状を伝え、そのうえで国民全体に訴えかけた。

「パニックに陥る必要はどこにもありません」

インド津々浦々の数百万か数千万かの音が割れたラジオから、女宰相の声が響いた。

その瞬間から、彼女は唯一の権力者となった。インディラこそインドであり、インドとはインディラその人である、与党スポークスマンがそう言明したとおりとなった。

だが、首相の演説が放送される前に、すでに政府関係者によって、議会通りのチャイ売りの少年や、パテル・チョウクの木の下に車を停めていたシーク教徒のタクシー運転手、トルストイ・マルグでサトウキビを売っている人たちに至るまで、インディラの話す内容が噂として広がっていた。密林で一気に燃えさかる炎のように、風説が首都の中心街でバス運転手から満員の乗客へ、インディアン・コーヒーハウスで客に紅茶を給仕するスタッフから一気に広まっていた。五分もしないうちに、首都の全員が、インディラが話そうとしている内容を知っていた。

それ以降、報道は検閲され、野党の政治家は投獄され、労働者組合は鎮圧された。ジャーナリストと知識人はこぞって首相を批判した。だが、インディラはこれまで抑圧されてきた土地ももたない人たち、つまりは、PKおよびその兄弟姉妹、インドの億単位の貧しい人たちが自らを支持するという強い確信を抱いていた。

権力を握り続けるには、この人たちの支持を固めるしかなかった。そして、PKは彼女のおかげで国に秩序が戻ってきたと信じていた。貧しい者たちに目を向けるリーダーこそが本物なのだ。デリーには毛沢東主義者っぽいスローガンがあふれていた。いつもの道を歩いてコンノート・プレイスに向かうと、ポスターには次のような言葉が躍っていた。

〈勇気と明確なビジョン――あなたの名前はインディラ・ガンディー〉
〈小さな家族は幸せな家族〉
〈もっと働き、おしゃべりは少なく〉
〈効率性こそ我々の叫び〉

それから、インディアン・コーヒーハウスの広告としてそのまま使えそうなものもあった。

〈インド人であれ、インド製品を買おう〉

それ以外は、いつもどおりの光景が続いていた。

インド有数の大富豪、Ｊ・Ｒ・Ｄ・タタ氏は、インド国内のストライキ、ボイコット、デモの類は行きすぎだと主張した。残念ながら、議会制においてはインド国内のニーズを完全に満たすことはできていなかった。

中産階級、商店主、ビジネスマン、政府高官は混乱に嫌気がさしており、脅威をもたらす大衆に対しては必要なら警察の力による鎮圧を願っており、その過程でコソ泥を完全に取り締まり、デリーの裏路地で膨らんでいたスラムを完全除去することを希望していた。インディアン・コーヒーハウスにおいて、ＰＫは次のようなコメントを耳にしていた。

「野党の政治家、知識人、ジャーナリスト連中は、非常事態宣言に文句を言っているだけだ。だが、我々一般庶民にとっては、今のほうがいい」

あるいは、次のようなものもあった。

「デリーには強権が必要だ。最近はスラムが広がりすぎているからな」

こんな声さえあった。

「いまや、犯罪は減り、列車は時間どおり動くようになり、道路もきれいになり、避妊も広まったからスラムの狭いボロ家に一〇人の子どもがいることもなくなった。だが、新聞はくだらない人権侵害とかそんな話ばかり書き立てている。やっと生活がよくなってきている」

だが、デリーの教員、記者、学者連中はショックを隠し切れず、怒りをあらわにしていた。

「どうすればこんなひどいことができるのか？　背後で操っているのはあのドラ息子、サンジャイに違いない。大統領？　あんなのは、単なるインディラのサクラ、冗談そのものだよ」

首都全体で暴動が発生し、インディラが国賊と認定した野党政治家、弁護士、新聞記者などが次々と逮捕されていった。それにより多くの人々が投降し、抵抗も少しずつおさまってきた。だが、ごく少数はそれでも反対運動を続け、「インディラの狂気」とプラカードに謳って路上でデモを行っていた。月に一度、人権派シーク人民戦線がデリーで抗議デモを組織していた。PKはカフェの前を通り過ぎる一団がスローガンを声高に叫ぶのを聞いていた。見物しようと外に出た。くるぶしまで覆う伝統的なローブを着た男が青とオレンジのターバンを巻き、国会に向けて行進を続けていた。

「インディラが狂っているから、インドも狂うんだ！」

リーダーが連呼した。街全体が憤激し、それは誰の目にも明らかだったが、新聞を見る限りでは状況は完全に鎮静化されていて、平和が戻ってきたかのような印象を与えていた。抗議活動に関しては、一言も触れられていなかった。

インディラに対する反対派は狡猾さを増し、検閲をあざ笑うかのような、さまざまな手法を生み出した。大手新聞「タイムズ・オブ・インディア」のお悔やみ欄を見ると、匿名の読者によるD.E.M.O'cracy（デモクラシー、つまり民主主義）氏への訃報が掲載され、妻のT.Ruth（トゥルース、つまり真実）氏および息子のL.I.Bertie（リバティ、つまり自由）氏と娘のFaith（信念）、Hope（希望）、Justice（正義）各氏に対するお悔やみの言葉が綴られていた。検閲といってもこれくらいのことを見逃してしまうのか？　ＰＫは腹を抱えて笑った。

ＰＫはインディラのことは好きだったが、さすがに非常事態宣言は行きすぎだと支持者の彼ですら思っていた。一部の警官が攻撃的にやりすぎているとハスカールに報告しなければならないほどだった。

ときには彼の絵を待つ行列を追い散らし、作品をびりびりに破いて、いますぐここを出ていけと怒鳴ることもあった。警察も、半分はもう半分が何をやっているのかよくわかっていないようだった。日によっては友好的な警官と会ったし、別の日には警棒で叩かれて追い払われることもあった。控えめに言っても、彼に対する権力側の扱いは首尾一貫していなかった。

ハスカールはそんな訴えを注意深く聞き、これから何本か電話しておくとＰＫに約束した。今後は警察が君に手を出すことはないと確約してくれた。

次の日、デリーの知事が公用車で噴水の前に現れ、部下と顧問が同行していた。警察の越権行為をすぐに止めよ、と知事が厳命した。以後、いかなる警官も公共の場で芸術活動をしているＰＫを逮捕することはできなくなった。

知事来訪の数日後、今度は国立電気公社の役員が来て、夜遅くでも作業できるようにと照明を用意してくれた。そして、夜に仕事を終えて疲れたときに雑用、たとえば、食べ物や飲み物を買いに行ったり、ペンや紙を補充したり、広げていた作品一覧をまとめて片づけ、一式を近くの店の倉庫に預けたりする助手の男も一人つけてくれた。

「ほかに何かお手伝いできることはありませんか、サー？」

毎回、男は礼儀正しく腰を曲げて挨拶してくれた。

ハスカールは、噴水近くの地域がニューデリー版モンマルトルになるのだと言っていた。まさに、パリのテルトル広場のように、芸術家がここで自由に活動できるようになるのだ。そうなればPK自身が観光客の目当てにもなろう。

一九七五年のクリスマスの数日前に、「ザ・ステイツマン」が噴水の周りで活動するPKやそのほか数人の芸術家についての記事を掲載した。あなたの顔が画家の運命、そう謳っていた。パリの広場と同じく、色々と複雑な構図よりは、肖像画が主な芸術活動となっている、とこの新聞は報じている。

〈十分間一〇ルピーが相場で、プラデュムナ・クマール・マハナンディアそのほかの画家による鉛筆の肖像画ができあがる。デリーのコンノート・プレイスの噴水前で活躍する七人の画家の一人として、PKは一番大きな成功をおさめている。毎晩、通りがかりの人や観光客の肖像画を描いて、だいたい一日で四〇〜一五〇ルピーを稼ぎ出している〉

〈風景画や現代美術に興味を示す人はごくごく少数だが、自身の肖像画のためなら喜んで一〇ルピーを支払うという人は少なくない――しかもわずか十分でというのが魅力的だ――そう語ってくれたのは、同じく噴水前で描画活動をしているジャグディッシュ・チャンドラ・シャルマである〈展示していた絵がまったく売れない一か月を過ごしたあと、ジャグディッシュはＰＫにならい肖像画を描き始めた。すると、すぐにポケットが満杯になったという〉

ＰＫはベッドで横になり、死後、「インドのクライヴ」として知られることになった変わったイギリス人、ロバート・クライヴについての本を読んでいた。

ＰＫはこの物語に引き込まれたが、それは、外国の男でも父親の期待に反することがあるのだということ、そして、冒険への渇望と何度も犯した自殺未遂に共感したからだった。まるで自分自身の物語を読んでいるかのようだった。

ロバート・クライヴは父親の期待を裏切った男だった。一七二五年に、一三人の子どもの一人として生まれ、そのなかでも一番反抗した。異常なほど活発な多動性で、頑固者で、誰の指示にも従うことはなかった。あまりに手に負えなかったので、三歳までに実家の領地から引き離され、街にいた子どものいない親戚に預けられた。だが、この一家でもうまくいかず数年後、村にある実家へ追い返された。

十歳までに、悪魔のお面をかぶって時計塔によじ登り、通行人を怖がらせていた。十代後半までに、彼は軽犯罪を繰り返していた。疲れ果てた父親は、このドラ息子に仕事を手配してやった――ただし地球の裏側でだ。こうしてインドのマドラスで東インド会社の帳簿係として勤務するようになった。ついに、あのバカ息子を厄介払いできたと家族一同、胸をなでおろした。当時、インドへ赴任した者がイギリスに戻ってくる確率は、五分五分というのが相場だった。現地の風土病にやられて死ぬか、大英帝国本国の海岸に舞い戻ることができるかのどちらかになる。どちらにせよ、十八歳のロバート・クライヴは、やっと大冒険に旅立てると意気揚々としていた。

しかし、マドラスでの日常業務はあまりにも退屈で、不眠症、不安、鬱に悩まされ、ついに銃を自らのこめかみに当てて引き金をひいた。カチャ！　また繰り返した。カチャ！　カチャ！

PKは本を置くことができなかった。すべてのことには理由がある、そうクライヴは結論づけていた。神は何かもっと壮大な計画を彼に与えていたのだ。

まるでオレと同じだ、とPKは思った。すべては生まれたときに定められているのだ。

ロバート・クライヴは、東インド会社の軍事力と政治力の強化に尽力し、大英帝国が勢力を伸ばすうえで不可欠な役割を果たしたブリティッシュ・ラージ（英領インド）の基礎をつくりあげた。イングランド帰国後、クライヴにはバロンの爵位が与えられた。それでも晩年には汚職疑惑をかけられ、それを払拭するための闘いを強いられた。最終的に無罪が確定して名誉回復は果たされたが、結局、一七七四年に自殺した。

同胞のイギリス人はロンドン塔に行き、彼が連れ帰ってきたゾウと彼が愛用した鎧兜（よろいかぶと）を見るたびに、その波瀾万丈だった人生に思いを致すことができるという。いまとなっては証明のしようもないが、ひょっとしたらＰＫの直系の先祖がこのゾウを捕まえて、調教したうえで地元の王に献上したのかもしれないし、その王がこのイギリス人にゾウを売ったかもしれないではないか。

ＰＫはやっと本を閉じた。ロバート・クライヴがイギリスによるインド支配を確定させたのは確かで、しかも、オリッサに駐屯したこともあった。この男がいなければ、インドがフランス領になった可能性も大いにあった。あるいは、ムスリムの国王やヒンズー教徒の暴君がのさばったままだったかもしれない。ＰＫの一家が言い続けていたのは、少なくとも不可触民にとっては、大英帝国が一番マシな支配者だったということだった。

それから、日刊紙「タイムズ・オブ・インディア」でもう一冊の本が紹介されており、こちらはＰＫが育ったジャングルを訪れた、二人の著名なイギリス人冒険家の話だった。

同記事によると、この本は約百年前に書かれたものだという。

茶色の皮革製カバーに、金箔で文字が彫り込まれており、そこに二本の長い草が書き加えられ、二本の矢が交差している。タイトルは『Jungle Life in India（インドのジャングル生活）』だった。著者は、ヴァレンタイン・ボールという名のアイルランド人だが、地質学者兼鳥類学者として二十年近くをかけてインド全体をまわり、川底にあるあらゆる石、泥の中に混ざる岩の破片、木に巣を張る鳥類についてありとあらゆる記録を残していった。

だが、そんな記述のなかで、もっともＰＫの目をひいたのは、著者が長年にわたりオリッサで暮らし、ＰＫが子どもの頃遊んでいたジャングル、およびいつも母親と一緒に体を洗っていた川を散策していた点だった。

ＰＫは新聞を置いた。開けていた窓から葉っぱを燃やした匂いが入ってきたが、おそらくは近所の道路清掃人が冬の夜に暖をとろうと火を点けたものだろう。スクーターのエンジン音と犬の吠え声が夜の子守歌（ララバイ）となっていた。

だが、寝るにはまだ早すぎた。頭の中で故郷を訪れた幾多のヨーロッパ人たちが駆け巡っていた。完全に目覚めたなかで、ラドヤード・キプリングの『ジャングル・ブック』を手に取った。考えてみれば、白い肌のイングランド人紳士がオオカミに育てられたインド人少年の物語を書くというのも変な話だ。キプリングの本など知るはずがなかったおばあちゃんが、あの藁のマットで寝たときによく聞かせてくれた話だ。

オオカミに育てられた少年の話は丸暗記していた。おばあちゃんは孫が飽きないよう、よく別のあら筋をつくりだし、新しい要素をでっちあげたりしていた。この伝説は、キプリングが生まれるはるか前から、インドのジャングルに伝承としてずっと残っていたものだ。

ＰＫは学校へ通うようになり、キプリングが伝承に基づいてかの名著を書き上げたことを知った。そして、主人公の名前をあらためて何度も何度も読み返した。

「モーグリ、モーグリ、モーグリ……」

なぜ、キプリングは少年にこの名前をつけたのか？　オリヤーでは同じ名前をモングリと発音するわけだが、彼の故郷においてはよくある名前とはいえ、インドのほかの地域ではほとんど見られないものだった。キプリングは隣のマドヤ・プラデシュ州にあるペンチ国立公園でインスピレーションを得たと言っているが、主人公の名前はキプリングがＰＫの故郷の密林を訪れたことを示唆しているのではないか。

おじいちゃんとパパは、マハナディ川沿岸を徒歩で数時間北上したところにある、カンサブ・キュラブの州立密林公社ゲストハウスにしばらく滞在していたイギリス人作家の話をよくしていた。つまり、キプリングはヴァレンタイン・ボール著『インドのジャングル生活』を読んで自身もアスマリックを訪れ、この名前を耳にして新しい綴りで主人公の名前にしたに違いない。キプリングは、モーグリとは密林の言葉で「霧」を意味すると書いていた。オオカミの父と母はモーグリが滑らかな肌をもち、毛がなく、一瞬たりともじっとしていられないからこの名前を選んだということになっていた。だが、なぜオオカミの両親は子どもに霧を意味する名前をつけたのか？　オリヤーにおいて、モーグリとは夜明けとか光、希望とか楽観を意味する言葉であった。

だが、そんな物語も消えていき、自らの幼少時代や密林も一緒に消えていき、思考は一九七五年の現在に引き戻された。

投獄、検閲、モラル低下が発生していたが、これはあくまで一時的なものだ、そう当時のＰＫは考えていた。インドにとっても彼自身にとっても、暗黒が永遠に続くはずがないと信じていた。インディラ・ガンディーもいつかは握りしめた鉄拳を緩めるはずだ。いつか、不可触民も完全な自由の身となり、彼も予言に出てくる夢の女性と出会えるはずだ。

VWのヴァン

「私、インドに行く。もう決めたから。それが、私の運命だから」

ロッタは両親に宣言した。

二人が反対することはなかった。ロッタは反論がくるのを半ば覚悟していたが、両親とも冷静で、まるでイェーテボリまでバスで行くと言ったときと同じように、娘なら問題なくできると考えているようだった。

もともと、父母ともに口やかましいほうではなかった。こういうのに慣れているのね、と娘は思った。ロッタはまだ二十歳だが、すでに一年間をイギリス、つまりは外国で暮らしていた。しかも、本当は二人とも世界旅行が夢だったのに、生活に追われてかなえることができなかったという事実も知っていた。

うちの親だって私と同じ立場なら旅へ出るに違いない、と彼女は思った。

ロッタの計画には、どこにも英雄的なところはなかった。別に命がけでどうとか、世界新記録をつくろうとかしているわけではなかった。冒険物語を執筆しようとしているわけでもなかった。ヨーロッパとインドをつなぐフェリーはなく、航空券は高価すぎて手が出なかったので、これは論外だった。イラン東部のマシャッドまでなら列車も通っていたが、それ以降は山脈が延々と連なり、線路さえ敷くことができない地域がアフガニスタン全体からパキスタン国境ま

第二章　変遷

で続いていた。ダメだ、列車は面倒すぎる。また、ロンドン発ニューデリー経由カトマンズ行きというバスが定期的に運行されていた。

マジック・バスという会社が当時ヒッピーの間で憧れの星となっており、バスの車体は派手な色で塗られ、薄汚れた座席を格安価格で売り出していた。

ロッタはいろいろな選択肢を考えはしたが、本当は最初から決めていた。

唯一の現実的な選択肢は車だった。すでに、運転免許はもっていたし、連れもいた。姉の元彼レイフ、親友とそのインド人の夫、そしてこの夫妻の赤ちゃんだった。一団は車でイェーテボリまで行き、フェリーで西ドイツ・キールへ移動、そこからアウトバーンでアルプス山脈まで直行し、バルカン半島を突き抜けて東洋の入り口、イスタンブールへ入るのだ。

それ以上の詳細は、旅すがら話し合えばいい。地図こそあったがガイドブックはなかった。理由は簡単で、そんなルートを特集した本そのものがなかったからだ。どのみち変更があるに決まっている旅行計画を、最初からつくってどうするのか？　旅は人生のようなもの、予測不可能でエキサイティングなものなのだ。

一団はロッタの父親からの資金援助も得て、一九七一年製ＶＷのヴァンを買った。この車体はすでにイランまでの往復旅行をしており、帰還後にエンジンが摩耗していたが、その後、新しいものに取り換えられていた。新車ではないものの、新しいエンジンを搭載し、旅立つ準備万端といえた。母親は一つだけ助言をくれた。

「あなたがいつ振り返っても誇りに思える行動だけをとりなさい。そして、誰にも迷惑をかけないように」

一九七五年秋のことだった。ロッタはヒッピーの夢をのせた車の後部座席にいて、世界に飛び出した。手を振る人もなく、劇的な別れもなく、ボロースでファンファーレが響くこともなかった。大冒険は静かに始まった。

一瞬の邂逅

ある肌寒い十二月の夜のことだった。

色とりどりの照明が点灯し、水面に反射していた。昔は絵を描いていても列などできなかったし、興味津々でのぞきこむ人もいなかった。そんなことを思い出しながら、ＰＫはその日の夜の仕事分を終え、厚紙から作品を下ろし、展示の片づけをしていた。

すると、闇の中から、若いヨーロッパ人女性が姿を現し、次の日も噴水前に来るのかと聞いてきた。黄色いＴシャツを着て、腿は細く、裾が広がったのジーンズを穿いていた。

ＰＫは、この女性が化粧をしていないことに気がついた。普段、インディアン・コーヒーハウスで会話するほかのヨーロッパ人女性とは雰囲気が異なっており、真面目で思慮深そうに見えた。だが、彼女は明らかに急いでいた。ＰＫは質問に答えたが、相手は素早く「サンキュー」とだけ言って闇の中に消えていった。

オレのことが怖かったのかな？　本当に戻ってくるのかな？

第二章　変遷

次の日の午後、普段より早めに噴水前で場所をとった。願わくば、昨日の白人女性と再会したかった。そのために、わざわざポケットに黄色の刺繍が入った新しいジーンズを穿き、隣人のディディが丁寧にアイロンをかけてくれた短い袖の緑のチェックシャツを着ていた。

上唇にかからないよう注意深く口ひげを短く刈り、普段はぼさぼさの髪にココナッツオイルを入れてとかしてきた。すでに何人かの観光客が待ち構えていた。PKと助手がキャンバスを出して画架を立てようとしていると、列ができあがった。彼はあたりを見まわして、例の穏やかな表情をした慎ましやかな女性を探した。だが、それらしい人はどこにも見当たらなかった。

夜九時まで粘ってみたが、結局あきらめ、画材一式をまとめて徒歩でロディ・コロニーの自宅に戻った。期待が大きかったからこそ落胆が重くのしかかってきた。

彼女は、「明日ここに来ますか」と直接聞いてきたのに、なぜ戻ってこないのか？　頭の中ではすでに、あの約一分間の会話から物語が紡ぎだされていた。

ベッドに腰かけ、PKは祈りを捧げ始めたが、そこでは単にヒンズー教徒の神殿のみならず、アラー、ブッダ、マハヴィラ、ダライ・ラマ、キリスト教の神、マハリシ・マヘーシュ・ヨギなど、とにかく思いつくすべての神の名前を唱えてみた。みすぼらしい小部屋で、ありとあらゆる神、導師、預言者を思い出せる限り讃えて祈った。

次の日は、濃い霧が街全体を覆っていた。これは毎年恒例であった。PKはシヴァ神の寺院に行き、例の穏やかな声の女性が戻ってくるよう祈りを捧げた。丸々一時間、吉兆の神に訴えかけた。いままでそんなことは一度もしたことがなかった。普段なら、こんな宗教的な施設に足を運ぶことはない。だが、今回だけは必死だった。

地元アスマリックにおいては、そもそも寺院に入ること自体が禁じられていた。だが、ここニューデリーでは、あらゆるカースト、階級、民族の人たちが、当たり前のように同じ場所へ集まっていた。カーストのことなど気にする人はほとんどいなかった。大都会特有の匿名性と多様性のおかげで、多少ではあったが、長く憧れていた自由の味がわかったと思った。

参拝のあと、あらためてコンノート・プレイスに向かった。ロマネスク風建築物が、まるで夢の中で見た謎めいた存在のように並び立っていた。ちょうど夕暮れの直前で、青白い冬の太陽が霧を分けて照っていた。

今日はもっと多くの人々が来るはずだ。芝生に腰かけ、薄汚れた綿の羽根で耳かきをしてもらっている人たちがいた。腹ばいになりマッサージを受けている人もいた。だが、大部分の人たちはグループになって腰かけ、おしゃべりに興じたり、ピーナッツの殻を割ったり、喫煙したりし、噛みタバコをくちゃくちゃしてから赤い汁を吐き出す人もいた。今日こそは、きっと、彼女が戻ってくるはずだ。

運命の二人

そういえば母は、つねづね私たち娘の鉛筆画を欲しがっていた、とロッタはコンノート・プレイスの噴水近くに立ち、思い出していた。十分間一〇ルピーと書かれた看板を見て。

　普段なら長い列ができるのだが、あの晩、彼女は人気の路上画家が珍しく一人佇(たたず)んでいる姿を見た。それから、暗がりから男の前に出ていき、質問をした。何を聞いたか、いまとなっては彼女には思い出せないのだが、短い会話を交わしたことは確かだ。

　あの男にはたしかに惹かれるところもあり、恐ろしく感じるところもあった。でも、せっかくなら肖像画を描いてもらうため、次の日に戻ろうと決めた。

　その次の日の夜、噴水沿いの列に並んだ。彼女の順番になったとき、鉛筆の肖像画が欲しいと伝えた。何か特別なリクエストを受けたかのように、男はじっと彼女を見つめ返してきた。男の口ひげに目をやり、それから髪の毛を見るとグリースが仕込んであり、無理やり髪の毛を固めていることは明らかだった。

　男は、新しい紙をしつらえて描画の準備を始めた。髪の毛は街灯を反射して光っていた。

「肌が浅黒いジミ・ヘンドリックスみたい」

と、彼女はそのとき思った。男がヒッピーのスタイルを真似ているのは明らかだった。にもかかわらず、男はエルサ・ベスコフの名著『バブル・マック』に登場する、睡蓮(すいれん)の浮葉の間で暮らし、妖精を連れてくる、巻き毛のジャングル・ボーイのようにも見えた。

　とにかくこの瞬間は、一九七五年十二月十七日の午後七時を過ぎた直後のことで、デリーの空には霧がかかり、街灯がつきはじめた時間のことだった。その後、夫婦となった二人が本当の意味で出会った瞬間だった。

急接近

いつもどおり長蛇の列が噴水前にできていたが、大群衆の中に、彼女はたしかにいた。長い金髪が映えていた。ついに来た！

列の中に彼女がいる。順番となり、まずはそこに腰かけてくれと伝えた。紙の上で鉛筆を走らせようとすると手が震えた。見物人がたくさんいたが、そんなことは慣れっこになっていた。たくさんの人が原因で緊張しているわけではなかった。

あまりにも手の動きが悪かったので、今回は断念するしかなかった。

「ごめんなさい、絵が描けない。明日、美大に来てもらうことはできますか？」

「もちろん、私たちのほうから行きますよ！」

彼女が答えた。ＰＫは見上げた。すると白人の男がこの女性の背後に控えていた。まさか夫なのか？　それだけはやめてくれ。

「お二人とも？」

努めて平静を装った。

「私はロッタといいます。こちらは、レイフ、写真家です」

ボーイフレンドとか、ハズバンドとか言わなかった、そこに一縷の希望を感じた。

PＫはシャワーを浴び、清潔な服を着て、鏡で姿を確かめながら彼女の名前をつぶやいた。当初、名前はラタだと思っていたが、これはいつも聴いていた映画の主題歌の歌手の名前と同じだった。違う。たしかロッタと言ったはずだ。隣人のディディがベランダに顔を出した。

「今日は就職の面接に行くの？」

と聞いてきたので、こう答えた。

「ある意味でそうだね！」

第二章　変遷

美大に着くと木製の椅子を三つ用意して、カフェの外にある芝生で太陽がうまくあたる場所に並べた。二人は約束どおり、朝十時ちょうどに姿を現した。そして、まずはコーヒーを飲むことになった。十二月の澄み切った空気のなか、湯気が立つコーヒーを手にして、新しい友人二人と時間をもつことができ、気分は上々だった。

そういえば、まだ二人がどこの国から来たのか聞いていなかった。

「スウェーデン」

まるでPＫの考えを読み取ったかのように、突然、彼女は言葉を発した。

「私たちはスウェーデンから来ました」

「遠くからですね」

そう応じると、二人はうなずいた。

「ヨーロッパのね」

PKはつけ加えた。単なる推測だった。目当ての女性は笑顔を見せた。

「ようこそ！　では、まずは学校の案内をしましょう」

二人がコーヒーを飲み終えたところで、そう声をかけた。レイフは一階の廊下で出会った何人かの学生と話すべく立ち止まり、PKとロッタは二人だけで歩きまわった。PKは教授たちに彼女を紹介し、七階建てのビルの中にある大講堂やアトリエを案内してまわった。まだ知り合って三十分かそこらなのに、まるで旧友のようだ、とPKは思った。

ひととおり構内を案内したあと、彼女が人生で一番楽しんでいるものは何か聞いてみた。

「音楽よ、フルートを吹くので」

と即答だった。今度は星座を聞いてみた。

「おうし座」

との回答だった。この女はおうし座生まれで、音楽の素養がある……。PKは、勇気を振り絞って礼儀正しく聞いてみた。

「レイフは君の夫なの？」

「何ですって？」

口ごもり、早口すぎたのか、あちらにはきっと間抜けに見えたに違いない。オレの質問が聞こえなかったのだろうか？　こんな質問は失礼だったか？　こんなことは初対面の女性に聞くべきではなかったのか？　それでもあらためて同じ質問を繰り返した。

「レイフのことですよね？　いいえ、私たちは結婚していませんし、彼氏でもありません」

と彼女は笑って答えた。二人は見学ツアーを続けた。学生たちは外国人女性を連れたＰＫを見てひそひそささやきあっていた。ここ数か月、まともにＰＫと目すら合わせなかったプニさえも、近づいてきて挨拶をした。ロッタと一緒にいられる自分をプニに見せつけることができて、気分爽快だった。

それから、ロッタとレイフをロディ・コロニーにある自室に来ないかと誘ってみた。「見るほどのものではないけど」と付け加えたが、本当は油絵をはじめ、いままでの作品をぜひ見せておきたかった。ロッタはそれほど熱心そうでなかったが招待を受けた。彼女は単にシャイなのかな?

部屋は今までどおりみすぼらしく汚なかった。

ロッタとレイフは、ＰＫが玄関から中をのぞきこんだとき、後ろに立っていた。わびしい光景だった。割れたコップが部屋の片隅に投げつけられていた。部屋には家具がほぼなかった。テーブルを拭いたこともなかった。床は砂利まみれだった。奥の扉近くには埃（ほこり）の塊があり、壁は酔っぱらったときにかきなぐったチャコールの絵と落書きで埋まっていた。そのうちの一つが、「オレは不可触民に生まれた。何の権利もない、愛さえも」だった。

だが、なかでも一番恥ずかしかったのは、「オレはあの占星術師が予言したとおり、ヨーロッパの女の子と結婚するんだ」だった。二人を部屋にあげることを塞ごうとしたが、無駄だった。自分から誘ったのだから、入れてあげるしかなかった。

ＰＫはいくつかの作品を選んでロッタに進呈した。彼女は何も言葉は発しなかった。壁の殴り書きを見てしまったのだろうか？　でも、笑顔を見せて、贈り物への感謝を言ってくれた。

彼女が再会を約束してくれたので、次の日はコンノート・プレイスで待ち合わせ、モーター付きリキシャで市内ツアーをすることにした。二人は有名なジャマ・マスジッド・モスクを訪れ、祈りに耳を傾けた。

「ここは世界の支配者、シャー・ジャハーンという男によって建てられたんだ」

そう言ってから、ゆっくりと祈りの文言を繰り返した。

「ラ・アラー・イラー・アラー、モハンマド・レスル・アラー」

そう口にしてから、すべての音節を強調し、それから「神以外に神はなし、モハンマドこそ神の預言者」と訳してあげた。

二人はモスクで光塔（ミナレット）のうち一番高いものの屋上まで登り、下にいる大勢の人たちとレッド・フォートを見下ろした。そこで、彼はいままでインドの支配者として君臨してきたムガール、ペルシア、大英帝国のことをロッタに語って聞かせた。そして、見る方向を変えて、大統領官邸を視界に入れた。

「素晴らしいよね」

ＰＫが静かに言った。

「何が素晴らしいの？」

ロッタが聞いた。

「あそこを見てよ、赤い橋があるでしょ？　ミント橋という名前なんだ。昔はあそこの下で寝ていたんだよ。幾晩も寒いなかでひもじい思いをして過ごした。そしてあちらに……」

そう言って腕を上げて、数キロメートル先の大統領官邸を指さした。

「インドの大統領が僕をお茶に招待してくれた」

ロッタはバラ・グンバド（大ドーム）を最後に見つけるまで、雑然としたデリーの市街地全体を見渡していた。

「まるでおとぎ話みたい」

とは言ったものの、明らかに半信半疑の様子だった。たぶん、話をでっちあげていると思っているんだろう。

二人は再びリキシャに乗り、南下して市内屈指の観光名所、フマーユーン廟を目指した。移動中二人はずっとしゃべり続けていた。彼女は話しやすい相手だった。ＰＫはあらためて予言を思い返した。たしかにこの子は音楽の素養があり、おうし座の生まれだ。そして、ジャングルをもっている、と占星術師は付け加えていた。

実家にジャングルがある？　そんなことが本当にあるのか？

ロッタはそのままインド旅行を続けた。次の日、スウェーデンの友人たちは、ＶＷに乗り込んで街を出ていった。ガンジス川沿いのカジュラホ寺院群を目指し、巡礼者たちがヴァラナシで身を清める姿を見ながらお茶を飲んだ。

ＰＫはロッタが恋しくてしかたなかったが、疑念もあった。所詮は旅人で、近いうちにインドを離れてしまう身ではないか。将来が明るい身で、オレなんかと人生を過ごす必要性はどこにもない。なぜ、そんなことをしなければならないのか？　待てよ。一瞬の気の迷いで、人生のすべてを決めるというのか。未来の不安を思うたびに、彼女の柔らかい声が蘇ってきた。

クリスマスの日、彼の住所と名前がきれいなブロック体で書かれた封筒を受け取った。胸の高まりを覚えながら封を開けると、色鮮やかで幸せそうな魚が波から飛び上がっている絵が描かれたカードが入っていた。人によっては、子どもじみていると言うかもしれない。でも、ＰＫは今までに誕生日カードなるものを一度も受け取ったことがなかった。カードを持ち上げて太陽にかざすと、さらに魚が輝いて見えた。

あなたのような友達と出会えたのだから、こんなに遠くまで来て本当によかった。
お誕生日おめでとう。
ロッタ

彼女が帰ってくるまでの数日間は、甘い痛みとなった。

レイフと背中の大型バックパックが夕暮れ時に人いきれのなかではっきりと見えたのは、大晦日になってのことだった。ＰＫは人ごみをかき分けて走り、噴水前で合流した。レイフ一人きりだった。レイフはＰＫに、カジュラホへの旅で築千年の寺院に残された色っぽい彫刻を見た感動を語った。

「ところで、ＰＫは安くていいホテルは知らないか？」

「ホテルなんかに泊まらず、うちに泊まればいいよ」

そう言って、ロディ・コロニーにある自室の鍵を差し出した。

「ロッタはどうするの？」

ＰＫは一歩踏み込んだ質問をした。

「ああ、豪邸の一室に泊まるんだって。列車で、とある一家と知り合ったのがきっかけでね」

「彼女もうちで大歓迎なんだけどな」

と弱々しく答えた。どう考えても、せっかく裕福な家庭の豪邸で快適なベッドと個室を確保しているのに、わざわざ散らかってみすぼらしい自分の部屋に来るとは夢にも思えなかった。

次の日、通りに面した場所に座ってぼんやり外を見ていると、赤と黄色の小さな点が木陰から姿を現した。点が少しずつ大きくなり、少しずつ女性の姿かたちに変わっていった。彼女はジーンズに黄色のシャツを身につけ、赤のバックパックを背負っていた。

これは個人的な大勝利だった。歓喜のあまり叫びだしたいくらいだった。上流階級の贅沢よりも、貧乏なオレを選んでくれたんだ！

けれど、挨拶はあくまでも平静を装い、普通どおりにしたつもりだった。

「ようこそ、ロッタ！」

レイフはＰＫ用の壊れたチャルポイ、つまり下に縄を編んだインド風の木製のベッドで寝た。

ロッタには薄い竹のマットレスを差し出した。ＰＫ本人はセメントの床に直接寝ることにした。

「心配しないで、固い地面で寝るのには慣れているから」

そう二人に言って安心させようとした。本人にとって一番気まずかったのが、リネンの寝具を提供してあげられないことだった。だが、彼女はもともと用意していた寝袋を取り出し、竹のマットの上に広げて十分に満足そうだった。


朝になり、ベランダでストーブを焚き、マサラオムレツ、パンと紅茶を用意した。そして、三人は動力付きリキシャに乗って、コンノート・プレイスを目指し、そこで三輪のバイクに乗り換えて、オールドデリーを目指した。

三年前は、あんなに大きすぎて怯えていた大都市が、今や彼の生活の一部となっていた。デリーまで来たら市場を経験してもらわないと、と心の中で言った。あの市場を生きてきたからこそ、今日のオレがあるのだから。

レイフと別れた二人は、旧市街を当てもなくまわりつつ細い路地に入り、二つの小さな食堂の間をすり抜けながら、蛍光灯で照らされる、さらに小さな広場に入り込んでいった。

そこは炭と焼けた肉の匂いで満たされていた。屋外キッチンからは蒸気が沸き上がり、広場の周りにある四つの店で食事ができるようになっていた。そのうちの一つに入店した。そこは床から屋根までタイルになっており、客はケバブと生地が薄いパンを食べていた。

それから、二人はデリー動物園の人造湖の周りにある小さな森を散策し、古い城を見ながら

第二章　変遷

大いに語り合い、笑い合った。

ＰＫは有頂天だった。それでも、芝生に座ると言いようのない不安が押し寄せてきた。間もなく確実にやってくる悲劇を覚悟していた。今まで必ず運は途中のある時点で尽きてしまったのだ。それが今までの人生であり、今回もそうなりそうだった。幸せなど、待ち構える不幸の予兆でしかないのだ。自分は生まれつき、本当の意味で幸せにはなれないようにできているのだ。ロッタは近くヨーロッパへ戻り、オレはインドに残る。一瞬鳴る雷のように姿を現して、間もなく突如姿を消してしまうのだ。

美大卒業までもう一学期残っており、旅行の資金はどこにもなかった。

こんな幸せを続けるのは不可能だと思ったし、オレたちのロマンスには未来がなく、この出会いもごく短期間の楽しい思い出となり、それ以上にはなりえないのだ。

だが、そんな思いをロッタに伝えることはなかった。

二人の散策はデリー最大の市場、パハールガンジに続いた。果物店や喫茶店の間を通る道は狭く、お互いに体を強く寄せ合い、押し合う形になった。

その瞬間は、本当に人生最大の喜びの一つと言ってもよかった。

そして、赤く燃え上がったタンドールで、手だけを使い平たいパンを焼いて売っている少年と話してみたりした。また、目が血走った老婆が屋外に出ているチャルポイに横たわり、灰色のシーツでくるまれている姿も見た。ヤギが何頭もいる間をかき分けて、無理やり歩く道をつくりだした。ツヤツヤの肌をした牛の背中を軽く触れることもあったし、女性が繊維のシャツに蒸気をたくさん出すアイロンをかけるときの熱気あふれる匂いもかいた。電動ドリルで牛乳をかき混ぜる男の姿を見て、二人は腹を抱えて笑った。それから、たった一個の裸電球の下で何百個かの卵をピラミッド状に積み上げている老齢の男の手業を、何分間か立ち止まって見ていた。「一個落ちると、全部割れます」と卵を積む男が言った。あらためて二人は笑った。

ほかにも群衆の間をすまして歩く犬も何匹か見たし、縫い物をする女性、銀のネックレスを修理する人、自宅の扉の前をほうきではく女の子もいた。落ち葉を焼いた匂いも吸い込んだし、老婆のいびきも聞いた。無数の人たちが唄い、語り、パンの生地をまわし、トランプで遊び、物陰で横たわっていた。

この人たちも、路地も、匂いも、大空も、すべてが人生の一部であるかのように感じていた。

愛の告白

二人が噴水前に到着したのは午後六時前後で、ＰＫは自作を並べ始めた。すると、ロッタが手伝ってくれた。段ボールに作品を立てかけてくれる彼女を見て、「神よ、この女性をわが妻にしてください」、そう願いながら、作業用の椅子に座った。

それから列をつくって待つ人たちのために作品制作にとりかかった。彼女はすぐ近くに座っていた。今日は作業を切り上げて映画に行こうと決めるまでに、ＰＫは四枚の絵を完成させた。

ザ・プラザの外には数百人が列をつくっていた。映画を観たい人たちの列が道路まではみ出ていた。「ショライ」はすでに六か月上映が続いていたが、まだ満員が続いていた。二人はマシンガンで悪党どもを倒す国民的大スター、アミタブ・バッチャンの手描きポスターを見つめていた。中に入り、バルコニーにある席から下の階を見下ろすと、観客の大多数は独り者の男であり、二人のことを羨ましそうに見ていた。

映画が始まってからは、ロッタに内容を通訳してあげた。だが、ラタ・マンゲシュカルが名曲「Jab Tak Hai Jaan」を歌ったときだけは小休止し、背もたれに体を戻して静かに聴いた。映画のなかでとくに見どころとなる踊りの場面になると、ロッタは体を寄せてきて頭をPKの肩にもたせかけ、手と手を重ねた。先ほど動物園を出たときから抑え込んでいた恐怖感が、再び襲いかかってきた。

この一連の動きはいったいどういう意味なのか？　天の声が何かを伝えようとしているのか？　愛とはこのようにして始まるものなのか？　そういうことに関してはまったくの無知で、あらためて経験不足を痛感させられた。まるで十二歳に戻ったかのような気分だった。

もうなるようになれだ。何としても今までの不幸を克服しなければならなかった。我々はすでに一緒の時を過ごし始めた、と自らに言い聞かせた。オレたちの魂は波長が合っているはずだ。思い切って前に出て彼女のおでこにキスをした。

「マヘスワリ・マ、マ・マヘスワリ」

そうつぶやいた。母がジャングルの女神たちの助けを一番必要としているときに唱えていた祈りだった。

デリーは冬だった。夜空は星でいっぱいだったが、明け方までずっと霧がかかっていた。殺伐とした市街地を通り過ぎ、噴水を過ぎた頃には、気温は凍りつくほど下がり、暗闇の中の街は空虚で不毛の地に見えた。二人は大通りを南下し、ラージ・パスとインド門を通り過ぎ、自宅があるロディ・コロニーを目指した。

当初、彼女と手をつないでいたが、二人きりだったこともあり、思い切り勇気を振り絞って肩を抱き寄せた。体の温もりが伝わってきたが、街灯に照らされているなかだったこともあってか、禁じられた遊びをしてしまった気がした。一瞬、幽体離脱して上空から、自身とロッタが隣り合わせで歩いている姿を見たような気さえした。

家までの道のりは長かった。だが、何をもってそんなに長くなるのか？　結局、二人が家に到着したのは午前二時だった。レイフはロープのベッドで熟睡し、大いびきをかいていた。二人は一枚のブランケットを手に取り、ベランダに出た。そして、段差に腰かけ、寒さから身を守るべく一緒にくるまった。

本当にロマンティックだった。

それでも、ＰＫはシャイすぎて彼女の眼をまっすぐ見ることができなかった。頭上の空だけが視線の逃げ道だった。

この二人は神により、彼が生まれたときからずっと支配を続ける力によって引き寄せられてきたのだ。西洋人がそういう考え方をしないことは知っていた。だが、彼はそのように教わり育ってきたのであり、人生はそういうものだと信じてきた。今晩こそ二人のための夜であり、マジックであり、愛の結晶であり、これは星に書かれた運命なのだ。

彼は再び彼女のおでこにキスし、それから頬にもした。最初は目から、それから心に、次に思考に、そして心に、愛が彼の中を突き抜けた。二人は一緒になるのが自然で、このまま一緒にいて、この時間は永遠に続くべきはずなのだ。

ＰＫは彼女の名前を耳元でささやいた。答えはなかった。だから、二人は沈黙を貫いた。

「アイ・ラブ・ユー」

ついに、一歩を踏み出した。だが、即座に後悔した。ほかの言葉の候補がいくらでもあったはずだったのに、よりによって、なぜ、この一言が口から飛び出してしまったのか？　このまま彼女が立ち上がって出ていったらどうしよう。もし笑い飛ばしたらどうしよう。もし、「好きだけど、そういう意味の好きじゃないのよ」と答えたら？　最終的に、帰ってきた言葉は、

「私もよ」

だった。そう言いつつ、おでこに軽くキスしてくれた。それから、再び沈黙が支配した。

「君が結婚してくれたら、僕は世界一幸せな男になれるんだけど」

すると、彼女の表情はこわばった。

「私はまだ結婚なんて考えたことがない！　その前にまだやりたいことがたくさんあるもの」

「今すぐでなくてもいいんだ。僕は待つよ、どれほど長く待ってもいいから」

会話がそこで途切れた。これ以上、無理強いはしたくなかった。

二人は無言のまま座り、レイフのいびきに耳を傾けていた。それから二人は室内に入った。

ＰＫは床にそのまま、ロッタは窓際で竹のマットレスに横たわった。ＰＫは眠ろうとしたが、闇の中をにらみ続けた。何度となく寝返りを打ったが、だんだん体がこわばってきた。そして耳を傾けた。彼女も同じく動いており、落ち着かない様子だった。

何か声をかけたほうがいいのだろうか。ちょうどそのとき、空気が少し動いてガサガサと音が聞こえた気がした。柔らかい手が自分の肩にかかってきた。ほぼ無音のまま、彼女がＰＫのブランケットの中に入り込んできて、冷たいセメントの床の上で隣り合って横になっていた。

「あなたも眠れないの？」

ロッタがささやいた。

「ダメだね」

「私、窓際が怖い。あなたのすぐ隣で横になっていい？」

「もちろん」

ぎくしゃくしながら、そう答えた。ロッタが体を寄せてきた。ＰＫの欲望が目覚めてきて、少し勇気もわいてきた。だが、彼女は少し体をこわばらせた。

「もしあなたが抑えきれないなら、戻るわよ」

そう穏やかにささやいた。

「そういうつもりで来たわけじゃないから。ただ、抱きしめてほしい。それだけだから」

と付け加えた。だから、彼女を強く抱きしめた。ＰＫは自らを恥じた。もうこれだけでも十分以上ではないか。

至福の瞬間

PKとロッタは、セメントの床に広げた竹のマットに横たわっていた。

PKは彼女をじっと見つめた。眠りにつくロッタは安心しているように見えた。そして、夜中の反応を思い返していた。結婚の言葉が出たとき、彼女は明らかにしり込みしていたが、PKにはそれ以外の気持ちの表し方は考えられなかった。

結婚しなければ同居なんかとんでもない、そして、ロマンスも消えてしまう。正式な誓いと公式な祝福がなければ愛は続かない。少なくとも、PKはそう固く信じていた。

だが、ロッタはもう少し待ちたい、そうベランダで語っていた。そこがPKには理解に苦しむ部分だった。彼女がオレを気に入ってくれていて、あちらの父親が合意してくれるなら、なぜ待つのか？　こういうところからも、あらためて異なる文化からやってきた人なのだということを痛感させられた。だが、それでもPKは粘り続けた。

「オリッサへ一緒に行こうよ」

朝食をともにしながら口にした。

「ぜひ、喜んで！」

彼女は即答した。反論もなければ、質問もない。本当に彼女は一緒に来てくれるのか？　何かオレの言葉を誤解しているのではないか？

そこからの動きは早く、一気にことを進めてしまい、彼女が疑念に囚われる前に出発しようとした。すぐにPKの荷物をロッタのバックパックに詰め、さっさと着替えた。といっても、彼が着ていたのは前日と同じ汚れたズボンとシャツだった。同じ部屋に女性がいるのにこんな状態はよくないとは思ったが、それ以外にどんな選択肢があったというのか？　洗った服が手持ちのなかになかったのだ。

振り返ってロッタを見た。すると、買ったばかりの赤いサリーを着て、ガンジス川沿いのヒンズー教聖地、ヴァラナシ地方の伝統をそのままなぞっていた。金髪と赤いサリーの組み合わせ！　なんと美しいことか。

二人はリキシャでコンノート・プレイスまで行き、父親と兄弟のための贈り物を買った。それから中華料理店で食事をして、いろいろな店をのぞいてまわり、お互いを見つめて、笑い合った。実生活が映画館のスクリーンで見たようなロマンスの様相を見せていて、いまや二人は大団円に向かっている。だが、すべてが崩壊するまで、どれだけの時間が残されているのか。疑念は自分の心の中だけに封じ込めた。

二人はジャナタ・エクスプレスに乗り込み、夕暮れ前に東に向かって出発した。涼しいそよ風が開けた窓から吹き込んできて、太陽が大地をマンゴーのような黄色に染め上げていた。ロッタの長い髪がときどきそよ風で吹き上がり、顔に少しかかることもあった。一日の終わりの光で、黄金色の髪がさらに輝く様子にうっとりするばかりだった。

第二章　変遷

ＰＫの幼少期からの思い出が、頭の中で走馬灯のようによぎった。

五歳のとき、ジャングルの中でおじいちゃんのゾウに乗った。教師が石を投げつけ、これがお前の運命だと言い放った。カーストが高い子どもの親たちは、オレが不可触民だと知るや否や、一緒に遊ぶことを子どもに禁止した。

そんなことを考えているうちに、思考はいまここの場所に戻り、長距離列車のコンパートメントで、美しい外国人女性と座っていた。映画の登場人物は、だいたい死ぬ直前に人生全体を振り返るフラッシュバックを見るが、できるのならば死ぬのではなく、これからもう少しマシな人生に生まれ変わってほしかった。

二人が夕食を注文すると、コンパートメントの折り畳みテーブルの上に提供された。野菜、コメ、チャパティだった。二人は緑のビニールでできた椅子の上であぐらをかき、何も言わぬまま食べた。外は暗闇が広がっており、牛車の青色だけがぼんやりと照らし出されているように見えるだけだった。列車はときどき線路の上ではね、汽笛がたまに鳴り、ボートが荒れる海上で生き延びようとするときのように予告もなく揺れた。

二人は細長い寝台の一つに、寄り添って横になった。ロッタはオリッサの伝統祭典に関する本を読もうとしていたが、すぐに眠りに落ちていった。ＰＫは横になり、眠る美女の閉じたまぶたと輝くような肢体を見つめ、すやすやとした寝息を感じた。

それから、ここ数日間で二人が交わした会話をあらためて振り返っていた。

「あなたのおかげで神様を信じられるようになった」

そう彼女が言ってくれた。

「でも、僕は貧しいし、君に安定した生活を与えてあげられないかもしれない」

「私から見ると、あなたは全然貧しくないわ」

そう返してくれた。

「僕は芸術家、つまり、お金とは縁のない人生になるんだよ」

「それでも私はあなたと一緒に人生を過ごしたい」

ロッタはついに、自らの心に従って生きる決意を固めてくれたようだった。


夜が明ける数時間前に、二人はボカロ、鉄鋼の町で列車を降りた。

ＰＫの長兄はこの街で働いていた。暗闇のプラットフォームで二人は体を寄せ合い、一枚の薄汚れたウールのブランケットで体をくるみ、何も言わず日の出まで待ち続けた。周りに散らかっている衣服や布類を見ると、どれほど多くの人が駅で寝泊まりしているのかがよくわかった。なかには次の列車を待っている人もいただろうし、まさにＰＫとロッタのように、夜明け後に駅まで迎えに来てくれる親族を待っている人もいただろう。二人は道をさまよう犬の吠え声も聞き、通りがかりのバスのクラクションも聞いた。

日の出のころ、ロッタは駅舎に入り、新しい清潔なサリーに手早く着替えて、頭もヘッドスカーフで覆った。遠くから見れば、彼女を外国人と見分けることは不可能だった。ＰＫには、兄が伝統的な装いをしている彼女を間違いなく気に入ってくれるという確信があった。

突如、長兄プラモッドが姿を現した。そういえば数年間、兄とは会っていなかった。前回より数キロほど体重を増やし、西洋風のスーツと白いシャツ、ネクタイに身を固め、大物感を漂わせていた。長兄は用心しながらという感じの笑顔を見せた。ＰＫとロッタは兄の前にひざまずき、頭を下げて指先で足に触れながら挨拶した。

プラモッドはインド鉄道会社の地区マネージャーに昇進しており、この地位に大きな誇りを抱いていた。そこまで特別というわけでもなかったが、それでもジャングル育ちの不可触民が、ここまで昇進できるというのは大したことだった。インディラ・ガンディーが国有会社において反差別政策を推進しているにもかかわらず、管理職の面々は大部分がブラミンか、それに近い高カーストの出身者で占められていた。プラモッドの昇進は間接的とはいえ、インディラの功績といえた。

それから兄は、キッチンがついた自身のオフィスを二人に見せ、従者たちを紹介した。壁にかけられていたのはインディラ・ガンディーとグルのサイババ、恩人であり守護神であり、かつ預言者でもある人物二人の肖像画だった。

ＰＫの兄が、実は肌が浅黒い部族の母親と不可触民の父親の間に生まれた子どもだとは誰一人信じていなかった。もともと割と肌の色が明るかったが、なぜかよくわからないが、年を経てさらに白くなったようだった。若かった頃のプラモッドは、裕福で権力もあるヨーロッパ人のような白い肌になりたいという願望をよく口にしていた。

そして、どうも願いは見事にかなったようだった。ＰＫはもちろん、年齢を重ねると黒い髪の毛が白くなる場合があることはよく知っていたが、肌も白くなるという話は聞いたことがなかった。だが、実際に兄の肌は白くなっていた。プラモッドは憧れてやまなかった西洋人に容姿が似てきて、ソ連の支援により発展した鉄鋼都市でまっとうに遇されているうちに、ソ連の出稼ぎ労働者に見間違えられることさえ発生するようになった。

ＰＫは、兄がロッタのことをどう思うか少し心配していた。まず長兄、それから父親が結婚に賛成しなければならないという地元の伝統を崩したくなかったからだ。そんな陋習に従わなければならないのか、いま一つ半信半疑ではあった。かといって、不必要に家族を刺激するのもイヤだった。一家追放の憂き目にはあいたくなかった。

「わが賢明なるお兄様」

ＰＫはその晩、兄に呼びかけた。

「私はシャルロッタと結婚してもよろしいでしょうか?」

プラモッドは答えなかった。

「シャルロッタとはチャルラタと同じ意味であります」

ＰＫはオリヤー語で訴え、それからロッタに向きなおり、話した内容を英語に訳した。

「きっと君がこんなに素晴らしい名前をもっていると伝えれば、兄貴の印象はよくなると思う。チャルラタというのはオリヤー語でブドウの木という意味だからね」

兄は無言で、それから考える時間が必要だと言い渡した。小一時間ほど瞑想し、その間にサイババおよび神と対話したようだった。

兄はリビングルームのセメント床に蓮華座で座り、周りの壁には雪で覆われた山頂や白い肌の赤ちゃんの写真が何枚も貼られていた。目はずっと閉じたままで、表情が真剣になった。PKは緊張のなか、兄の表情を読み取ろうとしたが、待つこと以外何もできなかった。

約一時間後、兄の顔全体に笑みが広がった。これで大丈夫だとPKは確信した。

第二章　変遷

それから二人はタタ行きのマドラス・エクスプレスに乗り、そこからカタック行きのウトカル・エクスプレスに乗り換え、その後は長距離バスで川の上流を目指し、密林を分け入っていった。緑がさらに深くなり、空が明らかに澄んできて呼吸しやすくなった。こうして生まれ育った村に戻ってきた。最後に里帰りして以来、あまりにも多くの出来事があった。

父親に再会したとき、一目でこの結婚に反対していないことがわかった。

「誰であれ、お前が幸せだと思える相手と結婚すればいい」

そう言い切ってくれた。

「何より、彼女はあの星占いのとおりではないか」

そう付け加えた。父親はまるでブラミンになったかのようにサンスクリット語のお経を唱え始めた。村の僧侶にとってはもっとも不快な光景だっただろうが、シュリダールは気にする様子をまったく見せなかった。

「なぜ、ブラミンどもばかりが神聖な儀式を行う権利を独占しなければならないのだ?」

そんなことをしたら高いカーストの連中を挑発してしまう、となだめた仲間たちに、いつもそう言って反論していた。

ＰＫとロッタは何も言わず父親の姿を見ていた。背後の壁にはＰＫの母親の遺影がかかっていた。ＰＫは母の眼差しを感じ取り、まるで死後の世界から帰ってきて、最愛の息子が今までの人生で得てきたものに興味津々のように思えた。

それから父親が二人の手を取って重ね、うなずいてから語った。

「プラデュムナ・クマール」

そう呼びかけ、息子を正面から見据えた。

「絶対に今後、彼女を泣かせる理由をつくらないように」

「約束します。彼女とともにいる限り」

そう返答した。すると、父はこう説いた。

「もしも彼女の涙が頬を伝うなら、絶対に地面までしたたらせるな。お前はつねに妻に安心を与えなければならない」

それから、父親は新しいサリーをロッタに贈ってくれた。

これで話は完了した。二人は正式に夫と妻となった。地元の地方裁判所で結婚の登録がまだ残っていると言えばそのとおりだが、そんなことはあとまわしにできた。現時点において、もはやそんなことは問題ではなかった。

バックパックを頭にのせ、二人は、インドの伝統衣装に身を固めたＰＫと白い肌の花嫁を一目見ようと出てきた村人たちの群れをかき分けなければならなかった。二人とも今までそんな光景は見たことがなかった。

　村人たちは新しいカップルをあからさまに好奇の目で見ていたが、だからと言って、彼女にちゃんと声をかけられる勇気がある者は一人もいなかった。ＰＫがデリーでおさめた成功も知られており、村人たちの敬意と称賛を引き寄せていた。もはや社会の除け者（パライア）ではないのだ。

　宇宙飛行士、首相、大統領をも描いた画家となった、あの小さな村出身の小僧が帰ってきた、という噂はまたたく間に広まった。オリッサ州の州都ブバネシュワルに行くと、美大の総長が昼食の場を設けてくれた。そこで、ＰＫを賞賛して二人が座れるようにとわざわざ椅子をひいてくれた。

　ＰＫにとってはまったく馴染みのない出来事だった。会食後、総長は運転手に、二人が行きたいところならどこにでも連れていって差し上げなさいと命じ、なおかつ伝令の少年に二人のための列車の乗車券を買いに行かせた。

　ロッタには、まるで女王のためのような銀の髪留めが送られた。キング・プラデュムナ・クマールとクィーン・ロッタのお出ましだ。まるで、全世界が二人にかしずく家来になったかのようだった。

　それから二人はバスでプリーに行き、長く続く砂浜をほかの恋人たちと歩き、コナーラクの太陽神（スーリヤ）寺院に行って、カーマ・スートラの妖艶な場面をモチーフにした彫刻を見物した。かつて、古代の船乗りたちはこの寺院を「黒いパゴダ（塔）」と呼んでいたが、ここに到着する前に、ＰＫはロッタに立ち止まってくれと言った。そして手で彼女の目を覆い、目隠しをした。

「ほら、美しいものがあるよ」

そう言って、両手を目の上から外した。

「見て、あそこ！」

そこには石の車輪つきの寺院があった。かつて、ロンドンに暮らしていたころ壁に貼っていた写真とまったく同じ石の車輪が目の前にあった。いま、彼女は現場に立ち、本物が目の前にあったのだ。

彼女は泣き始めた。二人は数週間前に出会ったばかりだったが、いまここで、太陽神スルヤを祀る車輪を刻み込んだ寺院を前にして、初めて二人の唇が重なった。


有頂天のＰＫは再び疑念に襲われた。

あまりにもことが非現実的すぎて、浮世離れしていたからだ。オレみたいなジャングル出身の不可触民だった小僧が、いま最愛の女性の隣を歩くということがどうしてありえるのか？

疑心暗鬼となり、何もかもが不安になってきた。ごく単純な言葉を口にするたびにつかえてどもった。ロッタの頬に軽く触れるとか、路上に落ちているゴミをよけるとか、ごくごく簡単なことですら、つかえてしまった。

ブバネシュワルへ戻るバスの中で、彼はいままでの人生、ニューデリーでのキャリアをすべてなげうってロッタとともに過ごすヨーロッパでの将来を思い浮かべた。いろいろと妄想は膨らんだが、そのために恐怖もわいてきた。そちらのほうが実現可能に感じられたからだ。

そもそも、なぜ美しい故郷のオリッサを離れて首都を目指したのか？　家族もいて、馴染みのものはすべて地元で揃っていたはずだ。ジャングルは豊饒で、実りがあり、濃密で、謎めいて興奮のるつぼだったはずだ。マンゴーとココヤシの木にかかる霧を毎朝見るだけで、自然の無限さを痛感し、不確かなもののためにすべてを犠牲にしていいという勇気が与えられてきた。

一週間後に二人がニューデリーの部屋に戻ると、隣人のディディが、正装した女性とその娘が何度も留守中に訪ねてきたと知らせてくれた。プニと母親だ、とすぐにわかった。ＰＫはどこにいるの？　母娘はしつこく聞き続けた。うんざりして、ディディが逆に聞き返した。なんでそんなに彼のことを探しているのですか？　プニの母親がディディに一部始終を語った。

プニのフィアンセ、つまり、例の工学生には何の問題もなかった。実に好青年だった。だが、男の父親が持参金として五万ルピーを要求してきた。これは、映画スターならわからなくもないというくらいのありえない金額だった。プニの父親は何としても高位カースト出身の男に娘を嫁がせたかったのだが、あまりにも高額だったため断念せざるをえなかった。よって、プニの母親が、ＰＫに娘を引き取ってくれないかとお願いしに来たというのだ。

どこまで愚かなんだ！　あのオヤジはあれだけオレを侮辱しておいて、何が悲しくてあんなヤツらと付き合わなければならないのか？

自分は割と寛容な男だが、物事には限界がある、と彼は心底思った。

ディディやＰＫの友人に対して、自分はスウェーデン出身の女性と結婚したということだけ伝えた。父が祝福してくれたので、二人は神の前で結ばれたわけだが、法的にはまだ婚姻したことにはなっていなかった。だが、誰がそんなことをいちいち確認するというのか。

ロッタ一族の歴史

二人はＰＫの部屋のコンクリートの床に隣り合って横たわり、割れ目だらけの天井を見上げながら幾晩もともに過ごした。ロッタは、スウェーデンの歴史と先祖についていろいろな物語を聞かせてくれた。

「スウェーデンにアドルフ・フレデリックという王様とルイーザ・ウルリカという王妃が君臨した時代には、まさにインドと同じように、スウェーデンにも四つのカーストがあったのよ。国王の権限は限られていて、国は四つの議会によって治められ、一つの議会が一つのカーストを支配していたの」

ロッタがそう説明してくれた。

「私たちはこの四つの身分のことを、貴族・聖職者・商人・農民と呼んでいた。二つのグループが権力争いをして、その二つの名前が、よりにもよって（縁がある）ハットと（縁なしの）キャップスだったのよ！」

「変な話だな。同じことがインドで起きたらどうなるか。みんな腹を抱えて死ぬほど笑うよ」

「まずは私に全部話をさせてよ！　国王夫妻は、ハットを牛耳って権力を握り、王族の力を限定しようとした貴族たちに怒りをあらわにしたのね。果てにはグスタフ王子を王座に据えようとしたのよ。そうすれば、王子は貴族の言うことを聞いてくれる素直な王様になるでしょ」

「でも、王妃は要求を拒否した。人間が神様の意思に逆らうとは何事かと。そんなのはおかしいと。そして、王妃は側近を集めてハットを食い止めるための計画を話した。そして、神のお告げに従い、クーデターを起こして国王を復権させようとしたのね……ある夏の夜、一七五六年のことよ」

ロバート・クライヴがインドを席捲しようと戦っていた年だ——何という偶然だろう、とPKは思った。

「ロバート・クライヴのことはもう話したっけ?」

PKが口をはさんだ。

「ぜひ、彼の物語を話してあげたいんだけど」

「あとにして! その一七五六年の夏の夜に、ストックホルムが大混乱に陥った。けれども王妃の計画は思いどおりに進まなかったのね。クーデターの首謀者たちには必要なお金がなくて、タイミングも間違っていた。それでも王妃の側近の一人が、クーデターを決行したの。この男が友人を集めて実行に移した。そして、王宮の階段を駆け上り、王妃に言上したの」

「その計画を国王夫妻に伝えたのが、護衛を担当していて当時、まだ二十二歳だったダニエル・シェドヴィンという男よ」

「もしこの人が計画に従っていたら、私たちの一家の歴史は大きく変わっていたでしょうね。

私たちが森林を所有することもなかったはずよ」

「君が森林をもっているということ？」

「私個人の所有ではないけど、一家がもっているの」

ロッタはさらに話を続けた。

「国王夫妻の近衛兵が集合して、ハット党本部に押しかけて逮捕しようとしたの。けれど、ダニエルは、仕えている領主に現状を伝え、貴族たちのリーダー一同に警告を発したのね」

「つまりは、スウェーデンの戦士カーストということよ」

「インドにおいて、我々は同じ階級をクシャトリヤと呼んでいるよ」

「貴族団は反対派を抑えてすぐに王妃のクーデターを未遂で食い止めた。それで国王夫妻は司祭たちによる査問会で厳しく批判されることになった。そして、このクーデター未遂に関わった何人かは処刑されたの。そのとき私の先祖、ダニエルは、褒賞として大金を受け取り、そのお金で森林と土地を買った。そして、貴族団は国王に迫ってダニエルに爵位を与えさせたのね。爵位を受けるということは、つまり、カーストが変わって上の身分にいけるということよ」

ロッタは困惑を隠そうともしないＰＫに対して、丁寧に説明した。

「ダニエルはスウェーデンの大森林を所有するようになり、盾に青と黄金の二本の刀を交差させ、緑のリボンをつけ、銀色でモットーの言葉を入れたのね。『Ob cives servatus』と」

「それ、どういう意味？」

「ラテン語だし、残念ながら私も意味は忘れちゃった」

そう彼女が答えた。一族の盾はいまでもストックホルムの本家、そしてダニエルが土地を買った地域にある教会に掲げられているのだという。

「だから、うちの家族は今でも森林をもってるのよ」

「つまり、君は身分が高いカースト出身ということ？」

「そうよ、だから私の苗字はフォン・シェドヴィンなのよ。けれど、別にそんなの嬉しくない。それによって私がほかの人より上だということにはならないもの」

「ロッタ、君は高いカーストにいるけど、僕は君の靴裏についている土くれより低く見られるカーストなんだよ」

そう言いながら、ＰＫはプニの父親が「すぐに家を出ていけ！」と怒鳴る姿と、似たような身分違いによって名誉殺人に終わるインドにおける無数の愛の悲劇に思いをいたしていた。

「そうね、でも、そんなのは時代遅れの偏見よ」

ロッタが答えてくれた。

「そんなの、私には何の意味もない」

「君の実家には森林がある。それが僕の運命なんだ。大昔にそんな一連の出来事がなければ、あの予言が実現することはなかった」

「うん、それはそのとおりね」

「ロッタ、つまりはだね、すべての出来事には理由があるということなんだよ」

スウェーデンへの帰国

ロッタは友人たちがVWで待ち構える国境の街、アムリトサルに行くため列車に乗り込んだ。一同は元来た道を戻り、ヒンドゥークシュ山脈を越え、イランの砂漠を抜け、黒海沿いも通り過ぎる予定だった。

彼女は、たった数か月前に動き始めたこの大旅行をあらためて振り返ってみた。アルプス山脈では、神様が、車が渓谷から落下して、ただの鉄の塊と化してしまうのを防いでくれた。トルコでは、延々と山の中の道を走り続け、世界にこれほどの絶景があるのかと思った。それから、テヘランでも大渋滞の中で車をスクラップにしてしまう危機に直面した。アフガニスタンを通過する際には、たった一人の人も見ることがないまま何時間も道を走り続け、唯一人の手が加わったものを見たのは、埃まみれになったコカ・コーラの看板が立つ空っぽのダイナーで、売り物のドリンクは置いていなかった。

スウェーデンを出発して三週間後、一行はパキスタンとインドの国境を越えた。タージ・マハルを見るべくいったん遠回りして、デリーには夜遅くに到着し、壁にぶつけてバンパーが壊れてしまった。非常事態宣言のせいで路上は普段よりもガラガラだったが、真っ暗闇の中、一行はそんなことはつゆ知らなかった。実家には一度も電話していなかったが、さすがにまずいと思い、スウェーデン大使館に一報を入れ、受付係に目的地へ到着し、衝突は一回だけ、最終目的地から一〇〇メートルだと伝えてほしいとお願いした。ニューデリーの大使館はたしかにボロースの実家へその旨を電話で伝えてくれたが、事故のときに誰もケガをしなかったことを伝えるのは忘れていた。

その点、ヨーロッパへ戻る旅については、とくに不安なことはなく、いまは経験豊富で澄み切った境地になっていた。地図がなくても帰れそうな勢いだった。旅は順調で、トルコ東部、黒海沿いにあるトラブゾンの凍結した山道で少し車が滑ったのを除けば、とくに予定外の出来事もなかった。車が一回転してガケの直前で急停止した。だが、神様は一同を決して見捨てることはなく、一行はいったん車を降り、ショック状態ではあったが幸い無傷だった。

すべての出来事には理由があるのだ。そして、ロッタの運命とはスウェーデンに無事帰国することであった。

一九七六年の春、ボロースの実家で、彼女は両親に愛する人がいることを伝えた。そう、PKこそが結婚したい相手であり、秋にはインドに戻るのだと。だが、今回に限っては、母親が反対した。

「そのPKという人は美大を卒業していないし、あなたもまだ大学を終えていないでしょう」

母親らしい冷静な答えだった。

「まずは国に残って勉強しなさい。連絡は取り続けて、手紙を書いて、もう少し冷静に遠い距離からお互いを知るようにしたら」

これは断じてロッタが聞きたかった答えではなかったが、インドの思い出が少しずつ色あせていき、服からインドの匂いが抜けてきて、ひょっとして母親のほうが正しいのかもしれないという気がしてきた。

内面で激しい葛藤が起きた。もし、いますぐインドに戻れば、そのまま居座って二度と帰ってくることはないだろう。だが、ここで今後暮らすにせよ、これからの人生とキャリアの土台となる何かを築き上げなければならないのは確かだった。

ＰＫは、準備ができればすぐにでもスウェーデンに行くと約束してくれた。だが、数週間、数か月が何もなく過ぎ去っていった。二人が再会を約束した時期、つまりは八月だが、そのまま何もなく終わり、ＰＫが姿を現すことはなかった。九月にはニューデリーから手紙が届いた。そちらに必ず行くよ、でも、いつかは自分もわからない、それにどうすれば行けるかもよくわからない、というのがＰＫの実情であった。

ロッタはあらためてインドに戻る選択肢を考えてみた。すでに幼稚園で働き始めていたが、給料は非常に安く、航空券を買えるだけの貯金はできそうになかった。また、両親からお金を借りることだけはしたくなかった。

その後、彼女は、娘がキャリアを重ねることができないことを母親がどれほど怖れていたのかを痛感するようになった。母はことあるごとに、女性が単なる母親と専業主婦におさまるべきではないと繰り返していた。自身がきちんと教育を受ける機会を逃してしまったことを悔いていたため、娘には同じ間違いをしてほしくなかったのだ。

新しい夢が形になろうとしていた。ロッタは幼いころからピアノを習っていた。そこで音楽代用教員の仕事に応募し、ストックホルムの音楽教育大学にも出願した。

二つとも採用となった。インド行きはしばらく待たねばならなそうだった。

環境の変化

ＰＫは元の生活に戻り、美大の授業に出席し、学校のアトリエで制作に励みつつ噴水前で肖像画を描き続けた。

だが、インド社会も大きく変わった。ニューデリーは新しく厳格な非常事態宣言により麻痺状態に陥っていた。報道は検閲され、スラム一掃が続き、避妊キャンペーンも進められ、反対デモや政治集会も厳禁された。

ブルドーザーがスラムを切り裂き、警察が群衆を解散させた。普段なら従順で政治的にも寛容な人たちが集まる首都が、今回ばかりは公然と反抗し、政治的弾圧に逆らっていた。

それでも、ＰＫはインディラ・ガンディーがやりすぎだとは思わなかった。本気で腐敗と不正義を何とかしたいと思うのであれば、インドは強硬路線でいくしかない、というのが彼の結論だった。ブラミンどもに穏やかにお願いしても不可触民への差別をやめるはずがなく、雇用主が仕事を提供してくれるわけでもない。相続したものであれ何であれ、生まれついての特権を自発的にあきらめるお人よしなどいないし、ありもしない偽りの希望を与えるだけなのはもっとよくない。政治とは自己利益の毒消しでしかない、と彼は自身の苦い経験から悟っていた。

インディラ首相の首席秘書だったハスカールが、ＰＫに住まいを提供すると約束してくれてから一年以上がたっていた。そして、一九七六年春に、ハスカールが再び連絡をよこした。

「準備完了だ。君はいつでも引っ越してくれていい」

「どこにですか？」

「サウス・アヴェニューだ」

サウス・アヴェニュー！　インドの国会議員が軒並み住んでいる通りではないか。国家エリートのみが居住を許される区域である。

「そんなところに私が住むのですか？」

「そうだ、第七八棟の一室が君の部屋だ」

ＰＫは荷物をまとめ、といってもバッグ一つにすべておさまる程度だった。イーゼルとキャンバスは噴水沿いに置いておき、サウス・アヴェニューの新宅に徒歩で入居した。

このアパートには大きく派手な家具完備のリビングルームがあり、それとは別に寝室が一つ、そして庭園を見渡すことができるバルコニー、キッチン、ダイニングルームもあり、トイレも二つあった。お腹が減ったら、電話を一本かければすぐにデリバリーが来た。服が汚れたら、毎日回収に来るドビ・ワラーの男に渡せばそれであがりだった。

一年前、彼は橋の下で眠り、ゴミを焼く焚き火で暖をとっていた。ところがいまや、首相と同じ通りの豪邸に暮らし、お金に困ることはなくなった。ついに、いままでの悪運をすべて吐き出したとでもいうべきか。すべての闘いや困難もここに至るまでに必要な過程だったともいえた。

ＰＫからすれば、緊急事態宣言中の生活は大成功であり、自分の価値も明らかに高まった時期だった。インディラ・ガンディーは不可触民、インドの虐げられた民すべてにとって母そのものの存在だった。そして、母である以上、ときとして子どもに厳しくしたり、叱責したりすることも当然であった。

彼女こそ下層民の保護者だった。この女性首相がいなければ、インドの不可触民はどこまでひどい状態に置かれ続けたことか？　彼女の善意と出会わなければ、ＰＫは今頃どこにいたことか？　ほぼ間違いなく、どん底のままだった。

だが、ＰＫはロッタがいなくなった痛手を受けたままで、少しでも話を聞いてくれる人すべてに二人の物語を聞かせていた。あまりにも深刻なので多くの人たちが動かされ、ロッタのところにはＰＫ本人からの手紙はもちろん、インディアン・コーヒーハウスで彼と会った無数のバックパッカーからも多くの伝言が届いた。

今やアジアに行ってきた旅行者全員が、二人の物語を知っているのではないかという勢いだった。スコットランド・エディンバラのケイトは、次のように書いてよこした。

〈ちょうどインドから戻ってきたところです。旅行中、あなたの友人ＰＫという方とお会いしました。誠実な好青年で、あなたがいないことを寂しがっていました。ずっと、あなたのことばかり話していて、あなたが彼を忘れていないことを願っていました。もちろん、私が個人の

事情に立ち入るつもりはありませんが、手紙くらいは書いて近況を知らせてあげるほうがいいかと思います〉

それから、スウェーデンにあるボフス・ビエルコのマリアからも手紙が届いた。

〈六日の日曜日にパキスタンから戻ってきました。一月にはデリーにも滞在しました。ラホール在住の友人と私の二人でインドへ短期旅行したのです。もう一人の友人からPKを紹介されてお会いしました。何回か会って素晴らしい時間を過ごすことができました。PKがあなたに渡してほしいと一冊の本を私に託しました。PKは元気ですが、あなたがいなくてとにかく寂しがっていますよ〉

フランス・ポントワーズのベアトリスは、彼の名前をピーケット（Pieket）と勘違いしていたが、とにかく手紙で知らせてくれた。

〈三日前にデリーから戻ってきました。夫と私は現地でピーケットと出会いましたが、いろいろと手伝ってくれました。ピーケットはあなたのことを話してくれて、あなたと二人で撮った美しい写真も見せてくれました。ピーケットはパリに着いたらすぐあなたに手紙を書いてほしいと私にお願いしてきましたので、私の英語はうまくないですがこうして書いているわけです。私が書いていることをとにかく理解してくれると嬉しいです。ピーケットはあなたから二か月間連絡がないとのことで、すごく心配していました。あなたに何も事故が起きてないことを願っていましたし、それは私たちも同じです〉

ＰＫはサウス・アヴェニュー七八番地のバンガローで暮らすことで、かつて夢見ていた豪華な生活をすべて手に入れたが、それでも不幸だった。理由は、言うまでもなく明らかだった。彼はベッドで横になり、外の庭園に目をやり、二人で大統領官邸の裏にあるムガール公園を歩き、バラとチューリップとプルメリアが咲くなかで、彼女の指に指輪をはめた瞬間を振り返っていた。

生活は快適になった。そのうえで、ＰＫはさらに政治へ深く関与するようになった。自らの芸術を通じて、不可触民の生活を向上させたいと熱望していた。自らの絵画を通じて中産階級に下層階級の苦しみを見せ、理解させたいと思っていた。与党である国民会議派本部のすぐ外で、ハスカールはある長身の男を紹介してくれたのだが、握手をすると、ＰＫが痛みで叫びたくなるほど強く手を握りしめてきた。この男もＰＫの考えに共鳴し、「被抑圧者」のための雑誌を立ち上げないかと聞いてくれ、「ぜひ」とＰＫは答えた。

「私はビム・シンといいます。あなたが例の有名な噴水の画家ですか？」

「はい」

ＰＫは答えたが、少し不愛想な口調になった。こういう扱いはあまり好きではなかった。

「で、あなたはどんなことをされているのですか、ミスター・シン？」

「これまでバイクで一二〇か国を訪れました。ヨーロッパ、アメリカ、ロシアも行きましたし、サハラ砂漠も越えましたよ」

「いままでで、一番すごい話だと思いますよ、ミスター・シン。でも、なぜそんなことを？」

「世界平和のためですよ。私の経験について本を書く予定です」

「そして、いまは？」

「新しい新聞を始めようとしているところです」

ビムは強い意志の塊のような男で、つねに何事にも全力を尽くし、居心地のよい場所に居座ることをよしとしない人物だった。カネばかり追いかけるようでもない。

ＰＫはすぐにこの男が気に入り、彼もＰＫを気に入った。

「よろしければ新聞のロゴをデザインしていただけませんか？」

「もちろんですよ」

「それから、記事のイラストも何本か」

「喜んで！」

ビムはすでに新しい新聞の名前は「ヴォイス・オブ・ミリオンズ」に決めている、と説明してくれた。ＰＫは補佐編集者で、ビムが編集長になり、二人で編集全体を統括するチームになるということだ。ビムが文章を書き、ＰＫが絵を描くのだ。

二人にはコングレス党事務所の一角を提供された。二人のオフィスにあったのはくたびれたタイプライター一台、壊れた机が一つと、二脚のガタガタな椅子だけだった。

二人三脚の編集チームは、その週のうちに仕事を始めた。毎日、オフィスの椅子に座ってはインド社会の暗闇、飢え、抑圧を暴露する記事をいくつも出した。

「我々は大衆の声そのものなのだ」

　ビムは疲れ切りながらも、そう言って作業を続けた。

　ＰＫは「ヴォイス・オブ・ミリオンズ」のロゴをデザインしたが、そこには食べ物を求めて叫び声をあげる無数の人々の小さな顔が字の中に組み込まれていた。飢える者のための新聞。貧困とカースト制度に反対する叫びの集まりという願いを込めた。だが、ビムはそこで終わることはなかった。もう一つの大義を掲げていた。カシミールの独立である。この話題に関してＰＫは詳しくないので、ビムにすべてを任せることにした。

　第一号が刷り上がった。ＰＫは新聞の束を持ってコンノート・プレイス沿いの路地に向かった。自分自身が一からつくりあげた新聞を掲げる姿に胸が詰まった。

　ロータリーを何周かして、横路地にも入り、公園も走ったし、インディアン・コーヒーハウスのテーブルも一つひとつまわった。それから駅にも行き、パハールガンジ市場にも入り込み再びロータリーへ戻った。

「『ヴォイス・オブ・ミリオンズ』を一部どうぞ！　つらい人たちのための新聞ですよ!!」

　誰も興味をもたないことに気づき、この一言を付け加えることにした。

　ところが、二日かけても、指で数えられるくらいの部数を売るのがやっとだった。結局、残りの新聞を道路わきに置き、叫んだ。

「一部お取りください！　無料ですよ。お取りください！　ヴォイス・オブ・ミリオンズ!!」

　悪戦苦闘の末、オフィスのビムのところへ戻ったが、そこで辞表を渡した。

「インドはまだ変革の準備ができていないようです」

とだけぶっきらぼうに言った。ビムがＰＫの決断を喜ぶはずもなかったが、彼一人だけでも、悲願のカシミールが独立して自由を得るまで新聞刊行を続けると決めたようだった。

「カシミールがうまくいくといいですね。そして、飢えが撲滅できますように」

ＰＫはそう言い残して噴水前のイーゼルに戻った。

そこに行けば、少なくとも、人々が彼に気づいて存在に感謝してくれるのだった。

ロッタの残像

噴水前にスウェーデン人が来るたびに、ＰＫは作業をいったんやめて必ず話しかけた。インディアン・コーヒーハウスでスウェーデン語が聞こえてきたら、必ず自己紹介をして一緒に座る口実をつくるべく紅茶を一杯おごり、スウェーデンの話をした。それから、噴水前で掲げる看板の宣伝文も変えた。いわく、「十分一〇ルピー、スウィーズ（スウェーデン人）は無料」だった。

こうして少しでも多くロッタの同胞と接触を保とうとしたのだ。スウェーデン人と話すことで、少しでもロッタに寄り添おうとした。これが当時、彼なりの美しい思い出を残し、生きている実感を得て、彼女が消えてしまわないようにするための唯一のよすがだった。

こうしているうちにラースと知り合った。ラースはＰＫにスウェーデンのパスポートを見せ、

第二章　変遷

ＰＫは公約どおり無料で絵を描いた。職業はジャーナリストで、ほかのすべての旅人と同じく、陸路でヨーロッパからインドまで来た。車を運転したわけではなく、ヒッチハイクで来たのだという。ＰＫにも同じことができるのではないかと言った。

ラースは、アジア全域の地図を広げて一緒に喫茶店で何時間も粘り、ルートを検討した。赤線で描かれている道路上にペンを走らせ、途中にある都市名を次々と並べた。カブール、カンダハル、ヘラート、マシャッド、テヘラン、タブリーズ、アンカラ、イスタンブール……。

「簡単だよ、二週間もあれば行けるよ。まだヨーロッパが残っているけど、まあ、ヒッチハイクで最大一週間だな」

そうか、オレもスウェーデンまでヒッチハイクで行けるんだ、そうＰＫは思った。

ラースができたなら、ＰＫにも可能なはずだ。三週間ならなんとかできると思った。それまでスウェーデンとは別の惑星のようなもので、自分みたいな貧しいインド人には手が届かない場所だと思い込んでいた。航空券はあまりにも高額すぎるし、ロッタにお願いする気にはなれなかった。車ももっていなかった。だが、たった三週間か！　そんなことは、いままで考えたことすらなかった。

ラースは、一方で、ＰＫの予言とロッタの物語に強くひかれたようだった。もっと話してくれと言ってきた。

「思い出せるのはここまでだよ」

「もっと話があるだろう。思い出してくれよ！」

「もうないって」

「本当におとぎ話そのものだよな」

ラースが大きく息をした。

ある日、ラースは、とあるスウェーデン人映画監督が、現地の映画祭に出品するために滞在中だと言った。

「あの人だったら、お前さんの人生について映画をつくれるんじゃないかな」

ラースが言った
「シェーマン・ヴィルゴット・シァーマンという人だよ」

「その人、有名なのか?」

「ああ、スウェーデンではな。あとアメリカでも」

「ラージ・カプールくらい有名?」

「いや、どちらかというとサティヤジット・ライみたいな感じだな。シリアスな作品の監督だ。歌とか踊りはないいな」

「どんな作品をつくってきたんだ?」

「政治的メッセージが入ったようなやつだな。あとは裸の役者も出ていた。それ、結構大騒ぎになったんだぜ」

ラースはこの監督が泊まっているホテルの名前を書いて渡してくれて、ＰＫに行って挨拶してこいよと言ってきた。だが、ＰＫは半信半疑だった。裸の人が出てくる映画とは何事か!

もし、スウェーデンでも問題になっているような監督であれば、インド人はどう思うことか！　たかだかキスでさえ危険とみなされるのがインドであった。そして、主な心配の種は地元オリッサにいる家族のことだった。万が一にもＰＫがヌードの映画をつくった監督と一緒に作業したことがバレたらどんな事態になることか。ダメだ、ラースの提案は到底受け入れることはできない代物だった。

それでも、ラースはコングレス・センターで開催されていた映画祭にＰＫを連れていった。そこで、大混雑のロビーで、ラースはシェーマンの姿を見つけ出した。大急ぎで監督のところに行き、肩をポンポンと叩いた。そしてＰＫを紹介した。

このスウェーデン人は感じがいいな、とＰＫは思った。監督は、ＰＫに今の非常事態とインディラ・ガンディーについてどう思うかと聞き、彼の回答を注意深く聞いていた。

だが、ＰＫは個人的なことはいっさい話さなかった。その点は頑固だった。セックスを描く監督にオレの人生をネタにされてたまるもんか。その点は、ＰＫは決して進歩的（リベラル）ではなかった。

彼は可能な限り折り目正しくサヨナラを告げ、再び落胆を隠さないラースを引っ張りながら人の群れの中に消えていった。

原動力は愛

ＰＫは間もなくロッタが戻ってくると信じていた。

二人は約束したのだ。「六か月後、八月には」と彼女は言っていた。さもなければ、ＰＫがスウェーデンに行くしかない。

ＰＫはデリーの美術大学を一九七六年六月に卒業し、ロッタが戻ってくる計画を立て始めた。サウス・アヴェニューで暮らせばいい、と思った。このような高級住宅街に満足しない妻などいるわけがない。ここの磨き抜かれた床に、彼女の涙がこぼれるなどあろうはずがない。だが、正式な仕事を見つけなければならなかった。残りの人生をずっと噴水前での絵描きに費やすわけにはいかなかった。

ちょうど「インディア・ポスト」がイラストレーターを募集しており、美大が面接の手配をしてくれた。採用担当者は、いままでのサンプル作品を気に入り、プネでの六か月の仮採用契約を提示してくれた。プネと言えば、国際的かつ「キャリア向上を求めるすべてのインド人に機会を提供する夢の街」と自称していた都市だ。

そこには住む場所があり、安定した仕事があった。いやほぼ手に入れたというべきか。これならロッタを安心して呼び寄せられる。また、「インディア・ポスト」はブリティッシュ・ポスト・オフィスとも提携関係があり、もし十分な実力と結果がともなうのであれば、最終的には、たぶん、一つの可能性として、ロンドン特派員の道もあると言ってくれた。この案には喜びのあまり少し震えた。憧れの大英帝国首都で、ロッタと一緒に住めるなんて！

だが、八月は無情に来て去り、ロッタは来なかった。また、ヨーロッパに行けるだけの時間もカネもなかった。貯金は微々たるもので、まだ勤務開始まで待たなければならなかった。

第二章　変遷

秋の間ずっと、ＰＫは「インディア・ポスト」からの返答を待ち続けていたが、一言も連絡はなかった。落胆は壊滅的だった。だが、このおかげでロッタと再会するという決意はさらに固まった。二人の愛は直接会える形で花開くべきものであり、きれいごとだけ書き連ねた手紙で続けるものではない。このままでは、永遠に彼女を失ってしまうではないか。

彼は新しいパスポートと国際ユースホステルカードだけはつくった。毎日、噴水に通う道すがら、コンノート・プレイスの頭上に掲げられた巨大なブリティッシュ・エアウェイズの広告板に目をやってため息をついた。あれに乗れば、新しい人生、別世界での生活が始められるはずなのに。

そんな日々が何週間も続き、ロッタへの思いが募るあまり精神的にも著しく不安定となった。集中力を保つことが困難となり、絵にも悪影響が出て肖像画もしばらくやめるしかなかった。

ある日、意を決して、いつも通りかかっていたデリーの大通り沿いにある旅行会社に入っていった。受付の向こう側にいる女の子は、洗いざらしのＴシャツとジーンズ姿のみすぼらしい男が来たことを明らかに喜んでいなかった。ＰＫは、スウェーデンへの航空券はいくらか聞いた。なぜそんなことを知りたいの？　どうせこいつに航空料金など払えるわけがない、とこの女の子は決めつけていた。

「とにかく、いくらなのかだけでも言ってくれ！」

「四万ルピー近くですよ。あなたはそんなお金を持ってるの？」

もちろん、持っていなかった。夏の間、必死に貯金を続けていたが、それでも口座の総額は四〇〇〇ルピーだった。今後どれくらいの期間、必死に働かなければならないのか？　数年単位になることは間違いなかった。

つまりは、あの予言はすべて間違いだったということか。

ＰＫは自分で何か動けば、道を切り拓くことは可能だということもわかっていた。だが、飛行機は論外だった。運賃が払えない。四つの車輪なら？　車をもっていなかった。それから一二〇か国をバイクでまわったビム・シンの話を思い出した。オートバイはどうだ？　たしかに悪くないと思ったが、それでも高すぎた。

そういえば、もう一つ二輪の乗り物があった。原動力は粘り強さ、執念、そして……愛だ。

第三章

長旅

国境越え

ＰＫは、一日目の午後遅くにクルクシェートラに到着した。

夜明けからずっと自転車を漕ぎっぱなしで、一日としては、まあまあな分量の砂利を踏み越えてきたと納得できた。六〇ルピーで買ったラレー社の婦人用自転車をやっと降りた。これなら男性用の半額だったからだ。列車のチケットを買うのもためらわれる彼にとって、六〇ルピーならば、お手頃といえる価格だった。

いま、ＰＫは占星術師が語った運命を完遂する旅の途上にあった。

持ち物は寝袋一個、青のウインドブレーカー一着、ニューデリーで出会ったベルギー人の旅行者がくれた着替えのズボン一本、ロッタが縫って送ってくれた青のシャツだけだった。イーゼルの形にして彼のイニシャルを縫い込んでくれていた。

ＰＫは砂埃まみれになった髪の毛に手櫛を通し、小さな村の外れに生えていたアカシアの木陰で休息していた。そして、どこまでも続く平野に目をやっていた。

太陽は西に沈んでいるので、自分は進むべき方向に進んでいるということを確認できた。今後、何マイル進まなければならないのか、それはまったく見当もつかなかった。距離感とか、地理の基礎知識がなかったのだ。過去数年間にインディアン・コーヒーハウスで数々の国や都市の名前は聞いてきたが、いざ地図を見ると、どれがどこか、ほとんど指でさせなかった。

第三章　長旅

世界の創世記の物語、空と神々のからみ、そちらのほうが馴染みがあった。生命の由来の話とか将来の運命、人類の初期の神話であれば少しは知っていた。そのとき『マハバラータ』という、インド人の子どもであれば全員小学校で読まされる物語と、何千年か前に、今休息しているクルクシェートラ郊外で、二つの一族が死闘を繰り広げたという話を思い出していた。この戦いはどちらが王国の主導権を握るかという熾烈な戦いだった。小学校の担任は、この物語を必ず大声で朗読して生徒たちに聞かせていた。こういう物語自体は好きだったし、いまや彼の人格の一部となっていた。この意味で、ＰＫはこのうえもなく純粋なインド人だった。

物思いにふけるＰＫは、荒野を見ながら飛び交う矢、ぶつかり合う剣、飛び散る血、疑念がわいてきても再び立ち上がる神々の姿を思い浮かべた。『マハバラータ』は戦争だけを描く書物である。闘士の一人、アルジュナ王子が、いったん小休止してクリシュナ神に助言を求める場面を思い出していた。クリシュナの返答は長く劇的なもので、それだけで一篇の詩となっていた。戦場に戻れ、アルジュナよ、お前は戦士なのだから、戦士とは戦う者なのだと。

この助言のせいで、その後、世界に多くの不幸がもたらされた。もしも、この場面で仏陀とかジャイナ教の預言者マハヴィラの声を聞いていれば、世界はまったく別物になっていたかもしれない。

ヒンディー語で、いま旅している道は、ウッタラパサと呼ばれ、北行路という意味だ。

ウルドゥー語では、シャー・ラー・エ・ザムとして知られている。大動脈の道だ。これまで、いくつも興亡してきた帝国の屋台骨であり、王から農民、物乞いに至るまで、そして、ギリシャ人、ペルシャ人、トルコ人、中央アジア人の往来道でもあった。何千年にもわたり、無数の人々がこの道を通じて西のアフガニスタンと東のガンジス川およびブラマプトラ川の間を往来したのであった。道路そのものは決して質の良いものではなく、インドのほかのどこでも見られるような狭くてガタガタな道だった。

クルクシェートラは、そんな道路沿いにある無数のさびれた村の一つで、明らかに積載量以上の荷物を載せたトラック運転手たちはここで座って休憩し、金属製の弁当箱を開けて夕食とするわけだ。

PKはこのあたりで歴史の証言者といえる存在が何かないかと探してみたが、単なる野原で遺跡とか記念碑のようなものは皆無だった。ニューデリーからずっと続く変わり映えのしない小麦畑の続きの一角でしかなかった。インドは独立後三十年を過ぎており、首相はインド式社会主義の理想を目指して国を完全につくりかえようとしていた。もはや迷信や伝説に騙される時代は終わっているはずだった。だがPKが見る限り、伝承はまったく消え去っておらず、少なくとも自らの眼で見る限りは、そのまま残っていた。

腰巻の中に八〇米ドルを縫い込み、数百ルピーをポケットに入れていた。とにかく節約に努めなければならなかった。このお金だけで少なくともカブールまでは、願わくばもっと長く食いつながなければならなかった。先のことなど誰にもわからないが、もしほんの少し幸運であれば、この少額のお金だけでヨーロッパまでたどり着けるかもしれないではないか。

旅の途中、助けてくれる人も多少は出てくるのでは？　幸い、彼のアドレス帳には無数の旅人、自由人、ヒッピーたちの名前が書かれていた。この人たちがひとかたまりとなり、ヨーロッパとインドをつなぐヒッピー・トレイルでお互いに団結していた。我々は、ここでお互いに助け合っているのだ、と皆が口をそろえて言っていた。持っているものは何であれ分かち合うのだとのことだった。この大きな家族という考え方は、すぐに腑に落ちるものではなかったものの、大きな力を与えてくれた。今後の道のりは困難に決まっている。だが、ある意味で困難を、勝利の前の苦闘を期待していた部分もあった。とにかく士気がずっと高いままでいてほしかった。そうすれば乗り切れるのだから。

我慢強さが必要なのはわかっていた。強い心で、と自らに言い聞かせた。もちろん、明日にでもスウェーデンにたどり着きたかった。だが、大きな枠組みで考えると、最終目的地には間もなく行けるのだ。ここまでやってこれたのだから。

広野をずっと見ながら、父親を思い出した。

エンジニアになれ、といつも言っていた。ネルー首相のビジョンに従って新しいインドを築き上げる一助となれ……思い出がどんどんよみがえってくる。ネルーと娘のインディラがヘリコプターで地元にやってきて、アスマリック郊外の海岸に降り立ったのだが、目的はマハナディ川の新しい水力発電ダム建設開始の記念式典参列だった。

空中の一点がどんどん大きくなり、牛の群れの隣に降り立ったのだった。あれほど小さかった点が一瞬のうちに大きな存在になるという、あのときの混乱は忘れられない。たぶん、一九六四年だったはずだ。

何万人もの人たちが、首相を一目見ようと川岸に集まっていた。ＰＫはネルー首相が胸に手を当てて苦しそうにしていた様子を覚えている。この数週間後、首相は亡くなった。驚くようなことではない、と村人たちは噂し合っていた。地元の女神ビンケジ・デヴィが呪いをかけたに違いない。川にダムをつくるなど神聖なる自然を犯すものであり、ネルーはそれゆえに罰を受けたのだというのだ。だが、ＰＫはそんなナンセンスな話を受け入れることはなかった。当時十四歳だったが、もはや大人の言うことを何でも聞き入れることもなくなっていた。人が死ぬのは病気になったからだ。学校でそう教わったではないか。

しかし、神と悪魔が世界を動かしているわけではないからといって、天体による計画がないとはいえない。星が我々の人生を左右するという力は決して見くびってはならないのだ。

ネルーには計画があったが、あくまで国家の計画で、宇宙のものではなかった。インドは物質的豊かさと技術的発展を追い求めていた。貧困は撲滅されなければならないし、迷信と神々は理性的思考と科学にとってかわられるべきだ。国は宗教よりも社会主義を重んじ、ヴィシュヌとシヴァよりもマルクスとアインシュタインを選んだ。近代化が伝統よりも大切にされなければならない。もしも、選択を迫られたら、古いものを捨てて新しいものを選ぶべきだ、とネルーは説いた。そして、ＰＫの父親もこの意見に賛成だった。インドの不義をただすには、それが最善の手段だったからだ。父はいっさいの迷信を信じていなかった。理性を重んじた。

だが、ＰＫは父親が望むとおりの息子にはならなかった。古臭い不義は新しい平等にとってかわられなければならない、その点はＰＫも同意していた。司祭どもがおしつける伝統を嫌っていたのはＰＫ本人だが、それでも数学や科学を完全に理解することはできなかった。数学の方程式を解くよりは、人を描くほうが性に合っていた。学校で学んだことは多かったが、いまや、すべてを放り出してまったくの新しい世界に飛び出そうとしていた。

一日目の夜、ＰＫは田んぼの隅っこに寝袋を敷いて横になった。

一月のことで、インド北部の冬は寒く湿っぽかった。犬の吠え声や、トラックが凹凸の激しい道を走るときの轟音が聞こえていた。澱んだ水の悪臭が鼻をつき、信号待ちしている運転手の吐いた息も見えた。彼は震えつつ、寝袋のジッパーを顎のところまで引き上げて目を閉じた。そして、草に覆われた排水溝の中にいるコオロギの鳴き声も聞かないようにして、ロッタのことを思った。彼女はＰＫがスウェーデンに向かっていることは知っていた。手紙で計画を伝えていたからだ。そして、インドとヨーロッパの間のルートを誰よりも知っているのは、彼女だった。ＶＷのバンではるばるインドまで行き、また帰ってくるのも十分に大冒険だったが、自転車だったらもっと過酷よ、と書いてきた。

挫折のあとは往々にして号泣が続く。

権力プラスお金や地位がある者たちに辱められたり、抑圧されたりしたときはいつもそうだった。ＰＫは感情の揺れが激しいことで知られていた。喜びとか笑いのあとには涙がついてきた。友人たちはもっと落ち着いていていて冷静だった。そんな友人たちが、ある意味、羨ましかった。ＰＫはどうしても感情を押し込めるということができなかったからだ。

怒りが自らを突き動かすこともよくあった。白昼夢で、いままで一度でも自分をイヤな目にあわせた連中全員と戦うこともあった。だが、復讐願望はだんだん和らいできた。最近、彼を動かすのは悲嘆のほうが多かった。

国境の街アムリトサルに到着した。だが、日記には次のように書いている。

〈クルクシェートラで泊まってから一週間がたった。ラレー自転車とグランド・トランク・ロードは、シーク教徒の聖地で、黄金の寺院がある場所まで僕を連れてきてくれた。だが、残念ながら僕の冒険はこれで終わるようだ。これから黄金のドームとネクター池を見に行き、それから貧しい人向けに寺で出される炊き出しを夕食にして、ニューデリーへ戻ることになる。夢はあまりにも大きすぎたんだ〉

またも、喜びのあとに落胆が襲ってきた。絶望のあまり涙が頬を伝った。

今後、どうすれば旅を強行できるというのか。すでに、計画を中止しなければならなくなっていた。この前日、パキスタン国境に到着した。当初、国境警備隊は断固、入国拒否を貫いた。インド人の入国は不可、そう言い放った。いかなる事情でも絶対にダメだと。そう言ってパスポートを突き返し、帰れと追い払った。そこで警備隊にこれまで描いた絵を見せた。よかったらあなたの肖像画を描きましょう、そう提案してみた。渋々ながら、隊員たちは同意し、彼は手早く紙とチャコールを取り出した。絵を描きながらＰＫはしゃべり続け、愛する女性のこと、今後暮らす予定の国について語った。警備隊員の表情が明らかに和らいで興味津々となり、リラックスしてきた。

これは素晴らしい物語だ、そういった感想が漏れるころには、隊員たちに笑みが浮かび、紙にも写し出された。それまでの深刻な対立は霧散していた。まさにＰＫが望んでいたとおりの設定だ。ほとんどの場合、この手でうまくいった。絵に描くということは、対象の一番いい部分を引き出すことであり、ほめそやすということで、たとえ相手がどんなにとっつきにくい人でも、一瞬にして柔らかくする効果があるのだ。

「わかった、では、君のパキスタン通過を認めよう」

警備隊員の一人が言った。

「我々にそんな権限が本当にあるのか？」

もう一人が、ＰＫも多少は知っているウルドゥー語で聞き返した。

「もちろん、だからどうしたと言うのだ？　聞けば聞くほどいいヤツじゃないか」

警備隊員一同がＰＫに向きなおり、序列の二番目らしき男が礼儀正しく言ってくれた。

「どうぞ、お入りください！」

こうしてバーを上げてくれて、ＰＫはパキスタン入国を果たすことができた。

三十分後、自転車をインド風簡易寝台のチャルポイと色塗りのテーブルがいくつかある木造のレストランの前で、安心しながら一休みした。

そこで、大皿のチキンビリヤニを注文し、国境越え後、初めてとなる食事をがっついて、簡易寝台の隅っこに腰かけた。

思い切り大きなげっぷをして、手を洗い、水筒に水を満たした。そして、ちょうど自転車に乗り込もうとしたところで、一台の警察ジープが走ってきて目の前に停まった。

警官の一人が、走る車両から飛び降りながら叫んだ。

「パスポート！　パスポート!!」

PKは表紙にアショカ王のライオンが描かれ、黄金のデヴァナガリ文字でバラット・ガナラジヤ、そして英語でリパブリック・オブ・インディアと書かれた緑のパスポートを取り出した。警官たちはパスポートを一ページずつ、何度も見直し、閉じる前には上下反対にもしていた。そして、首を横に振った。

警察官は自転車を指さして、それからジープを指さした。PKは何を言われているのか即座に理解した。自転車を車両の屋根にのせ、お前は後部座席に乗れと命令し、再び国境に追い返すわけだ。彼にできることは車で五〇キロメートル逆行し、インドのアムリトサルに戻ることだけだった。

もしも、未来の道が本当に定まっているのであれば、いろいろな落とし穴がいくつもしかけられているに違いないとPKは思ったが、まるで、天の目に見えない力が、お前が楽園に達するには、地上で七つの試練を乗り越えなければならないのだ、と命じているかのようだった。

ホステルのベッドに座り、窓の外を見ると、屋根の向こうに太陽が沈んでいった。ミナレット近くに生えるベンガルボダイジュの木にとまるカラスの鳴き声を聞いていた。すると再び希望がわいてきた。再び運が向いてきたようだ。

その日の朝、グル・バザールで見覚えのある顔を見かけた。ジャイン氏ではないか！　デリーの情報省に勤める人物だ。初めて会ったのは数年前で、よく聞くと兄の友人であることが判明した。そしていま、アムリトサルでばったり再会したのだ。

ミナレットから流れる物悲しい旋律が、ホステルの共同寝室に入り込み、暗闇が追いかけてきたが、このような高学歴で、実力もある高官と出会えて幸運だと感じていた。

だが、一昨日出会えていればもっとよかったと思う。そうすれば、ＰＫの誤解をいくつか解くことができたはずだ。たとえば、インド人は無条件で入国禁止だが、長髪でマリファナを吸いまくっている米国や英国のヒッピーは両腕を広げて歓迎する、あのイスラム教の共和国、パキスタンにＰＫは入国できたはずだった。

ＰＫは、シャーが支配するイランに入国する際にはビザが必要なことは知っていた。だが、パキスタンはどうするか？　インドとパキスタン、かつては一つで、同じ文化、食べ物、言語、習慣を共有する国が二つになった。そもそも、なんで国境など存在するのだ？

だが、彼は事前に知っておくべきだった。あらためて自らの無知を恥じた。インドとパキスタンの紛争は新聞には毎日出ていたのだ。これを見逃していたとはどういうことか？

グル・バザールであの朝、ジャイン氏はＰＫの境遇に同情し、パキスタンを自転車で越えなくてもいいように、アフガニスタンの首都カブールまでの航空券を買ってくれると申し出てくれた。国境警察と地上の問題をすべて置いて、空高く羽ばたけばいいというのだ。

「私のおごりだよ」

そう言ってくれた。できる限りのことはしてくれた。

「お前さん、ただ者ではないからな。君のことは新聞で読んだよ」

ＰＫは深く頭を下げ、握手して、ひざまずいて相手の足に手を触れた。幸運のコブラ、あの生まれた直後に身を守ってくれた蛇が、再び助けに来てくれたのだ。

泊まっていたホステルでドイツ人のヒッピーと出会い、手にした航空券を見せた。このドイツ人はこれから夫人とヨーロッパへ戻ろうとしているところだった。夫妻はベッドと小型キッチンを完備したミニバスで移動していた。

「わかったよ、ピカソ君。君の自転車を車の屋根にのせてカブールまで運んであげよう」

それから夫妻は、布製ポーチをくれた。「君のパスポートを守るためにね」そう付け加えた。

ついにＰＫは、ここ数年間で出会ったドイツ人も含むすべてのヨーロッパ人の一員になれた気がした。ヒッピー・トレイルを移動するバックパッカー・ギャングの一人となったのだ。

エンジンの音が鳴り始めた。背中を強く座席の背もたれに押し付け、腹底に鼓動を感じていた。のちに、この瞬間のことを日記で振り返っている。

〈機上から大地を見下ろし、感無量だった。雪で頭を覆われた山があり、乾燥した大草原(ステップ)があり、緑の平野もあった。すべてをひっくるめると、僕自身の人生よりもはるかに壮大な存在だ。この高さから見ると、日々の問題などささいなことで、可能性は無限に広がり、人生は空と同じくらい大きくできると思わされる。数々の心配など地図上の小さな点々でしかない〉

飛行機の窓を通じて、空っぽの街、人がいない路地、車が一台も通っていない道路を見下ろした。ＰＫは続いてこう記した。

〈上空では、地上のことを細かく見分けるのは難しい。空飛ぶマシンに乗って旅するのは初めてだ。遠くへ旅立ち、もう二度と戻るつもりはない。いまでも信じられないけど、予言が実現しそうな気がしてきた〉

またも振り出し

何かがおかしい。カブールに到着しようとしているはずなのに、飛行機は再度上昇し、空港上空を旋回している。不安にさいなまれ、ＰＫは赤茶けた大地に何本もつくられている道路を見下ろした。なのに飛行機は、再び高度を上げ始めた。揺れは終わり、代わりに無数のささやき声が聞こえるようになった。スピーカーからは、何のアナウンスもない。一時間後、飛行機は再び着陸態勢に入り降下を始めた。

外を見ると、彼はアムリトサルに戻ってきたことを悟った。

説明は何もなく、怖すぎて真相を聞くことができなかった。たぶん、カブールの天気が悪すぎたということか？　あるいは滑走路に穴があいていたということか？

何はともあれ、インドに戻ってしまった。またしても。

だが、今回は、絶望に陥ることはなかった。航空会社の負担で高級ホテルに泊めてくれて、一日数回使える食べ放題券も出してくれた。エア・インディアのスタッフが現れて、カブール行きのフライトは次の日に再開すると約束してくれた。だから、落胆することもなかった。

事実、翌朝には大冒険が再開して、ついに、カブールに着陸できた。

シャトルバスが中心街に向かい、空港との間の道路を走っていたが、すれ違う車は見かけなかった。道沿いには木が並んでおり、葉はすでに落ちていた。インドと比べると圧倒的に交通量が少なかった。市内に入っても、混み具合はインドと比べものにならなかった。地平線の彼方まで薄い灰色の山が連なり、鮮やかな青空と好対照をなしていた。

窓越しにカブールの山の岩々を見ていると、自然とロッタのことを思い出した。

昨年の今ごろ、二人はデリーの駅に立っていた。彼女はアムリトサルまで列車で行って友人と合流し、そこから再び車でヨーロッパへ戻ろうとしていた。

くぐもったアナウンスが響いた。

「アムリトサル行き二九〇四ゴールデンメイル号が一番ホームに入っております」

駅員がベルを鳴らして笛を吹き、プラットフォーム最先端の信号が赤から緑になり、エンジンが回転数を上げて、蒸気が高く舞い上がった。

「まるで爆弾が爆発したみたいね」

ロッタが言って、乗車する直前に最後のキスをしてくれた。

「そうだね」

ＰＫは笑ったが、まだ、完全に悲しみにくれたわけではなかった。

列車が動く気配を見せる。ＰＫの左腕とロッタの右手が絡み合い、彼女の手のひらが彼の頬に触れ、徐々に加速する車両に素早く乗り込んでいった。触れた手と頬の感触が柔らかすぎて、プラットフォームの先端にあるフェンスがまったく目に入っていなかった。二人の別離と同時に、ＰＫはフェンスに追突し、地面に崩れ落ちた。

ロッタが過ぎ去った痛みから、四つん這いになりながら絶叫し、消えゆく列車を見つめた。だが、涙がとめどもなくあふれ、割れ目だらけのセメントの床に流れ続けた。

列車は行ってしまった。ロッタも去ってしまった。夢見た将来は引き剝がされて、はるか彼方に消えてしまった。駅からの帰り道、いつもなら混雑しているはずのチャンドニ・チョウクのバザールまでずっと泣きながら戻り、帰宅したのは深夜十二時の直前だった。

ティラク橋の下を歩き、つい数日前には二人で手をつないで歩いた荒れ果てたデリーの古い城や動物園も通り過ぎた。ロッタは遺跡や檻の中の動物を水彩画で描くとき、ずっと隣で座って見ていてくれた。

ふと我に返ると、何匹かの野犬が周りにつきまとってきた。歯をむき出しにして、吠えている。だが、ＰＫはちっとも怖くなかった。むしろ、立ち止まり、大地を踏みしめて、深く息を吸い込んでから、野犬たちに吠え返してやった。

「オレを食ってみろ、このクソったれ野良犬どもめ！　食ってみろ!!」

野犬どもが、ゆっくりと距離を縮めてきた。だが、ＰＫの状況をまるで理解したかのように、急に静かになって尻尾をふり始めた。

そこで古新聞で包んでいた昼飯の残りをさしだし、一部を野犬たちに食わせてやった。犬が食べている間、彼はその真ん中に座っていた。全身から力が抜けて完全に感覚がマヒしており、号泣と長歩きのせいで疲れ果てていた。そのまま地面に横たわると、野犬たちも彼の体に頭をのせて眠り始めた。

あの晩、ＰＫは、獰猛な野犬五匹と、市立動物園のすぐ外で一緒に寝たということになる。夢のなかで、激しい嵐が家を根こそぎ破壊し荒波が彼を飲み込んでいった。

次の日の夜明け前、始発のバスが鳴らす甲高いクラクションで目が覚めた。上体を起こして座り、周りを見渡し茫然とした。冷たい風が吹き、前日までの温かさを完全に吹き飛ばしていた。とにかく、寒かった。前日、彼のブランケットの役割を果たしてくれた野犬たちも、いつの間にか立ち去っていた。

それから、当時住んでいたロディ・コロニーの下宿まで、最後の数キロメートルをふらふらと歩いた。玄関に立ち、あらためて部屋の中の無惨な光景を見た。擦り切れたボロボロのベッドと衣装ケースが一つがあるだけで、幸福と健康の女神ラクシュミーを描いたカレンダーがカビだらけの壁にかかっていた。

ロッタが西へ旅立ち、ＰＫは何でもいいから彼女からの連絡を待ち焦がれていた。だが、手紙を送っても返答はなかった。焦りのなか、ＰＫはロッタの実家に電報を打った。

〈君から何の連絡もなく心配だ。何でもいいから帰郷したら一報くれ。ＰＫ〉

だが、ロッタはまだ旅行中だった。

ついに、イラン西部のマクから一通の手紙が届いた。〈愛しの友へ〉という言葉で始まっていた。彼女の言葉に飢えていたＰＫは、一気にロッタからの手紙を読んだ。手紙には奇跡が続く旅の様子、イランとトルコの国境近くで見た山頂を雪で覆われた絶景、青白い太陽、マクの静謐さ、少し冷たい透明な霧と〈虫たちの大合唱、自然のララバイ〉について書かれていた。

〈あなたも一緒にいてくれたらよかったのに〉

そう手紙は結ばれていた。ならば、そもそもなぜ行ってしまったんだ？　ロッタの美しく、詩的に綴られた手紙によって、さらに気分が落ち着かなくなってしまった。なまじ手紙のなかの風景が美しいから、悲しみがさらに募った。長く綴られた、訪れた場所の描写は、あまりにも自分が生きる世界と遠すぎて不安が増した。

カブールに着いた彼は、空港バスから降りた。

かかとまでのびた長いシャツを着た男たちと、頭にスカーフを巻いた女たちをかき分けて、バザールを通り過ぎた。思わず笑いだしてしまいそうな名前の通り、チキンストリート、――あるいはカブールの地元の言葉で言えばコシェフ・ムルガだ――を歩き出した。

すると、いかにも安そうなホステルを一軒見つけた。

放浪者は全員この辺りをさすらい、長髪をなびかせながらバックパックを背負っていた。皆薄汚れていて汗まみれで、まるで、全世界の裏通りを引きずりまわされてきたかのようだった。これから泊まるホステルの周りにも何軒もホステルが続いて並んでおり、無数の英語で書かれた看板があり、格安の宿といいサービスを謳っていた。

さらに数えきれないほどのカフェとレストランが続き、メニューも同じく英語だった。路上を散策してみた。すると、伝統衣装のアフガン人が一人いれば、同じ数のきつめのジーンズとTシャツの白人を見ることができた。

PKはそれまでの旅路をすべて日記に記録しており、地元オリッサの新聞に抜粋して送るようにしていた。新聞社が興味をもって、掲載するという自信があったからだ。

「万単位の西洋人のヒッピーたちが、東に行き西に行く。インドに滞在してヨーロッパに帰る人もいれば、その逆でインドに進む人もいる」

そんな書き出しだった。

チキンストリートのカフェに行くと、カンダハルへの道のりについての情報、ヘラートで泊まるべき宿、マシャッドで一番おいしいカフェ、イスタンブールの市場で一番お買い得な店、テヘランの交通渋滞への対処法などの貴重な口コミ情報が飛び交っていた。一人のフランス人は紅茶を飲みながら、ＰＫに今後の旅路について丁寧に、こう説明してくれた。

「ヒッピー・トレイルというのはだな、一本の道ではなく、実のところ何本もの道が重なっているんだよ」

ＰＫは四人のヨーロッパ人と同じ部屋になった。皆が同じチームのようだった。全員がお互いを助け合っていた。それから、ニューデリーで会ったことがある何人かの旅人とも再会した。

「おお、ＰＫ！」

人ごみの中で、カフェで、バザールの中で、何度となく名前を呼ばれた。再会のたびに相手と抱擁し、何杯も紅茶を飲み、お互いの近況を語り合った。これからの長旅について語ると、必ず勇気をたたえてくれ、今後の幸運を祈ってくれた。

ヨーロッパ人の女の子の一部は、短パン姿だった。

アフガニスタンの男たちは、その姿に目を奪われ、よく交差点でぶつかり合っていた。インドで数回会ったスウェーデン人の女の子は、バルーンパンツをはいて、足に鈴をつけてＰＫに向かって歩いてきた。歩くとタンバリンのように音が出ることもあり、地元の男たちにとっては格好の眼の肥やしであった。男たちは笑い、そのまま天を見やるのであった。

ここにきてやむなくズボンのポケットに手を突っ込んで、なけなしの八〇ドルに手をつけなければならなくなった。お金を貯めなければならない。

売血にいくと、結構いいお金になった。それから、喫茶店で絵を描いた。すると、いつもうまく事が運んだ。多くの人が興味を示し、近づいてきて、いくつか質問をするようになり、絵を描いて完成品を見せると例外なく喜ぶのであった。

この絵はまるでオレそのものじゃないか！　誰もが笑い合い、絵を見ながら、握手を求めてきた。一人描き終えると、ほかにも描いてほしいという人が何人も出てくる。そうして皆が結構まとまったお金を払ってくれた。

「カブール・タイムズ」の記者が強い印象を受けたようだった。

壁にかけている作品のほかに何かないのか見せてほしいと言ってきた。PKはアフガン人の女性が伝統衣装姿でシルバーのジュエリーと鼻にリングをつけているのを描いた作品、そして、ラクダに乗るひげ面のベドウィンの作品を見せた。すると、ぜひ君にインタビューしたいと申し出てきた。

「もちろん」とPKは即答した。もともと、記者の取材には慣れていたし、生活に苦労する芸術家にとって、パブリシティがどれほど重要か熟知していたからだ。

このインタビューは数日後に掲載となった。真には、飢えて衰えた黒い女性が、聖母マリアとまだ丸々とした赤ちゃんのイエスの白い彫刻の隣で、子どもに母乳をやる作品を掲げているPKが掲載された。「顔に一番魅力を感じる、とインド人肖像画家語る」という見出しだった。本文は賞賛と崇敬の念に満ちている論調だった。

〈プラデュムナ・クマール・マハナンディアは先週、「カブール・タイムズ」を訪れた新顔だった。世界旅行の途中で、このインドから来た若き肖像画家は二週間滞在の予定で最近、カブールに到着した。

「ほかの何よりも、人の顔にひかれます。私を魅了し、悩ませ、挑発してくれます」

穏やかで、控えめな口調でマハナンディアはそう語る。彼が一番描きたいと熱望しているのは、不平等ゆえにもたらされた人間の悲劇である。

「どれほど裕福であろうと貧乏であろうと、誰もが何かに飢えているのものです」

現在の彼は、肖像画のスケッチで生活費を稼いでいる。

「私は肖像画（ポートレート）と細密画（ミニアチュア）をさらに突き詰めていきたいと思っています。スケッチはあくまでも、この旅を続けるための費用を稼ぐ手段にすぎません。きちんと生活費を稼ぐことは芸術家にとって自らの美術を追究するのと同じくらい大切です」

そう語るマハナンディアは語気を強めた……〉

ＰＫはこの記事を読み、腹を抱えて笑った。オレは本当にこんなこと言ったかいな？　まあいい、言ったのだろうということにしておこう。さらに記事は続く。

〈この若きインド人画家が、カブールを訪れたのは初めてだったが、またたく間に美しく圧倒的な自然に魅了された。カブールで数人の画家と親しくなり、現地画家の才能と作品に光るものがあると見出したようだ。もともとマハナンディアは科学専攻の学生だったが、すぐに、三歳からずっと慣れ親しんでいた絵の世界、つまり美術専攻に転向した……。マハナンディアの洞察である。

「風景画や現代美術にお金を払う人は限られますが、自分の肖像画なら数ペニー払っても惜しくないと思うのです。誰でも、自分の姿を紙に写されてみたいという自我の願望が潜んでいるのです。稼がなければならない芸術家とこの自我は、最高の組み合わせということです」〉

この記事は大きな注目を集めた。街を歩くと多くの人が振り返り、指をさしてきた。近づいてきて「こんにちは」と声をかける人もいた。くだんの記者は、再びホステルに戻ってきて、編集会議を経た結果、彼の作品の何点かを新聞社の一角で展示してくれることになったという。

ＰＫは自らの作品を壁に吊るしてから一歩下がり、この結果に大いに満足した。

記者たちが集まってきて作品を鑑賞した。みんな興味津々だなとＰＫは感じた。編集者の一人が、何点か作品を買ってくれた。金額もよく、申し分なかった。

いまや、ヨーロッパにたどり着けるだけの十分な資金を手に入れた。

すでに、アムリトサルで出会ったドイツ人夫婦に託した自転車は受け取っていた。ホステルのすぐ外に置いていてくれたのだが、チェーンがそろそろ錆びて緩み、イヤな音を出すようになってきていた。なので、つい先ほど稼いだばかりのお金で、チキンストリートの店で新しい自転車を買うことに決めた。ラレー社の自転車を売り、差額を現金で支払った。

新しい自転車は赤だ。

ＰＫはカブールに二週間滞在し、旧友と会いつつ新しい友達もつくった。

バックパッカーのコミュニティでは、茶色い顔で変わり種だったかもしれないが、それでも仲間に加えてくれた。なぜ、旅人仲間として受け入れられたのか？　外見は多少違うにせよ、同じ服装をして、髪を伸ばして、きちんとした英語を話していたからだ。だが、それ以上に重要なのは、画家であるということだった。

スケッチブックと鉛筆こそが、ヒッピーの白人世界への入場券だった。彼は一種のマスコットであり、西洋人の中流階級の若き反抗者たちにとって、自由奔放（ボヘミアン）の象徴だったのだ。

彼は小さな椅子に腰かけ、テーブルにスケッチブックを置き、シャツのポケットにはペンを忍ばせていた。そして、頼まれて絵を描くと、誰かしらが紅茶、チキン、ライス、ヨーグルトなどをご馳走してくれた。毎晩毎晩いつもそんな感じで、いつもお気に入りのレストランで、ほかの旅人といろいろなことを話しつつ、時には絵も描き、肖像画のモチーフが通りがかりのアフガン人ということもよくあった。

バックパッカーとは、究極の自由人だった。

彼らと一緒にいれば、どんなことも可能になり、どんなことでも議論できて、好きなように意見を表明できた。誰もがつねに、どこから来て、両親が何者かばかりを気にしている祖国・インドでは、まずありえない光景だった。

チキンストリートの放浪者（ヴァガボンド）たちが、ＰＫの新しい家族になりつつあった。この人たちこそ兄弟姉妹であり、伝統や偏見に縛られない、真の友人であった。このヒッピーたちも地元の物質だけの世界よりも、何か深いものを求めて実家を離れた人たちであることを知った。

「工場は設定どおり稼働し、誰もが仕事をもっていて、我々は皆十分に食べることができる。でも、本当は必要ないものばかりに囲まれているんだ」

と、あるアメリカ人バックパッカーは、ＰＫと紅茶を飲みながらそう語った。

彼の名前はクリスで、カリフォルニア出身だった。途切れることなく話し続ける物語は郊外の住宅街の一軒家から始まり、ベトナムで続いた不正義の戦争への怒りにつながっていった。若者たち、つまりは、カブールの新しい友人たちは、公園に集まって既存の世界秩序に抗議する活動をしていた。

「最後には愛が勝つんだよ。そして、愛が都市を征服し、次に国全体を占領し、戦争を終わらせ、それから全世界に広がっていくんだよ。だから、我々はここにいるわけだ」

彼は、インド製の綿ズボンと、明るい色のＴシャツを着た西洋人に囲まれた中でそう話した。

「君の周りを見ろよ。目に映るのは愛が具現化した光景だよ。君や僕のような人間が全世界の憎しみを終わらせるんだ。我々は脱走兵の一団なんだ。我々は銃口に花をさしこむ。昨日はアメリカで、今日はカブールで、そして、明日はインドと残りの世界全体でね」

そう自信満々に言い放った。

ＰＫはあらためてマハトマ・ガンディーが、非暴力をスピーチで訴えたにもかかわらず、いまだに憎悪と不信が渦巻くインドを思い出した。

インドこそもっと愛の巡礼者が必要ではないか。インドで愛を説く者、たとえば、ブラミンどもは、残念ながらニセモノだった。彼らは愛とは何かすらわかっていない。もしも、ブラミンどもが本当にこの言葉の意味を理解しているなら、オレのような不可触民をあんなふうに扱うはずがない。だが、ヒッピーはどうだ？　自分たちが言っている言葉をそのまま実践しているではないか。

ＰＫはホステルのベッドに腰かけ、ロッタへの手紙を書いていた。

〈部屋の窓からは雪に覆われた山がいくつも見えるよ。気温が低くても僕は寒くない。君からの愛のおかげで、僕の心は温まっているよ、永遠にね。君の愛のおかげで、いつも僕は楽しくいられるんだ〉

ロッタに会いたい思いは募るばかりだったが、一方で自転車での冒険をこのまま続けることには消極的になっていった。まずは休息して、もっと多くの旅人と出会ってから、今後とるべき最善の道についての情報を集めたかった。しかも、イラン入国にはビザが必要で、それには時間がかかると誰もが口をそろえて言っていた。

だが、いまだに街を横断して、イラン大使館へ行って必要な書類に記入する作業すらしていなかった。ニューデリーで一度拒否されているので、カブールでもノーと言われるのがイヤだったのだ。そうなったら今後どうしたらいいのか？　自転車でソヴィエト連邦を突っ切るか？　そもそもそんなことが可能なのか？

サラという名の若いオーストラリア人女性が、同じホステルに泊まっていた。

何日間かずっと一緒にいた。ロビーの木製の椅子に座り、旅行のこと、インドのこと、人生全般について語り合っていた。カブールのミナレットからの音が、カブールの狭い路地の一本一本にまで響いた。夕暮れ時となり、チキンストリートの店が鉄のシャッターを下ろして閉店となった。それでも二人は何時間も延々と話し続け、レストランが営業中に、食事をすることも忘れてしまっていた。二人とも空腹だと自覚したころには、もう手遅れだった。カブールの住民は早寝で、どの店も閉店していた。あまりにも話す内容があったから、それどころではなかったのだ。サラ言う。

「西洋は堕落しているよ。将来はアジアのものよ」

「正反対だね。オレの将来は西洋にあるんだ」

ＰＫが即答した。それでもこの二人には多くの共通点があった。

サラはナイトクラブに彼を連れていった。

そんなところに行くのは初めてだった。サラは黄色のドレスに赤のスパイラルでろうけつ染めされたものを着ており、ＰＫはニューデリーでベルギー人がくれた青のズボンにロッタがイニシャルを縫い込んでくれたシャツを着ていた。浅黒い乱れ髪の男と、白人の女性という組み合わせである。アフガン人にすると、奇妙奇天烈な組み合わせだったであろう。

ある意味、罪深い存在ともいえた。ＰＫは敏感に店中の羨望と熱望の視線を感じ取った。二人はバカラの「誘惑のブギー」やシェールの「ダーク・レディ」などにあわせて踊った。マーヴィン・ゲイの曲がスピーカーを通して流れてきたころ、スーツでネクタイをきちんと締めた男が近づいてきた。そして、ＰＫの眼をまっすぐに見て聞いてきた。

「君の彼女と踊っていいかね？」

「オレの彼女？　彼女じゃないよ。ただの友達だから」

ＰＫが答えた。この男はあくまで礼儀正しかった。サラはＰＫを見てうなずいた。そこでＰＫは一人でダンスフロアのすぐ隣にあるテーブルに腰かけ、サラはこの男についていってフロア奥に進んだ。

二人は踊り続け、ＰＫは鑑賞していた。夜がそろそろ更けてきてナイトクラブも閉店しようとしたとき、サラがテーブルに戻ってきた。彼女と踊った男はイラン人で、このまま彼の部屋に行くつもりだという。なんでもイラン大使館員で、カブールの高級アパートに住んでいるらしい。ＰＫが反対する理由はどこにもなかった。彼女がしたいことをすればいい。別に結婚しているわけでなし、そもそも付き合っているわけでもないからだ。だが、多少の心配はしていたので、「気をつけろよ。身は守れよ」とだけ言っておいた。

ＰＫは夜空の下で一人、チキンストリートの宿まで歩いて帰った。

次の日の朝、ＰＫがホテルのロビーで「カブール・タイムズ」を読んでいると、サラが大急ぎで帰ってきた。そして、彼女はまくしたてた。

「早く、急いで！　あのイラン人の男が、大使館のビザ部門で働いているんだって。それで、あなたにビザを出してくれるそうよ！　ただし、今すぐ来れば」

サラとＰＫは、ホテルの外に停まっていた、外交官ナンバーの黒ガラスの車の後部座席に乗り込んだ。重要人物にでもなった気分だ。普段なら根無し草の風来坊(ノマド)で、最低限の荷物と手段だけで旅している身だ。だが、いまこの二人は、公式訪問中のＶＩＰの気分を味わっていた。

車の中でサラは、一晩中このイラン人外交官に「ＰＫにビザを出してと迫り続けたのよ」と話した。サラは優しすぎるよ、とＰＫは思った。

二人を乗せた車は、カブール郊外にある大使館員用アパートの一角についた。運転手は車を停め、しばらく待ってくれと言ったまま、ＰＫのパスポートを持って中に入っていった。運転手はすぐに戻ってきて、パスポートをＰＫに手渡した。待望のイラン入国ビザがあった。

だが、パスポートに押されたスタンプを読むと、入国期間は十五日だけと書いてあった。大急ぎで自転車を漕がないといけないとＰＫは思った。

たそがれ時の邂逅

彼はさらに遠くへ進んでいた。

だが同時に、ＰＫは過去をさかのぼっているような感覚をもった。運命が語りかけたとおりだ。予言は正しかったのだ。母親がまだ若く、ＰＫがお腹の中にいたころ、子どもが雲に乗り、遠くへ旅立つ夢を見たのだという。

実際は、雲ではなく、乗っているのはカブールで買った赤い自転車だ。でも、カンダハルに向けて南に進んでいることは確かだった。

灰色の連なった山々の頂上に雪がかぶさっており、赤く染まった地平線に映えて見えた。夜になると月が煌々（こうこう）と輝き、砂漠は沈む太陽の先まで延々と続いていた。日中の空はどこまでも青く、空気は澄み切っていて、ロシア人が敷いた灰色のコンクリートの道路だけが、一本ずっとまっすぐに伸びていた。

しかし、自転車を踏み込むたびに関節がゴリ、ゴリと鳴るようになっていた。単調かつ痛みの不安を呼ぶ音で、恐怖からめまいを覚えた。

そして、自分の影を見やった。太陽が高くなればなるほど、影は短くなるが、決して消え去ることはなかった。来る日も来る日も、影だけが唯一の旅の友だった。

「オレは一人ぼっちじゃない、影がトモダチだ。こいつがいれば落ち込むことはないぞ」

影の長さが伸びると、さらに漕ぐ足を速めた。風景はずっと変わらず、何の刺激もないが、自分が立ち止まっているわけではない。

休憩をとると、そこは完全な静寂だった。

鳥もいないし、虫もいない。トラックも走っていないし、木がそよ風で揺れることもない。一本も木が生えていないのだ。このアフガニスタンの大地は、完全な不毛の地で、砂利と岩だけでできていた。完全に無音の世界で、ごくたまに吹くかすかな風だけが沈黙を破る。熱がセメントの路上でカゲロウをつくりだしている。いままで見てきた場所とはあまりに違った。だから、自問自答するしかなかった。オレはどこかほかの惑星に降り立っているのか、と。孤独は募ったが、悩むことはなかった。むしろ、心の安らぎを得ることができた。母国を離れるというのはこういうことなのか。

再び走りだすと、行く手に人だかりができていた。だんだん近づいていくと、地元のアフガン人たちだった。

全員が大声で何か話していた。もっといえば、怒気さえ含んだ口調だった。その人ごみの先のくぼみに、二台の車がひっくり返っていた。フロントガラスが割れ、ボンネットは思い切り凹んでいた。近づいていくと、漏れたガソリンの匂いが鼻をついた。

そして、一人の白人女性がいた。この女性は、砂漠の上に敷かれたブランケットに横たわっていた。意識はあったが、ぐったりとして完全に自我喪失している状態だった。口から血が流れていて、おでこは傷だらけだった。

　ＰＫはひざを地面につけて、彼女に顔を近づけた。そして、名前と出身国を聞いてみた。だが、もはや話せる状態ではなかった。前歯が完全に折れていて、唇にも大きな裂傷があった。衣服を見て、彼女がバックパッカーの一人であることを悟った。おそらくは、インドへの大冒険を終えて帰郷しようとするヨーロッパ人なのだろう。

　すると、強い思いが押し寄せてきた。

　何とかして助けてあげなければ！　これまで周りの人から受けてきた優しさに、今、恩返ししないで、いつ恩返しするのか。彼女も新しい家族の一人であり、放浪者（ヴァガボンド）コミュニティの一員だ。助けを求めている妹をほったらかしにして、この場を去ることはできなかった。

　二人はヒッチハイクでカブールに戻るトラックに乗った。

　自転車、バッグ、そして、彼女のリュックとデヴァナガリ文字がプリントされた綿製バッグは、トラックの後ろにまとめて放り込まれた。運転手はアフガン語の歌を鼻歌で唄っていた。

　二日間、必死で漕いで稼いだ距離を戻っていた。でも、不思議なくらい後悔の念はなかった。夕暮れ時の太陽は、過酷で殺伐としている砂漠を桃色に染め、柔らかい光景に変えていた。トラックのエンジン音も、本当は逆行に逆行を重ねているだけなのに、「進め、さらに進め」と唄っているかのようだった。運転手の鼻歌も、謎めいた旋律のなかに、光ある将来を約束するかのような響きに感じられた。

ＰＫは目を閉じて、聞こえてくるパシュトラ語の鼻歌に、適当な翻訳をくっつけた。

「なりたいものになれ、遠慮なくなりたい人に！　お前が自分の運命を握り、自らの将来を切り拓くのだ」

風景の単調さのせいでうつらうつらしていた。すると、突如、亡くなった母親がトラックの後ろに座ってきた。生きていたときと同じように、温かく穏やかだった。

本当に隣にいるような存在感があり、息遣いさえも聞こえてきた。母の手が右の頬に触れ、喜びと、悲しみと、追憶の思いが混ざった涙が目からこぼれ落ちた。

もしも、母がまだ生きていたら、そもそもこの大旅行を始めなかったかもしれない。いまや彼をインドに引き留めるものは何もなく、あとは目に見えない力が目的地へ引っ張り続けるだけだった。

ＰＫは我に返り、あらためて振り向いた。でも、そこには肌が黒くてふくよかな、安らぎを与えてくれる母親の姿はなく、細身で若い女の子がいた。だが、彼女のケガを見ていると、母親の頬、手、タトゥーの模様を思い出すのであった。


カブールの病院に着いた。

女の子はほぼすべての歯を失い、深刻な脳震盪にも苛まれていた。まだ、うまく話すことができず、口を動かすことすら苦痛そうだった。だから、筆談でコミュニケーションをとった。

「私の名前はリネア。お願い、一緒にいて！」

と書いてあった。それでPKは
「もちろん、約束するよ！　それにしても君はどこに行く予定だったんだ？」

　すると、こう書いてよこした。

「家よ、ウィーンにある」

　そこでPKはこう記した。

「君はしばらくここに残らないとダメだ。こんなケガをしたまま里帰りはできないよ」

　だが、リネアは一刻も早く出発したがった。二日後には立てるようになり、病院からも退院した。そして、一緒にオーストリア大使館へ行き、ウィーン行きの航空券を手配した。事故のとき、彼女は自ら車を運転していたのだが、この状態では、運転などできるはずもなかった。

　PKは空港までリネアに同行し、別れる前にあらためて顔を見直した。歯がないまま笑顔を見せつつ、最後の一言を書いてくれた。

〈すぐに再会しましょうね！〉

　そして、長い時間、抱擁してくれた。

　チキンストリートに戻るバスに乗り、数日前に発ったばかりのホステルに戻った。

　自分がとくに高貴なことをしたという感覚はなかった。誰かに称賛の合唱をしてほしいとも思わなかった。リネアを助けるのは当然の選択だった。助けを必要としている人を見捨てたら、自分が助けを必要とするときにどうすれば助けてもらえると思えるのか？　感情とは、ときとして理性的に動くものだ。原因と結果の法則。すべてはつながっている。単純明快だ。自分もいつか助けが必要になる。すでにわかっていた。そもそもカンダハルに着いたら、その後、右に行けばいいのか左に行けばいいのかすら、わかっていないのだから。

三日後、ＰＫはカブールとカンダハルをつなぐ道路を、再び南下し始めた。

今度こそ、チキンストリートとカブールのカフェとは永遠にお別れにしたいと思いつつ旅立った。彼本人と赤い自転車だけだ。

乗り心地はよかったが、一日目のサイクリングを終えたあたりから、道の溝で少し跳ねるたびに頭痛が襲ってきた。こんなことで本当にカンダハルまでたどり着けるのか？　だんだん白昼夢を見るようになり、疲れ切った体が、機械的に動いているだけのような感覚になった。ロッタが手紙のなかでいつも使う言葉だけが、胸で響き、先へ進む力となっていた。

私の最愛の人、私の最愛の人……。

進むべき道

カンダハルの高級ホテルのうちの一軒で、ＰＫはあるベルギー人と出会った。ＰＫは自転車でカブールから来たところで、これからボロースまで行くところだと話した。

「君は自転車ではるばるカブールから来たというのかね？」

このベルギー人が聞いてきた。

「そんなに遠いと思いますか？」

　ＰＫは質問に質問で応じた。

「もちろん、だって五〇〇キロだよ。自転車で行くのは大変な距離だよ。そして、今後また数千キロ進んで……どこだっけ？　何という街。ボロース？　どこだそれは、スイスか？」

「そうですよ」

「本当に？」

「はい、ボロースはスイスにあります」

　このベルギー人は明らかに疑り深い目で見ていた。

「本当に？」

「一〇〇パーセント間違いないですよ」

　だが、このベルギー人はまだ確信をもてないようだった。ＰＫはロッタの手紙を相手に見せた。彼は手紙を読み、地図を取り出した。

「ここだ！」

　ベルギー人はしばらくしてから、そう言って地図の一点を指さした。

「これがボロースだよ！」

「そうでしょ、スイスですよ。違いますか？」

「違う。スウェーデンだよ」

　そう言ってベルギー人の男は笑った。

「あなたの発音は少し違いますが、この二つは同じ場所ではないのですか？」

「この二つはまったく別々の国だよ」

男は冷静に指摘し、あらためて地図を見せてくれた。

たしかにそのとおりだった。自分はどこまでバカなのか？　彼女はたしかにスウィーディッシュと言っていた。だが、スウィーズというのはスウィッツァーランドという国に住んでいる人のことだと思い込んでいた。そこで、彼女の言葉が急に蘇ってきた。

「いいえ、私たちの国では腕時計はつくっていないのよ。私の故郷は縫物で有名なの」

ＰＫはあまりの無知ぶりに恥をかいてしまった。だが、今までにこれほど精密な地図を見たことがないと気がついた。このベルギー人が持つ地図には、ありとあらゆる道路が細かく記され、かつ番号が記載されていた。つまり、あらゆる場所の正確な緯度と経度が把握できたのだ。

ＰＫがそれまで見たことがある地図は、インドの市場で売っていた大雑把でいい加減なものだけだった。ニューデリーとボロースの間を自転車で駆け抜けようとしている男にとっては、まったく役立たずの代物だった。逆に今までは、人に聞くだけでたどり着いてきたわけだ。

「僕が進んできた方向は間違っていますかね？」

「正しい方向だよ」

ベルギー人の男が確かめてくれた。だが、ＰＫは質が悪い地図だけを責めるわけにはいかなかった。それまでの彼は、スウィッツァーランドの住民は自分たちのことをスウィーズと呼んでおり、スウィッツァーランド製のものはなんでもスウィーディッシュだと思い込んでいた。

だが、実際は、スウィーディッシュとはスウェーデンという国から来た人たちなのだ。なぜまったく別の二つの国が似た名前なのか？　これでは混同しても当たり前ではないかと思った。そもそも、この計画全体があまりにずさんだったことを悟った。行き先もわからずに出発するとはどういうことか？　これでは最初に思っていた以上に絶望的ではないか。

「スイスからスウェーデンまでは、さらにどれくらいの距離があるのですか？」

あらためてこのベルギー人男性に聞いた。

「だいたい一五〇〇キロメートル、余計に増えるだろうな」

そういう答えだった。


PKは中央郵便局に行き、郵便局気付のものを探してもらった。すると、明るい青色の電報が、一通届いていた。喜びいっぱいで、封筒を開いた。そして、喉が渇いたラクダが、一気に水を飲むように、彼女の言葉を呑み込んだ。

〈私の最愛のPKへ……こちらは、もうすぐ午後九時半です。今日は六時間ずっと馬に乗りっぱなしでした。PK、正直、インドから一人だけでこちらに来るというあなたの計画が心配です。私たちは四人の大人が一緒に車で旅行したから、お互いに何かがあってもいつも助け合うことができたのよ。だけど、あなたが一人ぼっちで、自衛しきれないときはどうやって身を守るの？〉

彼女の警告について考えてみた。

たしかに、誰かと一緒に旅すべきではなかったか。インドからヨーロッパへの道は決してお遊びで行けるものではなく、一人旅ならなおさらだった。彼女の言うとおりだった。

しかし、こんな旅に同行してくれる人などいるはずがない。そこが問題だった。寝袋一個と自転車一台でも、うまくいくという確信はあった。さらにイーゼルがあり、笑顔があり、最悪の敵に囲まれたなかでも、友達をつくる能力が備わっているのだから。

それに、ある意味では、この旅行が過酷であることを願っているところもあった。悲願がそんなに簡単にかなうはずがないではないか。ロッタにたどり着く道は困難だらけに決まっている。だからこそ、思いが本気だと証明できるではないか。

サドルからくる痛み、午後に毎回ペダルを踏み下ろすたびに襲ってくる疲れ、空腹を満たしてハンモックで横になるとき、脚を伸ばすとき、不安を振り払うとき、疑念と戦うとき、ホームシックが襲ってくるたびに、そう思うのだった。

飛行機は高すぎるし、それ以上に、手軽すぎるではないか。金持ちはそれでいいのかもしれないが、オレは違う。放浪者（ヴァガボンド）であった。

いまのところ、直面した試練はすべて乗り越えてきた。刀を手にしたアレクサンドロス大王は逆方向とはいえ、同じ道をたどったではないか。そしてＰＫには鉛筆があった。鉛筆こそが困難という壁を打ち壊す武器なのだ。

〈あなたのことですから、いままでに多くのいい人たちに出会い、助けてもらったのでしょう

ね。あなたならば紙と鉛筆で人の心の中に入っていけます。それを思えば、私はあまり心配しなくてもよさそうです〉

そうロッタは記していた。ＰＫは最終ゴールだけに集中することにした。

愛のかたち

アフガニスタンは、古代と現代が同時に存在する国だった。

道は舗装されて直線に伸びており、インドでそんなものにお目にかかったことがなかった。この道に比べたら、グランド・トランク・ロードですら単なる残骸だと思った。

だが、アフガニスタンは奇妙な場所だった。路上で見かけるのはほぼ全員男で、たまに見かける、ごく限られた女性も、分厚い覆いの中に隠れていた。

そして、いつもどおり、すぐに新しい友達をつくった。彼にとってはごく自然な流れだった。その点についてあらためて考えなおす必要などなかった。人と会えば必ず冗談を言う。それで相手との間にある氷が溶ける。笑いは言語と文化の違いを乗り越える橋だ。それから絵を描く。筆が非常に速いので、最初にスケッチをさらさらと描き、それを相手に見せる。これで滑ったためしがなかった。絵を見ると、警官や兵士さえも必ず笑顔になった。

同じように、カンダハル病院の医局長の一人から、自宅に招待された。ＰＫの肖像画を路上で見物したのがきっかけで、四人の妻のうちの一人を描いてほしいのだという。

ＰＫは快諾し、次の日にチャコール一本、鉛筆の束、紙のパッドをハンドルにぶら下げたバッグに詰め、自転車で家を訪問した。

この医師の邸宅は、宮殿そのものだった。執事がドアを開けてくれたのを見て、この人はとんでもない金持ちに違いない、とＰＫは思った。招き入れられると医師本人が家を案内してくれたが、家具はパリから輸入されたものであり、どんなに豪華なものであっても医師と夫人たちにとっては物足りない、と話していた。

そして、半円形のソファがしつらえられた円形の部屋に、ＰＫは足を踏み入れた。そこには医師の第一、第二、第三夫人が座っていた。顔は隠されておらず、アフガニスタンでは非常に稀な光景であった。おそらく、外に出るときだけブルカを被らなければならないのだろうと、ＰＫは勝手に見当をつけた。

まずは、挨拶として、両手を合わせてお辞儀をし、「ナマステ」と声をかけた。三人の妻たちは、お返しに興味津々な顔つきで「ハロー」と口の中でもごもごと言った。

それから、本日の主人公のお出ましだった。歩くテントみたいな衣装だが、この奥にはきっと人がいるに違いないとＰＫは思った。医師がこの布を指さしたので、この人が第四夫人で、今日描くのは彼女であるとＰＫは悟った。

ＰＫは別室で、第四夫人と相対した。布の一部を描こうとすると固まってしまいうまくいかなかった。だが、そこで彼女のほうから話し始めた。そして、仰天した。英語が完璧で、かつ明らかなアメリカのアクセントだったからだ。目を閉じて聞いていれば、完全にアメリカ人観光客と勘違いしただろう。

　ついに、彼女がブルカを外した。すると、さらに驚かされた。タイトなTシャツ、ジーンズ、ハイヒールという装いだったからだ。濃い化粧が顔に施されており、香水の甘い香りが雲のように彼女の周りを覆っていた。だが、年齢が十五歳以上ということはありえなかった。彼女は美人であることは確かで、体全体を覆っていた無機質な布の固まりとは完全に対照的だった。

　しかし、あまりにも彼女の年齢は若いというか幼すぎた。そして彼女の夫、医局長は64歳だと言うではないか！　しわだらけで、ハゲていて、太っていた。何と気の毒な女の子なのか、なんと悲惨な未来なのか！

　だんだんと悲哀が憤怒に変わってきた。こんな時代遅れの因習、一夫多妻だの、少女とのお見合い婚だの、そんなものは金輪際やめるべきだ。愛が計画立てられたり、制御されたりするわけがない。愛とは自由であるべきだ。将来、アフガニスタンとインドの人々は結婚する相手を自由意志で選べる日がくるだろうか。

　あらためて、自分は世界一幸せなインド人の男だと思った。いま向かい合っている女の子とは違い、自らチャンスをつかんで、伝統を打ち壊そうとしている。

　だが、同時に不安も感じた。ロッタと離れ離れになり、どこにも属していない自分が、いま旅をしている。これで本当に幸せといえるのか？　少なくともこの医師の若妻は、今後の成り行きを知っている。オレはどこに向かっているのか、遠く離れたボロースとかいう街へ本当にたどり着き、ロッタと再会できるのか、将来、父親や兄弟姉妹とまた会うことがあるのだろうか？

たしかに自由で、何の義務も負っていなかった。

しかし、毎日、疲れ果てて倒れるまでペダルを漕ぎ続けなければならなかった。自由人かもしれないが、世界一孤独なインド人の男でもあった。心配の種は肉体面にもあった。左わき腹の下に、ちくちくとした痛みが出てきていたからだ。自身のもろさについて考えれば考えるほど、自由な感覚と幸せな未来への希望を食いつぶしてしまいそうだった。ロッタの言うとおりだったのだ。この旅は一人ぼっちで決行するには危険すぎたのだ。

少女の夫が、ときどき顔をのぞかせては、もう絵を描き終えたか聞いてきた。本当はそこで作業を始めるべきだった。だが、どうしても考えが混乱して体が麻痺してしまい、作業を始められなかった。かわりに四人目の美しい幼妻に質問してみた。

「あなたは幸せですか？」

「はい、幸せですよ」

「ですが、あなたはご主人のことを、本当に愛していますか？」

「はい」

「心から？」

「本当にあの人を愛しています」

「ですが、あなたは本当にあの人があなたを愛してくれていると思いますか？」

「はい」

「ほかに三人の夫人がいても？」

「私を一番愛してくれているんです」

「どうしてそうわかるのですか？」

「私が欲しいものは何でも与えてくれるからです。欲しいものはただ指させばいい。もしパリの新しい香水が欲しいなら、あの人が一本電話をかければ一週間後には届くんだから」

「ですが、同年代の男の子と愛し合い、結婚したほうがいいのではないですか？」

「同年代の男の子たちは信用できないのです。口ではいいことばかり言って、愛していると言っても、絶対に約束は守らないのですから」

この娘は洗脳されているようだと思ったが、それをＰＫが口にすることはなかった。

「あの人は私とだけ一緒に寝て、ほかの三人とは寝ませんから」

彼女がそう言ったところで、ＰＫは作業に戻った。それでも彼女の人生の選択について考えざるをえなかった。おそらくＰＫには見えない何かを見ているのだろう。大昔、母親が聞かせてくれた、六人の目の不自由な男たちがゾウと出合ったときの小話を思い出していた。

一人目の男は、ゾウに近づき、足の一本を触った。

「なるほど、ゾウとは木だね。これが幹ということだな」

次の男が、お尻側にまわり、ゾウの尻尾を触った。

「お前はアホか、ゾウというのは縄みたいなものじゃないか」

三人目は、手を伸ばしてゾウの鼻を触った。

「お前ら、どっちも間違っているよ。ゾウとは蛇みたいなものだよ」

四人目の男は、ゾウの牙を触った。

「お前らどこまで的外れなんだ。ゾウというのは槍だよ、槍」

五人目は、ゾウの耳をつかんだ。

「違う違う、ゾウは温度が高くなったときに扇ぐ、ウチワみたいなものだって」

最後に、六人目の男が、ゾウのお腹に触った。

「お前ら全員大間違いだぞ。ゾウは壁だよ」

六人の男たちはゾウ飼育係の男に聞いた。

「我々のうち、正しいのは誰なんだ?」

「あんたらの全員が正しく、全員が間違っている」

飼育係が答えた。我々全員が、つまり、医師の第四夫人、そして自分も含めて、我々は目の前に見えるものだけを理解したがる。


翌朝、再び西へ進み始めた。

この富豪の友人医師の住所を教えてもらった。ヘラートへの途中にある、ディララムという街に在住とのことだった。

この友人は、市の入り口で温かく迎え入れてくれた。自宅に招き入れて、紅茶をふるまってくれた。二人で紅茶を飲みながら話していると、医師が自身のベッドの下に手を伸ばした。

「見るかい？」

まだ独り者だったこの医師が、ＰＫに渡してきたのは、アメリカの雑誌「プレイボーイ」だった。ＰＫはページをぱらぱらとめくって雑誌を返した。すべての女性が分厚い生地の下に隠れているアフガニスタンという国において、その国の男性が、こういう雑誌を見たがる気持ちはわからないでもなかった。生身の乳房は、ゾウの体の一部みたいだなとＰＫは思った。この若い医師も、本物の女性の乳房を見られたらもっと満足できるに違いないとも思った。

体全体に疲労感が襲っていた。頭痛もあり、腿の筋肉にも痛みが出てきていた。紅茶を一口すすり、外に目をやった。だが、そこに見えたのは、アフガニスタンの風景ではなく、森林のすみの川沿いにある故郷の村だった。あのときの残影はいまも彼の記憶に残る。

翌日の朝、快晴の空ではあるが冷たい大気が頬を撫（な）でるなか、まったく空の境地で自転車を漕ぎ出した。

拾う神あり

ディララムのあと、東西をつなぐ国道Ａ1は、ヘラートに向かって北向きとなった。この道以外に道はなく、ヒッピーも地元民も同じように通る主要道路だった。ＰＫは昼食休憩の一時間以外は、日の出から夕暮れまで自転車に乗り続けた。

代わり映えがしない明るい灰色のコンクリートの道は、ところどころめくれ上がっていて、その割れ目を通るたびに自転車も跳ねるのだった。

これまで、寝場所については心配することはなかった。必ずどこか泊まれる場所が出てきた。連絡帳には数百人の連絡先があったからだ。

しかし、このルート上には、誰一人いなかった。それでも、アフガニスタンの地元民は非常に手厚くもてなしてくれた。いつもお茶とか食事に誘ってくれて、しばしば寝るベッドも提供してくれた。それにより一泊する場所が確保できたのだった。予約などしていなくても、いつも歓迎してくれた。食べ物のお礼として絵を描く必要すらなかった。

来る日も来る日も、地平線を見ながらペダルを漕ぎ続けた。

ときどき荷台いっぱいに干し草とか、マットレスやヤギを載せて西に向かうトラックに追い越された。一方で、一日に一度か二度東に向かうヨーロッパ人を乗せた、派手に色塗られたバスとすれ違うこともあった。おそらくバスに乗っている人の大部分は、一週間以内にチキンストリートのカフェに座り、数週間後にはインディアン・コーヒーハウスの外にいて、お互いの旅行経験や知恵を共有することだろう。

ヘラートで泊まった格安ホステルは、今まで泊まったなかで一番不潔な場所だった。

ベッドにはマットレスがなかった。とんでもない悪夢を見た。物乞いの集団が、一〇人、二〇人、三〇人単位で、お金をせびってきた。数えきれないほどの手が、何本もこちらに差し出されていた。差し出された分厚い手のひらを見下ろし、それから見上げると頭がなかった。首

第三章　長旅

より上がない物乞い集団が、彼に迫ってきた。連中の要求は、しわがれたささやき声だったが、脅迫してくる言葉は、はっきりと聴きとれた。

翌朝、太陽が頭上の小さな窓からさしこんできて目覚めた。

汗まみれで体が汚れていた。そういえば何日も体を洗っていなかった。口の中も乾ききっていた。床もひどい状態でコンクリートの上にあったはずの塗料もはげていた。

〈ルドルフはこのベッドで殺害された〉と、不吉な文言がすぐ横のベッドに書き殴られていた。ルドルフとは誰で、どのようにして殺され、誰によって殺されたのか？　夢の中で見たのは、かつてニューデリーの橋の下で暮らしていたころによく描いた飢餓や抑圧の光景だった。

新しい一日が始まり、ヘラートの路地に出て少しお金を稼ぐことにした。

首の周りに巻き付けていたものと、ズボンの隠しポケットに縫い込んでいたお札の厚みを増したかったからだ。絵を描くことで、腹を満たし、さらに西を目指すことができるようになる。そして、ロッタのことを思うことで、心も満たすことができるのであった。

ホテルから一〇〇メートルも離れていないところで、一台の車が目の前に止まり、一人の男が助手席から飛び降りてきた。そして、自分は州知事の顧問であると自己紹介した。

「ぜひ、車にお乗りください」

男はそう言った。

「いいですけど」

「知事は政治学で博士号をおもちであり、知性も高い重要人物です」

と、ヘラートの狭い路地を走りながら後部座席の顧問が話した。

「我々は、あなたが画家として肖像画を描いてくださることを知りました。知事があなたの肖像画をご所望です」

知事は、フェンスと警備員によって保護されている大邸宅に暮らしていた。ＰＫは、迎えてくれた知事に挨拶をした。知事は細目になり、ＰＫは値踏みされていることを悟った。二人は中庭で相対し、ＰＫは素早く作業にとりかかった。集中して鉛筆を動かしていると、当初の疑念は消え去ったようだ。知事は作品のできに大いに喜んでいた。

「今まで見たなかで最高の肖像画だ」

そう叫び、何か必要としているものはないかと聞いてくれた。ＰＫはアフガニスタン入国ビザが二週間前に切れており、イラン国境に行ったときに問題になるかもしれないと伝えた。

「そんなことにはならない」

知事は自信満々で言い切った。

「問題ないんですか？」

「私が対処しよう」

実際、ＰＫがイスラム・カラの国境警察官に、パスポートとその中にある有効期限切れのビザを見せたが、警官たちはただ笑顔を見せて通してくれた。

どん底からのピクニックラン

イランにおいて、大きな壁に直面した。

二晩連続で道路わきに寝ることとなり、お腹に入っているのは果物だった。お金は十分にあったが、文明からあまりにも離れすぎていて、買えるもの、買える場所がないのだ。

国境からは、ヒッチハイクでトラックに乗ったが、一時間後には降ろされた。そこからは自転車旅行を続けたが、もう何日も連続で乗り続けていて、体力は限界をとっくに超えていた。脚と尻の張りがひどく、サドルにまたがるのも困難な状態だった。わき腹にも痛みがあり、体重がどんどん減っていくことも自覚していた。

そこで、砂浜でしばらく休息することを決めた。

カスピ海沿いの小さなリゾート地サリだ。日中なら、この白いビーチ上にあるテントの中でアイスクリームを売っているに違いないとＰＫは思った。だが、いまは夜で、ビーチは閑散としていた。寝袋を広げ、衝撃を与えないよう、そろそろと横たわり、背中を痛めつけないよう気をつけた。空腹のせいで腹痛もあった。寝ているのか起きているのかすら、よくわからない状態で、疲れのあまり倒れ込んでしまった。海岸はきれいで、海も静かで、空は青かった。しばらく現実逃避するには絶好の光景だった。だが、ここまで沈没、どん底の底まで落ちてしまうと、何かのきっかけがないと、現実世界に戻るのは難しいと思った。

翌朝、大型テントの上に、太陽が昇っても、無気力のままだった。なんならこのままずっと目を閉じていてもよかった。もう少し長く闇の中にいて、夢すら見ない永遠の闇の中で休むのもいいなと思った。

ちょうどそのときに、笑い声が聞こえた。それで完全に目覚めてしまった。気がつくと、ヴェールを脱いで、笑顔を見せる一〇人の女の子たちに囲まれていた。ペルシャ人の顔の表情は豊かだな、というのが第一印象だった。女の子たちは、まるでこの獲物を食べてしまいたいというような目で見ていた。そこで上半身を起こして手を伸ばし、スケッチブックをとって今まで描いた絵を見せた。これが一番のコミュニケーションツールだった。ほとんどの場合うまくいった。そのうちの一人が英語を話せた。

「僕はアーティストなんだ」

とPKが伝えた。女の子たちは夢の中で見た幻の存在ではなかった。英語を話せる女の子が、自分たちはここで一日過ごすためにテヘランからやってきた学生だと話してくれた。そして、弁当箱を持ってきていた。そこでスケッチブックをめくり、インドから、いままでやってきた長旅のことを話した。すると、彼女たちは笑いながら食べ物をすすめてくれた。

パン、ヨーグルト、デーツ、オリーブといったところだ。久しぶりにお腹が満たされ、気分がよくなった。

いままでずっとインドから自転車できて、雪が覆うアフガニスタンの山もシャーが統治する約束の大地も抜け、最愛の女性が待つヨーロッパに向かうのだと話した。すると、聴衆から感嘆の声があがった。

「なんて素晴らしいお話なの！」

英語を話せる女の子がそう叫び、ＰＫのバックパックにあらんかぎりの食べ物を詰めてくれた。人生について彼が一つ学んだことがあるとすれば、どん底に限りなく近づくという経験も、何かの役に立つことがあるということだ。

リゾート地サリを過ぎると、自転車に乗る身が再び軽くなった気がした。

街道沿いの村にたどり着くのも速くなり、出会える人の数も増え、食べ物や寝場所を提供してくれる人がどんどん増えていった。イラン人のなかには、このアフガニスタンで買ったオンボロ自転車をけなす人がいたので、通りがかった市場で、新しい自転車を買うことにした。

心機一転、気分上々、ボトルいっぱいの水ときちんとオイルをさした自転車もそろい、テヘランへ向かった。

七九号線を走り続け、ロッタからの手紙が、テヘランで待っていることを望んでいた。春の太陽のおかげで午後には体が温まるが、夕暮れを過ぎると寒さが頬を突き刺した。

ときどき喫茶店で休み、紅茶を飲みつつ、ほかの客の肖像画を描いた。そのおかげで自宅に招待された。そういえばアフガニスタンのヘラート以降、一度もホテルに泊まっていなかった。

寝る前には必ずロッタのことを思った。今でも彼女なら両腕を広げて自分を迎え入れてくれるという確信はあった。心変わりして、ほかの男と一緒になってしまったというのは考えられなかった。二人の愛は、揺るぎのないものであるということだけは、まったく疑念がなかった。

母親が亡くなった今、インドに残る理由はもうなくなっていた。もちろん、父親と兄と妹がオリッサにいて、デリーには美大とコングレス党の友人がいたが、結局のところ本当に愛したのは母親だけだった。そして、いまはロッタだけだ。残念ながら、亡き母のところまで旅することはできない。しかし、ロッタなら、地平線の向こうにはいるのだ。

自転車の上で何時間も過ごしながら考えることは一つだけだった。

自分は何としてもロッタと再会しなければならないということだ。それが実現しなければ死ぬだけだ。そう割り切ってしまえば、あらゆる恐怖が消え去った。物事はなるようにしかならないし、考えすぎないことが上策だと、カエムシャフルとか、シルガーとかポル・エ・セフィドとかそんな名前の村を通り過ぎながら思った。

自らを突き動かしているのは理性ではなく感情だとよく承知していた。心の叫び、直感の声を聞いていているだけだ。こんな長距離の自転車旅行など、バカげている。危険はありとあらゆるところにあり、大きなつまずきの要素はそこかしこに転がっていた。おそらく計画自体が不可能なもので、論理的に考えることをやめたからこそ、続けていられるのだろう。

それでもスウェーデンを目指すなんて馬鹿げていると説教する人には、これまでまだ一人も出会っていなかった。事実、PKがスカンジナビア半島を自転車で目指しているというと、誰もがそれが普通だという反応を示した。

このルートには似たようなロマンティックな考え方の者がたくさんいた。疲れを知らない旅人、文化的亡命者、巡礼者。こういうヒッピーたちとは別に、多くの移民とも出会った。豊かなヨーロッパを目指す貧しいアジア人だ。こういう同行者たちとは、どんなことでも可能だという価値観を分かち合うことができた。

思えば、インドでは、まったく異なる反応だった。

友人たちは、そんな無謀な旅行はやめろと警告してきた。そんなのは不可能だと誰もが言った。自転車とは貧しい者の乗り物だ。そもそも危険だし遅い。お前にできるわけがない。そんなの達成不可能だ、お前は死ぬぞ、と。

だが、全員、大間違いだったではないか！

今のところ一人もイヤなヤツに出会っていなかった。ヒッピー・トレイルにいる人たちは全員好奇心旺盛で、前向きで、寛容で、そして優しかった。

このままオレは動き続ける人生を送るのかなと思い、毎日、面白い人たちと初めての出会いを重ねていくのだろうなと思った。

イランでも、ありがたいことにもてなしは続いた。

外で眠る回数が著しく減少し、カスピ海を出発してからは、一度も一人ぼっちとか空腹になることがなかった。水、魚の干物、リンゴ、オレンジ、デーツといったものをいつももらうことができた。一リアルも支払うことなく、毎晩ベッドを確保することができた。美しい約束の大地に向かうチケットとなったのは、彼がインド人であることに由来していた。

「おお、インドよ！」

とイラン人たちは言った。

「いい国だ！」

「本当にそう思う？」

つい先日亡くなるまで、インド共和国の大統領は、ファフルッディーン・アリ・アフマドという名前のイスラム教徒だった。イランの新聞は、この大統領の訃報に何ページも費やし、ヒンズー教の国で頂点に上り詰めたイスラム教徒として大絶賛した。

イラン国境を越えて以来、あまりにも多くの人たちが同じスピーチを繰り返していた。イスラム教徒を大統領に据えるヒンズー教徒とはなんと素晴らしい人たちか、というのだ。

ＰＫからすると、これは寛容さなどの話ではなかった。実際のところ、インド国内の少数派をなだめるための方便で、そこには何の犠牲もともなっていなかった。大統領官邸は事実上、無意味な存在だった。本当の権力を握っているのは、つねに首相だからだ。

だが、イラン人たちは、それでもこの事実を賞賛し続けた。「インドではムスリムがほかの宗派の人たちと同じ権利をもっているのか？」と必ず聞かれた。まあそうですよ、たしかにね、少なくとも書類上は、と答えるしかない。

とある古老は、約千年前にペルシャからインドへ旅した歴史家、アル・ビルニのことを話してきた。当時、ヒンズー教徒たちは、インドこそ最強の王がいて、最高の宗教があって、もっとも進んだ科学も備えていると、この訪問者に豪語したという。このおじいさんにとっては、インドは黄金に輝いているようであった。

仮に当時はそのとおりだったとしても、今日のインドは、楽園とは程遠い場所だとＰＫは心の中で思った。首都のスラムなど悲惨なものだ。それでもＰＫはそのことを伝えることはなかった。だから、いっさい反論しなかった。わざわざ迎え入れてくれるホストを落胆させることはない。そういう幻想があるからこそ、気軽に友情を結べる場合もあるのだ。

対照的に、イランのすべては豊かで秩序も整っていた。

国境を越えると、すぐに違いは明らかとなった。アフガン人の国境警察は薄汚く、古い制服姿で、事務所もボロボロだった。イラン側は、すべてのものが新しく清潔で、人々の服装もよく健康状態もよさそうで、車も最先端のもので、道沿いの店にも豪華なソファが据え付けられ、冷たくきれいな水を無料で飲むことができた。国境一本で、すべてがこうも変わるものなのか。

カスピ海沿いを西に走り、それからテヘランを目指して南下した。

実は、もう一本、近道になる道路があり、バスはそちらを通るのだが、ＰＫはあえて通らなかった。ヒッピー・トレイル上にいる限りは、必ず絵を描く相手となる旅人がいたし、そこでお金を稼ぐことができたからだ。何かトラブルに巻き込まれても必ず助けてくれたり、アドバイスしてくれたりする人がいた。

そろそろ休息が必要だった。いまやさまよう聖者のような風体になってしまっており、髪は伸び放題で体は埃まみれだった。そこでマシャッド郊外のキャンプ場でテントを借り、持ち物を全部そこに広げ、汚れた服をすべて石鹼でこすって洗った。ひげも剃り、鼻毛も切り、石鹼の泡を立てて熱い湯を浴びた。こんなに清潔でさっぱりとしたのは久しぶりだった。

キャンプ場のど真ん中には小さな湖があり、そこに有名なイラン人詩人の墓があった。湖の真ん中の島にはモスクがあり、夕暮れ後はさまざまな色の光で照らし出された。夜になると、都心部の人たちが静寂や巡礼を目的に訪れてきた。食べ物やブランケットを持ち込み、夜遅くまでピクニックをしていた。

PKはこれが絶好の機会であると感じた。すぐにイーゼルを立て、いつもの看板をペルシャ語に訳した。そして座って待った。一日目から、もう列ができあがっていた。一晩中描き続け、次の日も描き、結構いいお金を稼ぐことができた。イラン人は金持ちだ。PKはここに来るイラン人が巨大な高級車で乗りつけてくることに気づいていた。

看板には値段をあえて書かなかった。相手がいくらですかと聞くと、ただ、「あなたが値段をつけてください」とだけ答えることにしていた。

イラン人たちは喜んで、普段の金額より五倍、場合によっては一〇倍を支払ってくれたうえに食べ物、果物、紅茶、ローズウォーターも置いていってくれた。

イラン人はこのように歓待してくれたが、再び考えが今後の道のり、ヨーロッパに戻っていった。いままでさんざん警告を聞かされてきたので、いろいろな疑念が生まれてきた。アジアを離れて新しい大陸に入ったら、こうはうまくいかないだろうと心配するようになっていた。

王子のなかの王子

テヘランは、混沌(カオス)だった。

車が至る所にあり、狭い道にトラック、バス、物資を満載したカートがひしめき、事故に遭わないよう気をつけながらサイクリングする人がいて、砂埃や煙を吸い込みすぎないように顔をショールで巻いていた。

　ＰＫはサドル後部に座り、力強くペダルを漕ぎ続け、渋滞のなかでも存在を知らせられるようにハンドルにつけた大型ホーンを鳴らした。このホーンから大音量の強烈な音が出ると、バイクを運転する人たちが必ず振り返った。トラックの大群のなかで、唯一の武器となりえるのがこのホーンだった。

　身のまわりは不協和音（カコフォニー）だらけだったが、自分がかつてどんな人間で、いまどのように変容し、今後、スウェーデンでどんな人間となっているのかに思いを馳せた。それ以外の考えは、ペダルを必死に漕ぐことで振り払った。

　ＰＫはハイブリッドだった。あらゆる文化のことを考えて、すべてが体内で共存していることに気づいた。インドでは、もっとも抑圧された集団の一人で、カースト制度の不正義と欠陥の象徴であり、同時に外の世界に足を踏み出した人物でもあった。貧しい村の田舎者でありながら、都会で成功した男でもあった。何も持っていなかったが、同時にすべてを持っていた。

　美術史、ロマンティシズムとターナーが描く、イングランドの田園風景については詳しいくせに、スウェーデンがどこなのかもまともに知らなかった。すでに、子どものときに夢見た以上の波瀾万丈な人生を歩んでいるくせに、経験不足で周りの人が言うことをそのまま鵜呑みにし、新しいことがあれば興味津々になった。

すでに、自殺未遂を三回やらかしており、飢え死にしかけたこともあり、それでも気分は明るく、自身が言うように、幸福な人間だった。運命と伝統は信じているくせに、本人が謳歌しようとする自由の原点は、そういったアイデアを拒絶することから始まっていた。

オレはカメレオンだ。どこにでもなじんで色を変えることができる。オレは虐げられた人の仲間になることもできるし、権力者のなかに入っても、重要人物になれる。

だが、彼は自らの限界も認識していた。周囲の人や環境に、どうすれば影響を与えて変えることができるのかは知らなかった。

テヘランで彼は白いボードを手に入れ、棒に吊るして自転車の後ろの荷台につけた。

そこには、こう書いていた。「私はスウェーデンに向かうインド人画家です」。そして、いままでの作品集（ポートフォリオ）も貼りだし、それにはカブールを出発して以来のすべての作品が含まれていた。

こうして、自らが自らの広告塔となっていた。

テヘランを通行していると、もう一人の肖像画があったが、どこに行っても、街路灯でも家の正面（ファサード）にも、必ず同じ人物の画像が掲げられていた。

「あの人は誰？」

ついに通りがかりの人に、どこにでもいるこの人物のことを聞いてみた。

「王のなかの王様の息子だよ」

誰もが口をそろえて言った。

「王子のなかの王子様だ」

王のなかの王様？　王子のなかの王子様？

「本当にシャーが誰か知らないのか？」

果物売りの男がいった。

「イランのシャー？　あれは息子だ。いつの日かこの人が後を継ぐんだよ」

そう言いいつつ、男はポートレートを指さした。

ＰＫはこの人物のことが気に入った。この若い男は親しみやすそうだった。そこで素早く王子のなかの王子様の肖像画を描き、自転車の荷台にくくった棒へ一緒に貼り付けた。

この肖像画は、多くの人たちの気を惹いた。テヘランの大通りで、描いてほしい人たちが列をなして待つようになった。


こうしてイランの首都を出発し、国道二号線沿いに西へ進み、タブリーズを目指すことになった。誰かが、「君はニューデリーを出発して以来、もう三〇〇〇キロメートル以上、自転車で走破しているんだね」と言っていた。そういえば距離をキロメートルで考えたことがなかった。この数字にどんな意味があるのだろう？　交通手段が飛行機なのか、バスなのか、バイクなのかでまた話が変わってくるではないか。

すでに、二か月近く旅を続けており、少なくとも、いままで走破した距離と同じか、それ以上の距離がまだ待ち構えているはずだった。そちらの事実のほうが、これまでの三〇〇〇キロメートルという数字よりも大きな意味をもっていた。

太陽は温かかったが肌を焼くほどではなく、風もほどほどに吹いて自転車の速度が落ちるほどではなかった。

サイクリング日和と言える一日だった。ここでの問題は、いつもどおり、今晩どこに寝るのかだった。だが、それほど深刻に心配しているわけではなかった。それくらいの不確実性と対処する術は学んでいたし、むしろありがたいくらいだった。いままでテントでも寝たし、望楼でも、家畜牛の群れの中で寝たこともあった。泊まり先の質はバラバラだったが、彼のニーズは十分に満たしてくれていた。

今後は野垂れ死ぬか、ゴールにたどり着くかのどちらかだ。到着か、前のめりに死ぬかのどちらかしかなかった。母親が生きていれば、話は違ったかもしれない。インドに彼をとどめていた唯一の愛の対象は母だった。だが、インドにすべて置いてきた。あとは自らを駆り立てるだけだ。

だが、ロッタが考えを変えてしまったらどうなるか？　もしも自分のことを求めていなかったらどうするのか？

砂漠の友人

ＰＫがイランでペダルを漕いでいる間に、地元オリッサでは、西へ向かう彼のニュースが確実に広まっていった。

地元紙に日記の抜粋を定期的に送っており、それを新聞は手を加えずにそのまま掲載していたからだ。兄はときどきＰＫに新聞記事を送ってくれて、地元では全員が、ＰＫの大冒険を知っている、と書き添えてくれた。すでに、州全体で話題の人となっていたのだ。

おそらく地元の村出身者としては、一番遠くまで旅していると思うのだが、彼本人はいたって平常心だった。これだけ距離が離れ、ブラミンどもから何千マイルも離れてしまうと、あれだけ自分を苦しめた不可触民の身分すら、何の意味もなくなっていた。

誰でも成功話を聞きたいものだ。ブラミンが手ひどく彼を扱えるのは地元の村にいて、単純作業に従事し、カネも稼いでいない場合だけだ。こういうときは、聖職者の説教が重みを増してくる。だが、自身が名声を得て、自身のキャリアを積んでくると、突如として低いカースト身分が関係なくなる。高いカーストの連中が頭を下げてくるのだ。ああ、ざまあみろ、この偽善者どもめ！

とくに大きな反響を呼んだのが、イランから送った一本の記事だった。兄によると、地元で誰もがこの話をしているのだという。この話は人間の一番原始的な営みから始まり、次のような流れになっていた。

――ある日、イランの砂漠で、背が高い草の後ろにしゃがみ、排便をしていた。自身のプラカードと作品集を掲げた自転車は路肩に立てかけており、遠くから見ると、海で漂流するボートのようにも見えただろう。太陽はさんさんと輝き、かすかなそよ風によって黄色い草が揺れていた。しゃがむと、まだ六歳か七歳になっていない頃に起こった、ある事件を思い出すことになった。用を足すために村はずれに行って場所を探していた。場所とは一本の木だった。これはいいと思い、登っていった。その当時は、何もおかしいところはない行為だった。インド全体にある幾千幾万の村々で、誰もがしていることだった。村はずれの木が、人々のトイレだったのだ。ＰＫは高みからするのが得意だった。そうすれば匂いやハエから逃れることができるからだ。

突如、叫び声が聞こえた。この叫び声には驚きと同じくらい怒気も含まれていた。おそるおそる、ＰＫは下を見下ろした。真下には老人がいて、頭の上に先ほどＰＫが出したばかりの大便が見事に乗っかっていた。そして、この老人は単なる老人ではなかった。ブラミンだったのだ。ＰＫは飛び降りて走りだした。ブラミンは追いかけてきたが、ＰＫは幼くて俊敏だった。ブラミンは年老いていて動きも鈍く、かかとまで長く伸びた服を着ていたため動きが不自由だった。ＰＫは見事に逃亡できた。今後は二度と木の上から排便はしないようにしようと思った。

イランで周りを見まわすと、砂漠がどこまでも広がっていた。見渡す限り生命はなく、ここなら聖職者を汚す心配は絶対にない。目の前で対面しているのは長い草だけだった。「草は友達だ」とそのときに思った。

「草よ」周りに聞き耳を立てる人が、誰一人いないことを確かめてから声をかけた。

「君は長年ここにいて、灼熱と戦っているんだよね」

とくに長い草に向かってそう語りかけた。

「君の仲間の多くが水不足のつらさに屈してしまったんだよね」

するとすると草が礼儀正しく揺れながら答えてくれた。そこで続けた。

「あなたは大家族のなかにいたはずなのに、いまはほぼ一人ぼっちになってしまった……ですが、あなたは必要とされています。あなたがいなければ、砂漠は誰一人生きていけないということになってしまいます。ここでは、ほんのかすかな風が嵐に様変わりし、砂が顔に突き刺さる何千本もの針のような存在になります。あなたとごく数人のお友達だけがここで戦ってくださって、そのおかげで砂が完全に吹き飛んでしまうことがないのです」

「僕の出身地、インドのオリッサ州アスマリックでは、君たちとは違う種類の草が生えているんだよ。この草が僕たちの幸せの源なんだ。コメという、草の一種でね。君たちのいとこだよ。知ってたかい？」

風が一瞬止まり、草が動きを止めて腰をかがめたとき、それはまるで彼の知恵ある言葉を拝聴しようとするかのような姿勢に見えた。

「草よ、愛しているよ。君たちが平和の源で、地球の保護者なんだよ。君たちがいなければ、世界は大混乱に陥ってしまう」

だが、草が何か返答することはなかった。

「我々人間は、君たち草を根っこから引き抜いてしまう。君たちこそ僕らの宝物なんだ。君たちを使って僕らは家を建てている。だけど、本当はそうやって君たちを傷つける権利なんかないんだ。人には居場所があり、それは風も同じで、砂と君、草の群れも同じなんだ。君たちにも居場所があるんだよ」
そう言って、ＰＫは感謝のしるしとして、水筒から何滴かの水を垂らした。大地は感謝で震えるに違いないと勝手に想像した。

ＰＫは再び自転車に乗り前進を再開したが、自転車を漕いでいるうちにさっきの会話の内容を書き留めて兄に送ることを決めた。

そして、いまこの会話内容が、新聞に掲載されたのだ。そんなに多くの人が楽しんでくれたなんて！　オリッサの人たちはこの言葉のなかに自分自身を反映させたに違いない。草むらでしゃがんでいれば誰でも哲学者に様変わりする、とそのとき思った。自然はもっと敬意を受けるべきであり、敬意を払わなければ、いつかカルマを背負うことになるに違いない。

そう思ってから首を振りつつ笑顔を見せ、普段より速い速度でタブリーズに向かった。そこに手紙が一通届いていることを願うばかりだった。

走馬灯

ＰＫはペダルを漕ぎ続けた。ヒッチハイクもして、白昼夢も見て、疲れた足を引きずりながら、デリーを出てから三代目となる新しいイラン製自転車でタブリーズ入りを果たした。

タブリーズ、それは、預言者ゾロアスターの出生地である。

ロッタからの手紙が一通届いていた。〈私の最愛の人へ〉で手紙が始まっていた。

それからリネア、アフガニスタンで大けがをして、カブールの病院まで搬送したオーストリア人の女の子からも手紙が届いていた。幸いにも無事ウィーンの自宅へ戻れたとのことだった。〈私の最愛の人へ〉。彼女も同じ始め方をしていた。

少しあとになって、ひょっとしたらリネアもオレのことを好きになったのかと考えるようになった。ひょっとしたら違うかもしれない。インドの友人はいつも大げさな言いまわしを手紙で使っていた。まるで、砂糖をまぶしたような甘ったるい文面で、それが、インド流といえた。だから、リネアの文章を読んでも何か余計なことを考えるわけではなかった。

〈私の最愛の人ＰＫへ
あなたも元気でありますように。ＰＫ、マイ・ベイビー、すぐにウィーンまで私に会いに来てくれますよね。本当ならば、先週に到着するものだと思っていました。ずっと、あなたを待っています。すぐに来てほしい。いつもあなたのことばかり考えていて、そうすると気分がよくなります。一緒にいた時間は素晴らしかったよね。あなたに見せたいものがたくさんあります。ここで手紙を締めくくりますが、あなたの到着をずっと待っています。
あなたの忠実な友　リネア〉

彼はすぐに自転車に飛び乗り、トルコを目指した。

イランは広大な国だったが、トルコも同じだ。世界はあまりにも大きかった。もうサイクリング自体がイヤになっていた。ヨーロッパというのはどこにあるんだ？　本当にオレはもうすぐボロースに着けるのか？

最近になって、トラックで拾ってもらうことが増えた。トルコはヒッチハイクしやすい国だった。ヨーロッパを目指すのは、別に肉体的な強さとかスタミナを証明するためではない。肉体的な挑戦ではないのだ。約束したのは、どんな手を使っても到達してやる、それだけだった。十分なお金があれば、きっと航空券を買っただろう。

自転車を選んだのは、唯一の可能な選択肢だったからだ。自分で出費できるのがそれだけだったからだ。必要に迫られてやむなくそうしただけだった。この長旅はいつも困難で、労苦ばかり襲ってくるものだった。

彼は運転手と、その友人の隣に座り、風景が少しずつ変わるのを見ながら、過去一年に起こった出来事が頭の中で走馬灯のようによぎった。いままでの人生とは、すべてが完全に違うものになり、もはや地理的な居場所だけが変わったということではなかった。

そうだ、オレは生まれ変わったのだ。

ＰＫはもっと大きな意味で目覚めていた。ロッタとの出会いにより、すべてに対する物の見方が変わった。彼女と出会う前は、自身の願望と周囲が彼に寄せる期待の区別が難しかった。まるで、自分自身への見方と周囲の彼に対する見方の間に一線を引けていなかった。だが、彼女のおかげで自身と自身の周囲にある線の存在に気づけるようになった。

いまや、ロッタと出会う前の記憶そのものが曖昧になってきていた。

彼女と出会う前まで自分自身のために決断し、自身の選択を主体的に決めたことがあっただろうか？　いや、いつも流されるままで、他人の導きに頼るばかりだった。見られたり聞かれたりすることが怖くて、真似るだけだった。自分の本心を滅多に口に出したことがなかった。ひたすら周囲の声を聴いて、真似るだけだった。要は、他人の人生における客人でしかなかったのだ。たしかに好奇心はわいた、それは確かだが、結局は誰かに従うだけの人生だった。

だから、いつも他人を喜ばせようとして生きてきた。

ロッタが一度、あなたはナイーヴすぎる、ほとんど子どもみたい、と言ったことがあった。だが、そんな点が好きなのだとも言った。「そうやって自分のことを決めつける必要を感じていないところが、あなたの強みよ」と言っていた。

ＰＫは何度かバスに乗ることもあった。

自転車を屋根に載せ、いつも最前列の座席に腰かけた。車両が動き始めて、ヴァンとアンカラの間にある直線の難路を走り始めた。

イランでは多くの人が英語を話せたが、トルコでは英語で意思疎通を図るのは難しかった。言葉が通じない空間で、絵を描いた。共通語がなくても、絵は誰でも理解できた。ほかの乗客をネタにして素早く風刺画(カリカチュア)を描いた。結果を見せると、車両全体が爆笑に包まれた。ひげ面の男とスカーフを被った女性が、パンやチーズ、果物を出してくれた。甘いリンゴやほろ苦いオリーブなどを食べつつ、窓の外に拡がる平野に目をやった。なんとかお互いのことを理解できるようになっていた。

同じような展開が、バスやカフェ、レストランやシェルターで何度も繰り返された。トルコ人は笑いが大好きだった。自宅に招かれ、宿と飯を提供してもらったお返しに絵を描いた。「あなたは何と優しく、温かい方なのか」と、相手に伝えた。相手はその言葉を素直に受け取り、さらに、食べ物を出してくれるのであった。

いざ、イスタンブールに着くと、朝早く目覚めた。ミナレットが哀愁漂う祈りを流すなか、ＰＫは大急ぎで中央郵便局に行き、手紙が届いていないか確かめた。一通はロッタからで、特徴ある走り書きのような手書きで書かれたものだった。もう一通は父親からだった。そして、もう一通はウィーンのリネアからだった。この手紙は分厚く、しかも書留で送られていた。

はらりと落ちたのは一枚の列車の乗車券だった。イスタンブール発ウィーン着のトランス・バルカンエクスプレスだった。

イスタンブール散策

イスタンブールの金角湾沿いを歩いて、青い海と店やレストランが並ぶガラタ橋を見やった。イスタンブールはアジアの香りがするが、何かが今までの場所とは違っていた。

その違いは具体的に何か、指摘することはできなかった。それからトプカプ宮殿に向かう路地を歩き、炭の香りがする朝の空気を思い切り吸い込み、お茶の香りも楽しんだ。タバコの煙が喫茶店から出ていた。

丘を登っているトゥネル（ケーブルカー）の警笛が鳴り、山頂にたどり着くと一九五〇年代の米国産シボレー車と、ビュイック社の車が、下に広がるイスタンブールの市街地を走りまわっていた。車はインドのものよりさらに古いようだったが、女性のファッションは最先端をいっており、そこが、アフガニスタンやイランとは大きく違った。

ブラウス、スカート、ジーンズ姿で、髪は肩まで伸ばされていた。スカーフやニカブ（顔全体を覆うベール）など、とにかく布で頭や顔を覆っている女性は誰一人としていなかった。

イスタンブールの姿は、自分自身の将来の前兆ではないかと思った。

多くのドームや橋があり、しかも、堅固に建てられていた。ＰＫは学校で習った、デリーに総攻撃をしかけ、街に残っていた大部分の男子を処刑したというティムール朝の創設者タメルランの話を思い出していた。そういえばあの人はトルコ人だったっけ？　生まれは現在のソ連の一部となっているサマルカンドだったはずだ。どちらにせよ、ＰＫはブルーモスク近くのベンチに座り、トルコのヨーグルト飲料、しょっぱいアイランを飲んでいた。

滞在したのはシルケジにある小ぶりな格安ホテルで、鉄道駅はヨーロッパ側にあった。

そこで、寂しさと悲しみを覚えた。八人部屋の細いベッドに腰かけ何度も手紙を読み返し、世界にはＰＫのことを気にかけてくれている人がいることを確かめていた。そして、いま数百万人に囲まれているはずなのに、自らは小さな存在で一人ぼっちだった。みんなどこか行き先があってそちらへ向かっているのに、自分だけは行き詰まり、さまよっているのだった。

それから銀行へ行き、絵の代金として出された小切手を換金することにした。椅子に腰かけてお金を待っている間に、スケッチブックと鉛筆を取り出して——いつもどおりの習慣だ——銀行員の一人を描き始めた。数分後、周りに人だかりができていた。行員までが作業をやめてこの輪に加わってきた。

「まるで僕本人みたいだ！」

肖像画を見た銀行員が笑いだした。

「君は才能に恵まれているんだね、ミスター・インディアン！」

そう言って同僚に作品を見せてまわった。

女性行員の一人も肖像画を欲しがった。大変な美人で、ＰＫはきちんと相手の顔を捉えたかったが、女性を描くときは神経質になった。結果を見て、相手が怒りだす場合があるからだった。男のほうがその点緩いところがあった。そんなリスクを冒して銀行から放り出されると困るではないか。まして、こんなに美しい顔をしているのだから。

「すみません、時間がないんですよ」

そう言って、礼儀正しく頭を下げた。早いところ出ていってしまいたかったのだが、ＰＫは「Best Wishes（幸いあれ）！」と隅に書き添えて、銀行員に肖像画を渡すべく、ページを破いて渡した。あちらはお金を支払いたい様子だった。

「いくらですか?」と聞かれたので、「お好きな金額で」と最近ではお決まりの返答をした。するとと、いい金額を払ってくれて、これから一週間は外食できるだけの余裕ができた。お金も入って上機嫌になり、ＰＫはタクシーを拾ってボスポラス海峡の反対にある商店街、イスティクラル通りを目指した。ロッタ向けの贈り物を買っておきたかったのだ。

タクシー乗車中に、またスケッチブックを取り出し、市内の丘を登る際にローギアで手間取っていた運転手の肖像画を描いた。ＰＫにとってはほんの数分でできる作業で、目的地についたときにすぐ絵を渡してあげた。運転手の不機嫌な表情が突如として変わり、満面の笑みになった。そして、運転手は運賃を受け取らず、ＰＫを自宅に招いてくれることになった。つまり、ヨーロッパで使えるお金を節約できるというわけで、ＰＫは喜んで受け入れた。

ヨーロッパ入り

グランド・バザールを歩きまわった。

小さな店にスパイスや毛皮、ゴールドやメアシャムパイプが所狭しと並べられていて、雰囲気がオールドデリーに似ていた。市場の基本様式は、人間の始まりからずっと同じだ。取引があり、一種の劇場でもあった。売り手はＰＫの袖をつかんで引っ張り、その様子はインドとまったく同じだった。

ここでは安心できた。この図々しさには馴染みがあったからだ。

カブールでは、ロッタのために革靴とハンドバッグを買った。今回は皮のストラップのターコイズのネックレスを買った。それからプリン店に行き、といっても、これはデザートを売る店ではなくトルコ料理を出してくれるカフェのことだった。東洋と西洋をさまようヒッピーたちの出発点、または、終点として活用されている地点だった。細長い部屋の一番奥に座り、あらためてロッタとリネアの手紙を読み返した。それから手元の乗車券を見やった。

これまで何度もこの苦行が永遠に続くのではないかと思わされた。

ペダル漕ぎ、ヒッチハイク、バス、そして自転車の繰り返しだった。ほぼ死にかける経験だった。泥まみれの灼熱、しつこい日中の太陽がつらかった。水ぶくれが何度も発生しては治り、臀部はもはや無感覚になっており、いつも空腹で苦しんでいた。頭からもゆでたてのスポンジケーキみたいにずっと蒸気を発しているような状態だった。この乗車券は天国からの贈り物だ。天使が地上の使者、リネアに託し、国際郵便サービスで届けてくれたに違いない。こんなことが実現するなんてとても信じられなかった。これから列車でウィーンに着けるのだ。ヨーロッパには自転車で行く必要がないのだ。

ヨーロッパかとあらためて思った。本当に今後、馴染めるのだろうか。

周りの光景は基本的にデリーのインディアン・コーヒーハウスとほぼ同じだった。彼みたいなバックパッカーがたくさんいて、掲示板には殴り書きのメモがパンパンに貼られている。

〈インド行きVWヴァン、金曜出発、空き一名〉

〈マジックバス、ロンドン―カトマンズ間運行。残り五名様〉

〈誰か私のペンタックス・スポット・マティックを見ませんでしたか？〉

この自転車をどうすればいいのか、列車に持ち込むか？　チケットを腰巻きにたくしこんで、自転車は売って、新しいものをウィーンで買うことに決めた。そこでメモに素早く書いた。

〈男性用新型自転車売りたし。テヘランで購入。わずか二〇ドル！〉

ページを破いて掲示板に貼りだした。


ウィーン西駅で列車を降りた。

これがヨーロッパというものなのか？　重厚な家並、清潔な路地ときちんとした服装の人々。恐ろしいほどの静けさ。だが、どこかに緊張感がある美しい場所だ。夢見た光景だ。まるで、人形劇の舞台に迷い込んだようだ。ウィーンは童話の中の場所に見えた。

リネアの妹、シルヴィアが駅まで迎えに来てくれた。ＰＫを待ち焦がれてあれほど熱烈な手紙を書いてくれたリネアは、何とそのわずか翌々日、インドへ旅立っていた。「ずっとずっと待ち続けていたのに、ついに、あきらめてしまったのよ」とシルヴィアが言う。

ＰＫは来なかった。おそらく、リネアはＰＫが逆戻りして帰国してしまったと思ったのだろう。そして、インドへ戻りたいという彼女の思いが勝ったということだ。

シルヴィアは実家の家業である中心街のギャラリー一〇に連れていってくれた。

シルヴィアの母親が歓待してくれたが、同時に鼻にしわを寄せて、奥にある風呂へ連れていかれた。そこには、古めかしく高さもある浴槽があり、水道の蛇口はライオンの形をしていた。この母親が蛇口を開いて湯と石鹸を足し、すぐに服を脱いでここに入りなさいと勧めた。恥ずかしがり屋のPKはためらったが、母親が頑強なので、服を脱いで全裸になった。そのときやっと、自分がどれほど悪臭を放ち、床に散らばった服が汚れきっていて、ひげと髪が伸び放題になっていたのかを悟った。

湯船につかり、あらためてヨーロッパのことを考えた。

ヨーロッパとはこの石鹸の香りだ。今、洗い流しているのはアジアの土埃なのだ。心はいままでになく不安になった。どうしようもない心配が心の中で大きく膨らんできた。故郷とはあまりに遠くのところに来てしまった。

滞在したのは、シルヴィアと彼女のボーイフレンドが同棲する家だった。もう一組、画家と車いす生活の妻が同じアパートに暮らしていた。

シルヴィアがヨーロッパについて、いろいろとPKに話してくれた。ヨーロッパ文化の正体について。少しでも面の皮を厚くするように覚悟しておきなさい、純真無垢（ナイーヴ）でいないように。

「ここヨーロッパでは、アジアと違って、他人にはそれほど友好的ではないのよ。ヨーロッパ人はまず個人尊重主義で自分自身のことだけを考えているのだからね」

そう言って、親切で素直な人ほどトラブルに巻き込まれやすいと付け加えた。

「気をつけるべきは、ヨーロッパ人は人種差別者(レイシスト)ということよ。あなたの肌が黒いというだけでいつ袋叩きにあってもおかしくないわ」

そう続けて、どのように他人へ挨拶すべきか、どう会話を始めて、それからどうふるまうべきか、微に入り細を穿(うが)ち指導した。

PKは素直にこの助言に対して感謝した。これだけ事細かに注意してくれるということは、この人は本当にオレのことを心配してくれているんだと思った。

わずか一週間のうちに、PKはヨーロッパの物珍しい、異国文化の多くを吸収していた。

シルヴィアのアパートに暮らす画家は、ひっきりなしに喫煙していた。親切ではあったが、いつも酔っぱらっていて言動は風変わりだった。あるときには絶望の淵にいて、憂うつそのものだったのに、次の瞬間には大爆笑していて、ときにはPKの腕を引っ張ってくることもあった。ある晩などPKを抱きしめて、オレの妻にキスしてくれと言ってきた。「どうぞお気に召すままに」というのだ。

だが、PKが男の妻に触れることはなかった。そんな勇気はなかったし、興味もなかった。お互いのことをよく知らず、ハローと挨拶を交わしただけだ。なぜに素性もよくわからない女性とキスしなければならないのだ？　かわりに、両手のひらをあわせてお辞儀をする、つまりはインド式の謙虚な挨拶を、車いすの夫人に対して行い、春の小雨で少し肌寒い外に出た。

それから、ＰＫはドナウ川沿いの誰も通っていない路地を歩き、緑の光で照らされている市役所と、市立公園に向かいながら、デリーの灼熱、土埃、泥と人ごみを思い出していた。それに対するヨーロッパの自由。ここに慣れるまでにはもう少し時間がかかりそうだ。

ウィーンにおいて、彼はヒッピー・トレイルで出会った何人かと再会した。アドレス帳は、何かあったら連絡しろと言ってくれた友人の連絡先で埋まっていた。紅茶を飲みに行ったり、ビアホールに連れ立って行ったりすることもあったし、絵を描いてあげたりすることもあった。例外なく結構いい金額を払ってくれて、旅行資金は大きく膨らんだ。いまなら、とＰＫは考えた。ギアのたくさんついた高級な自転車を買って最終目的地までたどり着けるではないか。

「スウェーデンまでは自転車では行けないよ」

シルヴィアが言った。

「いや行けるって」

ＰＫは粘った。シルヴィアはプラーター遊園地に連れていってくれて、馬車に乗った。地下鉄に乗って古いカフェ巡りをしてホイップクリームをのせたコーヒーを飲んだり、路面電車(トラム)に乗ってタバコの煙でもうもうとして薄暗い地下のレストランに行ったりした。

出会う人々は皆親切なのに、なぜ親切な同じ人たちが口をそろえてヨーロッパの現実について警告を続けるのだろう？　まるで、いままでの旅行で出会った親切とか優しさが、すべてストレス、いら立ち、冷淡さにとってかわられるかのようだった。

ヨーロッパでは、感情ではなく規則がすべてにおいて優先されるのだと、再会した友人たちから学んだ。ヨーロッパ人はほかのすべての人種と比べて人間性が乏しい——つまりはそういうことを言おうとしているのか？　まったく理解に苦しむことだった。出会った人をなんとか信じようとした。仲間たちは言った。

「ＰＫよ。君はいいヤツだ。周りの善意も引き出すことができる。けれども、君がヨーロッパを変えることはできないんだ。ヨーロッパにおいて、隣人への共感は死にかけているんだよ。人々を動かしているのは恐怖であり、愛ではないのだよ」

愛？　もしもヨーロッパ人たちが規則と規制にばかり縛られているのであれば、つまり、愛など信じられないということなのか？　つまり、ロッタはそもそもオレのことなんか愛していなかったということか？　ヨーロッパが過酷な場所だということはよくわかった。同時に、ここで、一つの案が浮かんだ。あらためて振り返り、問題点を取り出し、自明のことをひっくり返し、頭がこんがらがってきた。

いままでは感情の勢いに任せてここまで来たが、さすがに勢いが緩やかになり、もっと言えば衰え、弱くなってきた。水の流れが川底に当たったようなものだ。そこで川の表面に顔を出し、酸素を思い切り吸い込み、理性を取り戻そうとしている段階だった。

ロッタはもうオレのことなんか待っていないのではないか？

ＰＫはシルヴィアのアパートにある客室で横たわり、柔らかすぎるマットレスに沈み込み、掛け布団の中に丸まって頭に浮かぶ疑念と戦っていた。

だが、それでも強さを振り絞ってまだ立ち上がることができた。真っ暗闇の中で見たのは母親の姿だった。ベッドのすぐ隣の床に座り込み、息子の姿を見守っていた。母親こそが疑念に対抗できる原動力だった。真っ暗な記憶のなか、母は小柄ながら、明るい一点の光だった。母親が見守るなか、彼は深い眠りについた。


新しい自転車を買いにいこうとする少し前に、マンフレッド・シェアーという名前のギャラリー店長と出会った。彼はＰＫに対して、強い決意が素晴らしいと絶賛してくれた。

「愛する人のために、そこまでの犠牲を払えるというのは尊敬に値するし、私にとっては羨ましいです。もし、すべての人がそうやって愛を原動力に動けるようになれば、世界はもっと住みよく美しい場所になるはずです」

そういって大げさにほめてくれて、渡したいものがあると言われた。氏の事務所に入ると、彼はＰＫに細長い封筒を渡した。開けてみると一枚のチケットが入っていた。いや、二枚だ。二枚の列車乗車券だ。

「こんなもの高すぎて！」

ＰＫはそう言って、何とか代金を支払おうとした。ギャラリー店長は支払いを固辞し、しばらくもみ合いを続けたのち、ＰＫが絵を二枚提供するということで話がまとまった。

「ウィーン西駅→コペンハーゲン中央駅」

「コペンハーゲン中央駅↓イェーテボリ中央駅」

突然の終焉

ＰＫは腰かけ、フラシ天の座席に体を深く沈めた。

あまりにも座り心地が柔らかすぎて、自分の骨がなくなり、筋肉と内臓だけになってしまったかと思った。子どもの頃は床に藁のマットを敷いて寝ていた。ニューデリーの下宿では、ベッドこそあったが、編んだロープの上に薄いマットレスだけだった。インドの列車の二等車席はすべて自由席で、硬い木のベンチがあるだけだった。自転車は、固くてきつく貼られた皮のサドルだけだった。西アジアで乗ったバスの席は、弾力がない妙にテカったビニール製だった。

それまでの座席では肩甲骨や尾てい骨、骨盤の感触が返ってくるのが当たり前だった。このまま柔らかい席に沈んでいくとどこまで沈んでいけるのか、知りたくなった。

なぜ、ヨーロッパ人は枕やクッションやマットレスを薄い布で覆うのか。寒いからか、寂しいからか、怖いからか？　自分の体の硬さが怖いのだろうか。

ウィーン、メルク、リンツ、ヴェルス。ヨーロッパの都市名は一音節とか短いのが多いな、と思った。

そうして次の国境に当たろうとしていた。

列車がブレーキをかけ、急停止した。湿った鉄、焼けたアスベストの匂いが鼻をついた。通路は制服姿の男で埋まった。客車の扉が開けられた。

「ライシュパス、ビッテ（パスポートを見せなさい）！」

そう言われて緑色のインドのパスポートを出した。西ドイツの入国審査官は何ページも前から後ろに、後ろから前にめくり、いろいろなビザを見ていた。パッサウでは毎日インドのパスポートをチェックすることはないのだろう。

「ウンメグリッヒ、マイン・ヘル（ダメです、サー。申し訳ありません。ご同行ください）！」

男はドイツ語と英語を混ぜて命じてきた。ＰＫは列車から降ろされて、反対側のプラットフォームにある部屋へ連れていかれた。

「シャイセ（クソ）！」

ＰＫは列車を降りながらつぶやいた。ウィーンを離れようとする朝、シルヴィアが教えてくれた便利なドイツ語だった。

これで終わりかと思った。あちらは、この豊かで美しい祖国に住みつこうとしている不法移民だと思っているんだろうな。あの人たちの職を奪い、女の子たちを盗み、社会のお荷物になろうとしていると勘違いしているんだろうな。望んでいることは通り過ぎることだけなのに。西ドイツにはいっさいの興味がないのに……。

入国管理官たちは、擦り切れたバッグをあけろと命じてきた。

目つきは厳しかった。顔の表情がまったく動かない。何か違法なブツを持ち込もうとしていると勘違いしているのだ。議論の余地はまったくなさそうだった。

　これから数日間拘束して、その後いままで通ってきた数千マイルを逆行してインドに追い返そうとしているのだ。入国管理官はバッグの中の汚れた服をあさり、自転車のチューブと手紙の束を見つけた。

「我々は在西ドイツのインド大使館に連絡し、君の航空券を手配してもらうから、それで帰国してもらうことになる」

　そう言いつつ、青いシャツを親指と人差し指でつまみ上げて腕を伸ばしていた。まるで、伝染病の元かのような扱いだった。

　ＰＫの祖父はよく、二本の指だけを使って仕事をしたら、結果は満足のいかないものになると言っていた。もちろん、シャツは臭かった。前回洗濯してからだいぶ時間がたっていた。だが、この管理官は明らかに仕事内容に満足していなかった。惰性で動いているだけだった。もしも、ＰＫの祖父がこの場にいたら、そう指摘していただろう。

　それから、管理官はしわだらけの新聞の記事を開いた。英語で書かれており、インドの雑誌「ユース・タイムズ」から切り取られたものだった。少なくともページの一番上にはそう書かれていた。管理官が記事を読み始めた。

「ああ、この人は既婚者だと書いているぞ」

　八人の警官が、きたないバッグを持つカールした長髪の茶色い肌のインド人ヒッピーを取り囲んでいた。うち一人が、便せんを取り上げて読み始めた。手紙の差出人は女性で、あらためて誰からのものか確認した。そして、このインド人と相手女性が単なる友人以上の関係であると断定したようだった。

「どうもそうらしいな。この人は既婚者だ」

もう一人の警官が言った。

「相手はスウェーデン人らしい」

「相手の名前はロッタだ」

新聞記事を持っていた警官が言い、あらめてたたみなおした。

ＰＫはドイツ人の国境警官たちに対して、インドのニューデリーに始まり、自転車で砂漠も山も乗り越えて、七つの国と二つの大陸を通り過ぎ、その過程で泊まった、食事した、水を飲んだ何百もの村について話し始めた。途上で出会った人の温もりやもてなしがなければここまで来ることはできなかった、と訴えた。イスタンブールからは列車の移動に切り替えて、あとは彼と彼女の間にある国は二つだけだと。

「連れていけ！」

警官の一人がさえぎった。

「私は違法薬物を運んでいるわけでもなく、西ドイツに住むつもりもまったくありません」

警官たちの目に疑念が浮かび、どんどん絶望的になってきた。そろそろインド大使館に電話して交通手段を手配する時間がきたと一人が言った。パトカーが来て、これから不法移民収容センターか、そのままミュンヘン国際空港に送られて、即刻国外追放になるのか。

警察によると、西ドイツは誰であれ突然の訪問は認めていないという。それから同僚と何事かドイツ語で話し始めた。ＰＫは理解できなかったが、まるで何かが胸を締め付けてきているようだった。もう叫んで、泣いて、呻（うめ）くしかなかった。

「こんなところで私を止めないでください！　こんな無情なことがあってはなりません！」

ＰＫは裏声（ファルセット）になり思い切り申し立てた。

すべてが爆発してしまった。ＰＫの声、自信、確信が大きく揺らいだ。窓の外を見ると、まだ列車は停車したままだったが、ミュンヘンへの北上を再開できるよう待ち構えていた。緑の車両が灰色の霧に覆われていた。小雨が降りだし寒くなっていた。

だが、ヨーロッパ人は心の叫びに動かされることはなく、規則だけを守っているようだった。

大冒険がついに終わりを告げようとしていた。

希望は消えた。未来は粉砕された。すべての夢、憧れ、戦い続けてきたもの、何もかもが無駄だったのか！

この瞬間まで、最終的には目的地に着けると確信していた。疑念がわいてきてもすぐに追いやることができ、信念があったからこそ狂気の計画を押し進めることができていた。だが、ウィーンで出会った友人の警告により、それほど確信をもてなくなっていた。そしていま、パッサウの警官、オーストリアと西ドイツの国境を警備する男たちは、明らかに不機嫌そうだった。

「アイン・モメント、ビッテ（しばしお待ちを）！」

警官の一人が言ったが、まったくの無表情で、何を考えているか絶対に探らせないという強い意志が見えた。

可能な限り新婚であることを強調したが、この戦いに負けたという疑念が高まっていた。あとはバッグをまとめ、待合室に行ってウィーンに戻る次の列車を捕まえるしかなさそうだった。

警官があらためてロッタからの手紙と「ユース・タイムズ」の記事を見直した。記事の中にPKの顔がイラストとして挿入されており、そこで彼の頬とロッタの頬が強く押し合っていた。

「この人は本当のことを言っているよ。既婚者だ」

警官の一人が言った。PKの緊張感が切れた。涙がとめどもなく頬を流れ落ちた。泣きじゃくりながら、あの噴水、芸術作品、予言、出会い、そして、自転車旅行についての物語を話し続けた。ついさっきまで硬く深刻な表情だった警官の顔が、いまはリラックスしていた。そして、笑いだし応援してくれるようになった。

「それで君はスウェーデンに行くんだな？」

それまでとは違う声で聞いてきた。

「私のロッタがいる場所へ」

「なるほど、それはそうだろうな」

同僚にもそう声をかけて、再びPKのほうに振り返った。

「彼女はスウェーデンに住んでいるということでいいんだな？」

五回目の質問だった。

「ボロースに！」

天使の救い

イスタンブールを出発してから、すでに一か月が過ぎていた。

三代目の自転車も売り払っていたし、友人たちは心配してくれて、これ以上の自転車旅行は危険だとのことで、最後はもっと安全で速い交通手段で行けと説得した。

実はヨーロッパを自転車で駆け抜けることより心配なことがたくさんあった。そのなかでも、列車が北上していき、北半球の冷たい風が吹き込んでくると、こんな寒い所で今後どうやって生き延びていけるのかと思った。

だが、ここでめげていたらイェーテボリはどうするのだ？　結局、入国審査官は入れてくれて、インドに送り返されることもなく、すでにイェーテボリまでの乗車券を確保していた。もうこれ以上問題は起こらないんだろ？

何度となく彼は自分が何者で、どこから来て、インドからここまで突き動かしてきた原動力について思い返した。石を投げつけてきた聖職者や学校で教室に入れてくれなかった教師への怒りは大きかった。復讐してやろうとずっと思い続けていた。不可触民に生まれた運命を呪い、自分が無価値だという思いに襲われた。

あの憤懣がなければ、今いる場所、つまりスウェーデンに向かう列車の中にはいなかったかもしれなかった。フラストレーションこそが彼の原動力だった。無力感があったからこそ、幸せへの道を歩むことができた。あの劣等感がなければ、そもそも芸術家にはならなかったかもしれない。疎外感があったからこそ、前進を続けて想像力を超えた動きができた。

子どものころ、いつも質問ばかりしていた。人々が牛を崇めるくせに彼に向って石を投げてきたときは、なぜ、人の子が牛一頭より価値が低いということがありえるのか自問自答した。僕の血管に流れる血の色は、ブラミンのものと同じではないのか？　同級生たちが一緒に遊んでくれなかったとき、もしも、こいつらに触れたらどうなるのだろうと、また自問自答した。触られた当人たちのショックと怒りとは別に何が起こるのか。世界が崩壊するのか、空が落ちてくるのか、神の怒りに触れてしまうのか？


「太陽は多くの黒い雲に阻まれているが、いつか風がすべての雲を吹き飛ばすのだよ」

最悪の気分のとき、いつもおじいちゃんが言ってくれた。

おじいちゃんはほかにもいろいろなことを言ってくれたのだが、当時の少年にはよくわからなかった。知恵ある箴言(しんげん)を残してくれた。

「我々は愛から生まれ、愛に戻っていく。これが人生の意味なんだ」

「もしも、我々自身のことを理解していなければ、愛を知ることはできない」

ドイツの列車のコンパートメントにいて、おじいちゃんの知恵を思い返すと、やっと理解できた気がした。言わんとしていたのは、愛の前提条件は自分自身を知るということだったのだ。

ロッタに出会ったとき、覆っていた黒い雲はすべて消え去った。恋に落ちたとき、実際のところ何が起こるのか？　大きな力が働くのは確かだ。許しもあろう。彼女は許す力を与えてくれた。おかげで本心からそう思えるようになったのだ。

コペンハーゲン中央駅のプラットフォームに着いた。

若い男女が強く抱きしめ合っている姿を見た。女の子が列車に乗ろうとしていて、スーツケースが横に置いてあった。男の子は一緒に行かないようだ。二人はキスをした。それも長く深く。オーマイゴッド、二人は舌まで絡めているではないか！　しかも、誰も見咎めていないではないか！　インドなら、誰かが叫び声をあげて、無理やり二人を切り離すはずだ。

これがヨーロッパなのかとＰＫは思った。これぞオレの未来なんだ！

列車はスウェーデン・ヘルシングボリのフェリーターミナルに音を立てながら入った。斜め向かいに座っていたノルウェー人女性が心配そうな顔をして、突如話しかけてきた。

「あなた、帰りのチケットは持ってるの？」

「持ってないよ。なんでそんなことを？」

「帰りのチケットがなかったら、あの人たちは入国させないのよ」

スウェーデンの入国管理官が近づいてきていた。隣の客車の扉を開けてパスポート提示を求める声が聞こえた。このノルウェー人女性は素早く財布をあけ、何枚かのお札を取り出してＰＫのシャツのポケットにねじ込んだ。

「三〇〇〇スウェーデン・クローナよ」

彼女が一言だけ言った。警官が入ってきた。ＰＫはパスポートを見せた。明らかに不信そうに見ていた。

「インド国民か？」

「はい、そうです」

「スウェーデンを訪問するわけだな？」

「何か問題ありますか、サー？」

「旅行の目的は？」

警官が質問を続けた。

「スウェーデン人女性と結婚したんです」

警官たちは動転し、お互いの顔を見て、この事態を収拾するには誰が適任か考えている様子だった。うち一人が結婚を証明できるものがあるかと聞いてきた。ＰＫの心は凍りついた。父親には祝福されたが、公式書類は一通もなく、二人が本当に結婚したと認める印鑑もサインもいっさいないのだ。

いまやスウェーデンの国境まで来ている、本当にゴール近くまで来ているのに……。

そのとき、ノルウェー人女性が身振りでシャツのポケットを指さした。それで意味を理解した。彼女が渡してくれたお札を取り出し、無一文でないことを警官に示したのだ。

驚天動地だった警官たちの表情が明らかに和らいだ。お互いに笑顔を見せ、コンパートメントを出て扉を閉めた。ＰＫは先ほどのお金を返した。自身のお金はウィーンを出て以来ほとんどなくなっていた。入国審査官を説得するには、あまりにも足りない金額だった。

「あなたは天使です！」

対面して座る女性に思わず声をあげた。全世界のいたるところで、こういう彼女のような天使と出会えたから、ここまでこられたのだ。


子どもの頃、障壁を乗り越えるために自らの創造力を使うことを学んだ。

大昔に、母親は甕の中にある水を飲めなかった一羽のカラスの話をしてくれた。カラスはくちばしに小石をたくさん集め、一つひとつ甕の中に落としていった。長い時間がかかったが、最終的に小石を落としていったおかげで水かさを高くでき、カラスは水を飲むことができた。

「このカラスのように考えなさい」

それが、母からの教訓だった。

だが、障壁はそれでも克服できないことがままあるのだ。もしすべてに対して個人の手段、能力や才能のみに頼って努力していたら、途上でこれほど多くの寛大な人、無私の心で助けてくれる人と出会うことはなかっただろう。

ニューデリーのミント橋の下でホームレスだったころ、空腹のあまり腹痛に悩まされ、ゴミを燃やして暖をとっていたころから、ずっと心優しい人たちが助けてくれていた。いまはそう思うようになっていた。

約束の地で

寒かった。困惑して不安でもあった。でも、期待もあった。

ここでオレは何をしているのだ？　ひげ面のインド人、中肉中背、もじゃもじゃの髪の毛、汚れた服の男が長身の清潔な人々のところに紛れ込んでいる。列車の窓の外に見える光景により戸惑いはさらに深まった。地平線はたしかに赤く染まっているのだが、もう時間は夜遅いはずなのに空はまだ青いのだ。どうしてこんなことがありえるのか？

眠くなったので寝た。目覚めると太陽が高く昇っており、日光が車内にさしこんでいた。列車は停車していた。汗まみれになっていたので、窓を引き下ろし外に体を出した。白い花が線路沿いに咲き乱れており――のちにそれがアネモネの一種であると知った――、黄色いくちばしの黒い鳥のさえずりが心地よく耳に入ってきた。まるで、インドの伝説の歌手ラタ・マンゲシュカルのような響きで、インドで暮らした若い頃を思い出させてくれるような旋律だった。

列車がイェーテボリ中央駅に入った。

車体を降り、澄み切って少し冷たい大気を鼻から吸い込んで、おそるおそる最近リフォームしたらしいプラットフォームに降り立った。ここは今まで通り過ぎてきたどんな都市とも雰囲気が違っていた。

アジアとはまったくの別世界だった。汗まみれで押し合いへし合いということは絶対にありえない。荷物運びもいなければ、お茶を売ろうとベルを鳴らす人もいないし、物乞いも一人もいない。だがイスタンブールやウィーンとも様子が違っていた。煙突から黒い煙が出ていることもなく、ミナレットからの祈りの声もなく、壊れた建物もなく、石油や石炭の悪臭もない。何もかもが静かで、清潔で、空っぽだった。

地元インドでは、いつもこんなに多くの人たちがどこから出てきたのだろうと考えていた。どうすれば、これほどの大人数が一か所に集うことができるのか？　だがここでは逆に、皆どこに行ってしまったのだろうと思わず考えた。ハロー？　みなさんどこにお隠れなのですか？

駅の目の前にある通りで、通りがかりの人に一番近いホステルはどこか聞いた。

すると、ニューデリーを出たあと会ったことがあるバックパッカーが姿を現した。この人はイェーテボリ在住で、そのまま救世軍のゲストハウスに連れていってくれた。あらためてヒッピー・トレイルで出会った人の支援に感謝の気持ちでいっぱいだった。

ＰＫはユースホステルの共同浴室に立ち、ひげを剃り、ちょうどシャワーを浴びたばかりだった。すぐ横の男は白人で同じく体を洗っており、服はＰＫと同じくらいに汚れていた。肌は傷だらけで目は充血して真っ赤だった。突如、歯を取り外し髪の毛を脱いだ。ＰＫは恐怖におののいた。思わず叫び声をあげた。こいつは黒魔術師だ！

黒魔術師は振り返り、うまくない英語で、なぜ、君は叫んだのかと聞いてきた。

ＰＫはこの質問に答えず、ひげそりと服をすべて袋にまとめ、受付に走っていって洗面所で見た黒魔術師のことを伝えた。

「気をつけてください、あいつは危険ですよ」

受付にいた若い男に警告してやった。

「信じてくださいよ、僕はインドから来たので、ああいう黒魔術がどれほど人に恐ろしい呪いをかけるのか、よく知っているんですよ」

「あなた、昨晩からどれくらい飲んだのですか?」

それが受付係の返答だった。


PKは公衆電話を見つけたのでロッタに電話した。

「信じられない! イエーテボリまで来ているなんて!!」

そう言ってくれた。いままで感じていた恐怖感が、彼女の声を直接聞けたことでついに消え去り、喜びに満たされた。ついさっき黒魔術師を見たのに、誰も信じてくれないんだと彼女に伝えた。言うまでもなく、彼女もそんな話は信じてくれなかった。笑いながら、いままで入れ歯とかカツラは見たことないのと聞いてきた。

とにかくここに彼女が来る、もう少しでやってくる、僕を迎え入れるために。


PKは若い男性専用の救世軍ゲストハウスの受付そばに立ち尽くし、彼女の姿を見つけた。ダークブルーのブレザーに金色のボタンがついた服を着ていた。二人とも絶句して、何も言葉にならなかった。ニューデリーの駅で別れてから十六か月が過ぎていた。

第三章　長旅

ＰＫはロビーでロッタが来るのを待ち焦がれ、足が震えて崩れ落ちそうになっていた。最後の数日間は本当に疲れ果てた。だが、すべての疲れが吹き飛び、これからの明るい将来への期待が体内を駆け巡って飛び跳ねそうになっていた。

全身が震え、思いを言葉に変えようとするのだが、まったく意味のつながる言葉が出てこなかった。ただ、目の前の彼女を見つめるばかりだった。そして、涙があふれ出た。

ロッタは、彼が感情に押し流されることがあるのをよく知っていた。だから、散歩しましょうと誘った。すぐ近くのガーデン・ソサエティへ。

「お花畑のど真ん中にカフェがあるのよ」

二人はそこでコーヒーを飲んだ。太陽は大きく輝き、大気も温暖だった。空は抜けるように青かった。運河沿いに木が並んで植えられており、木の周りにはアネモネが花開いていた。

今年のアネモネはすごく大きい！　そうロッタは思った。いままでこんなに大きな花を咲かせたアネモネを彼女は見たことがなかった。観覧車と同じくらいの大きさに広がってる！　二人は手をつないで歩いていたのだが、彼女は心の中でそうつぶやいた。

ＰＫは例年のアネモネの花の大きさがどれくらいになるか見当すらつかなかったが、とにかく、思考は花以外のところに飛んでいた。

ＰＫは足元の水路を見下ろし、流れる水の透明さに驚いた。黒さとか泥とかがまったくないではないか。

二人は最終目的地までの短い道のりを、彼女が運転する黄色い車に乗って楽しみ、何か所か通り過ぎたが、どれも発音できない地名ばかりだった。

ランドヴェッテル、ボーレビッド、サンダレード……。

突如、再び恐怖感が襲ってきた。彼女が心変わりしていたら、彼女の父親が結婚に反対したらどうするか、あるいはオレが新天地に馴染めなかったらどうしよう。だがどちらにせよ、二人は同じ車に乗ってボロースへの途上にあった。

ついに、最終目的地に手が届こうとしていた。きっと、生まれる前から運命づけられていたとおりなのだ。これが運命なのだ。オレの運命なんだ。

一九七七年五月二十八日。ついに、新しい家にたどり着いた。

第四章

帰宅

新しい家

ウルヴェンスガタン通り沿いのピンクの壁に囲まれていて、寝室が三つあるアパートがロッタの家族の家だった。

彼女の両親は一階の一室で暮らしていた。ＰＫにとってスウェーデンで過ごす初めての夏だった。その間ずっと、ニットのタートルネックとウールのジャケットで通し、リビングにある木の椅子に座り、窓を開けっぱなしにして、鳥のさえずりや木の葉が風に吹かれて揺れる音を聴いていた。ほんのたまに車が通り過ぎるだけだった。ボロースは、命を守るために、単なる不協和音や雑音と車のブレーキ音を聞き分けなければならなかったいままで通り過ぎてきた街とは、まったくの別世界だった。

ＰＫは静寂が気に入っていた。心の安らぎを与えてくれるからだ。だが、これはいきすぎではないかと震えがくることもあった。

たとえば、バスの乗客はいつも外をずっと見ている。彼が勇気を振り絞って言葉をかけると礼儀正しく、真心さえこもっている感じで応じてくれる。だが、誰一人としてそれ以上会話を広げようとはしない。あの人たちは乗客席で肩を並べて座っているのに、一人ひとりが自分の冷蔵庫にこもり、冷たくなったままだと思った。

時として、自分はあれだけ現世で傷ついたので完全に別世界へ移ってしまったのではないか、という気さえした。ある意味、現世であれほど懸命に苦しんでもがいたからこそのご褒美を受け取っているのではないか。スウェーデンは感情的には冷たいところがあるが、肉体的にはあまりに快適だった。スウェーデンにはこれから慣れていけそうだった。

開け放した窓の外で、二人の男が森林に向かって走っていく姿が見えた。二人は急いでいる様子で、何か危険が迫っているんだ、とＰＫは直感した。ＰＫは急いで外に出て、森林に向かう二人を追いかけた。火事で、二人は消火作業に向かっているのだ、と思った。きっと近くの湖から水をすくい、バケツリレーをするのだろう。手助けが必要なはずだ。

だが、煙などどこにもない。焼けている木もなく、二人の男の顔を見てもパニックの様子はまったく見られない。青のトラックスーツ姿で、立ち止まって物静かな口調で話し合っており、二人とも木に手を押し付け、互いに押し合っているように見えた。ＰＫは二人に聞いた。

「何をしているのですか？」

「ストレッチですよ」

「何でそんなことを？」

「オリエンテーリングをしているんです」

ＰＫには何のことだかさっぱりわからなかった。

「我々は地図と磁石だけを使って指定の場所を通り、短時間にゴールするのを競う競技をしているのですよ」

ＰＫはこういう奇妙な新世界で頼りになる方位磁針（コンパス）をまだ持っていなかった。

スウェーデンには、もう一人の男がいた。

この男は何千キロメートルも自転車を漕いで山や砂漠を超えたこともなく、生まれたときに「将来の結婚相手はおうし座生まれの音楽をたしなむ人」だと予言されたこともない。食べ物にはずっと恵まれていて、橋の下で眠ったこともなく、もちろん自殺など考えたことすらない。大統領や首相の肖像画も描いたことがない。金髪で肌は白く、スウェーデン国籍で、きちんとした身なりで人なつこく、フルートを吹き完璧なスウェーデン語を話し、身のまわりで起きていることをいっさい誤解することがなかった。そして、ロッタのことをよく知っていた。長年にわたり同じ合唱団で唄っていた。

男の名前はベンクト。明らかにプラデュムナ・クマールより発音しやすい名前だ。

ある晩、ベンクトが訪ねてきた。延々と話し続け、カウチで隣り合って座るPKとロッタの様子を見ていた。だんだん口調が乱れて顔が歪んだ。もしや、この人は気分が悪いのかとPKは心配し始めた。何時間も過ぎ、夕方が夜になったが、ベンクトは帰宅しようとしなかった。

「なんであの人はこんなに長時間居座るんだ?」

時計が午前三時をまわり、ベンクトがトイレに行ったすきにPKがロッタに聞いた。

ついに、PKの限界がきて、客人のスウェーデン語の独白についていけなくなった。散歩のため外出するといい、さすがにこれでベンクトは帰ってくれるだろうと期待した。

だが、PKが帰宅すると、まだベンクトがいて、目が真っ赤に腫れあがり涙が頬を伝っていた。突如彼は立ち上がり、ドアをバタンと閉めて階段の下に消えていった。ようやく二人きりになれた。ＰＫは表玄関の扉を閉める音も聞いた。そして、静寂が戻ってきた。

「なんであの人は泣いていたの？」

ＰＫが聞いた。

「私たちは何年も知り合いだったのよ」

ロッタが切りだした。

「私たちは単なる友人で、それ以上の何もないの。ところが、ずっとあの人が私のことを好きだったと知らされたの。あなたがここにいて、私と一緒に暮らしているのが耐えられないと」

ベンクトは、ＰＫはいい人かもしれないが、ロッタと一緒にいるべきではないというのだ。

ＰＫはベッドでロッタの隣に横たわったが、もはや寝ることは不可能だった。いろいろな考えが頭の中をまわり、つい考えてしまうのだ。ロッタが二人いて、一人がオレに、もう一人がベンクトにつけばいいのに。

翌朝ＰＫは目覚めて、これから自転車店に行ってくるとロッタに伝えた。

「なんで？」

彼女は明らかに困惑しながら、見つめていた。

「インドまで乗って帰れる、丈夫で質のいい自転車を買うためだよ」

ロッタは泣き始めたが、それでもＰＫは出ていった。

ＰＫは終日、ベンクトのことばかり考えざるをえなかった。

ベンクトこそロッタにとってお似合いであることを認めるのは、ＰＫにとって大きな苦痛だった。一台の自転車を選び、オーナーに翌日取りに来るからと伝えた。ロッタがいるアパートに戻る前に、何人かのスウェーデンでできた新しい友人と会った。

「オレ、自転車でインドに戻るから」

全員が笑いだしたが、PKは本気だとすぐに気づいた。もはやかける言葉もないようだった。

「愛がなければ、こんなところでオレは何をしているんだ？」

帰りの旅はよほど短時間ですむはずだ。今回は、もっと直線ルートで戻ればいい。ヒッピー・トレイルで無駄な寄り道をする必要がない。ただひたすら漕ぎ続け、朝から晩まで休みなく進んで、ニューデリーに直行してインド中央郵便局にまだ仕事の空きがあるか聞きに行く。もう仕事がないのなら、そのままバスに乗ってヒマラヤ山脈に行き、人里離れた美しい光景の寺を一つ見つけてそこで頭を剃り、僧侶として残りの人生を生きるのだ。

求めていたのは心安らぐ家だった。物件の条件とか、家具一式や見てくれとかはどうでもよかった。必要としていたのは安定であり、人生をしっかりと築ける場所だった。

その日の晩、ロッタとPKは自宅のカウチに腰かけていた。

「オレの決意は変わってないから」

そうPKが断言した。

「ニューデリーまで自転車で帰るよ」

ロッタの頬に涙が流れ続けた。

「なんで泣いているのさ?」

「あなたに自転車を買って出ていってほしくないからよ」

彼女はそう言って体を近づけ、抱きしめてきた。彼はなすままにしていた。きっとこれが別れの挨拶なんだ。

「いま出発すればいいの?」

「違う、行ってほしくないのよ」

ロッタが鼻をすすった。

「ベンクトではないの。あの人が私を好きということ自体知らなかったんだから。あなたと一緒にいたい、どんなにつらいことも一緒に乗り越えたい、生涯をかけて」

北欧のジャングルボーイ

スウェーデンは奇妙な国だった。

人々はあらゆるところで何の理由もないのにお互いに感謝し合っている。しょっちゅうどうでもいいようなこと、たとえば「おかげさまで今日はなんといい天気に恵まれたのでしょう」とか言い合っているが、なぜそんなことをいちいち言わなければならないのか。天気がいいかどうかなど、空を一目見ればわかるではないか。ロッタに言ったことがある。

「もし、君の友達とか親戚がオリッサに行ったとして、うちの村の大通りを歩いて〝プラヴァトさん、今日は素晴らしいお天気ですね〟とか言ったら絶対に首を振ってあきれ返ったままどこかに行ってしまうよ。外国人の頭がおかしくなってしまったと思ってね」

だが、そんなことも近いうちに慣れることになるだろう。

それでもロッタの母親との初対面の際には、そんなくだらない社会的規範に従うようにした。少なくとも自分ではそう思っていた。するべきは、ただスウェーデン語でお行儀がよいとされるロッタから教わった言葉を繰り返すことだけだからだ。

母親の機嫌をうかがい、それから天気の話をする。お元気ですか？　今日は本当にいいお天気ですね！　ロッタの家の呼び鈴を鳴らしながら、口の中でもごもごと何度もこのセリフを繰り返した。だが、その日外は寒く、一部セリフの変更を余儀なくされた。お元気ですか？　今日はコールドですね！　本当にコールドですね！　まあ、そんな感じだ。

玄関でロッタの母と目が合い、ついに運命の瞬間がやってきた。

「お元気ですか？」

と始め、それから続いて出てきたのは、

「本当にオールド（高齢）ですね」

おおかた正しいといえば正しいが、正解とは言い切れなかった。何よりも、義母は難聴だった。よって何も返答することはなかった。きっとこの人は憂うつなんだろうな、とＰＫは思った。だが、その日の晩、ロッタも彼の言動に不満を抱えていたことが明らかになった。

「なんで私のお母さんをババア呼ばわりしたの？　明らかに落ち込んでいたわよ」

「それは誤解なんだよ」

何とかＰＫは弁解しようとした。ロッタの父親との初対面も、いま一つの出来だった。

ＰＫはひざまずいて父親の脚に触れた。これがインドにおける目上の人に対する敬意の表し方なのだ。だが、スウェーデンにそんな習慣はない。

「あのインド人は突然視界から消えたが、いったいどこに行った？」

ロッタの父親は、初対面を振り返ったとき、いつもそう冗談を言った。

ほかにも牛問題があった。スウェーデンで過ごした最初の夏に、一家は近くの田舎にある、夏用の別荘に行った。そこでＰＫが見たのは、牧草地にいる牛の群れだった。誰かが門を開けてやるのを忘れたんだなとＰＫは思い込んだ。牛は自由に動きまわれるべきだ。そこで、ＰＫは門を開いた。当然、牛たちは駆けだして方々に散っていった。

通りがかりの車が焦ってクラクションを鳴らした。ＰＫは嬉しそうに手を振り返した。インドでも同じように牛がそこらを走りまわっているではないか！　ここでも牛の生き方はそんなに変わらないはずだ。だが、牧場主は激怒していた。

「牛を外に出しやがったのは誰だ？」

怒気を含んだ言葉で聞いてきた。

「もちろん私ですよ」

ＰＫが妙に自慢げに答えた。

ＰＫは、必死に新しい国へ溶け込もうとした。

そこで、移民向けのスウェーデン語集中講座を四か月間受講した。また、昔からどこへ行くときも裸足のままということに慣れていて、冬でも外出の際に靴を履き忘れることがあったが、かかとに冷たく突き刺さる氷の感触があって、やっと忘れ物に気づくことがよくあった。

地元の高校で臨時美術教師の募集があり、ＰＫはまだスウェーデン語が初歩だったのにもかかわらず応募してみた。美術に言葉はいらないし、絵なら誰でも理解できるではないかと思ったのだ。市役所の教育課から面接の招待状が届いた。今回は靴を履き、髪も梳いてみた。見事に文明化され、スウェーデン人らしくなったではないか。

面接室に入り、少しでも緊張を隠そうと、呼吸を遅くして落ち着こうとしていた。面接官は部屋の中をうろつきまわり、親指はズボンつりの紐にずっとひっかけたままだった。つま先をかちかちと鳴らし続けているが、言葉は何も発しなかった。ＰＫの緊張は高まるばかりだった。面接官が何をしていて、この行動にどんな意味があるのか、さっぱり見当がつかなかった。そして、突如、面接官が口を開いた。

「で、いままでのあなたのシスラット歴は？」

それまでにスウェーデン語で労働にあたる言葉、アルベタ、それからジョッバという言葉も知ってはいたが、シスラットは聞いたことがなかった。あとになって、この言葉は「占有される」という意味であることを知った。スウェーデン労働省のお気に入りの用語である。これは「仕事」ではなく、「職業」であり、つまり、あなたは働いているのではなく、「キャリアのなかで占有されている」ということだ。

ＰＫが生まれて初めて出会ったスウェーデン人は、野生動物を撮る有名な監督ヤン・リンブラッドだった。一九六八年にティカルパダ野生公園での動物の生態を撮影するために、ジャングルの中にあるＰＫの故郷の村を訪れたのだ。まだ、十代だったＰＫは撮影クルーの小間使いとして使ってもらい、重い撮影機材を野生の環境に運び、カメラを設置して長い電線コードをつなげるプロ集団に魅了された。

ヤン・リンブラッドもＰＫのことを気に入り、ジャングル・ボーイと呼んでくれた。いつも陽気で分け隔てなく、ほかのスウェーデン人と同じように扱ってくれた。

ＰＫはヤン・リンブラッドが四つん這いになって植物の中を歩きまわり、鳥の注意をひくために口笛を吹いていたのを思い出した。実際うまかった。いつも新しいメロディをつくりだして動物の鳴き声を真似しておりＰＫは腹を抱えて笑っていた。

これだ！　ＰＫは面接の最中にひらめいた。面接官がＰＫに口笛は吹けるかと聞いてきた。これなら辻褄があうぞ！　スウェーデンでも口笛が重要なスキルなのに違いない。教師も休憩が終わって授業が始まるときには、口笛で生徒を集めるに違いない。スウェーデンでもそんなふうにやっているんだ。

ＰＫはヨガでやるように深く息を吸い込み、口笛を吹き始め、強烈な音を出した。オレだってヤン・リンブラッドみたいにできるんだぞ、オレもスウェーデン風になれるんだ、というＰＫの強い意志がこもっていた。これでオレも現地の学校で美術教師としての採用が決まりだ。

ところが、面接官は明らかに不満そうな顔つきで、手のひらを上げた。ＰＫはその後これが「やめろ」という意味であることを知った。しかし、その当時のＰＫは、そんなことは知らなかった。インドにおいて、手のひらを上げるのは「素晴らしい、続けてくれ！」という意味なのだ。そこでさらに口笛を続け、音量も大きくして熱意も見せた。

結局、頬がつるまで口笛を鳴らし続けてやめた。面接官があさっての方向を向いた。それから、あらためてＰＫを直視して、これまでの学歴と職歴について一〇個ばかり短い質問をした。それ以上はなかった。そしてドアのほうに歩いていって開けた。ＰＫは書類一式をまとめた。

「ありがとうございました。サヨナラ！」

面接官は硬い口調で言った。ほとんど怒っているかのような口調だった。

面接後、ＰＫは面接官の態度を思い出し、自分を激しくなじった。なんでオレはあんなにあの人を怒らせてしまったのか？　オレにはこの仕事は務まらないのか？　口笛に何か問題があったのか？　それでも面接の数日後、ＰＫはエンゲルブレヒト高校の校長からの電話を受けた。

「プラデュムナ・クマール・マハナンディアさん。明日の朝から臨時美術講師として学校に出勤していただけますか？」

新しい命

周囲の誰もが、あの結婚は長続きするわけがないと言っていた。

あの男がこの環境になじめるはずがない。冬の夜は長く、寒すぎて、人種差別も厳然とあり、スウェーデン流の社交術もあり、遅かれ早かれ破綻するに違いない。

「あんなインドのジャングル・ボーイが現代スウェーデンで生きていけるもんか？」

と噂し合いながら、首を横に振っていた。

「近いうちに、あまりの違いに音を上げてジャングルへ戻っていくに決まってるよ」

だが、ＰＫがインドに帰りたいと思ったことは一度もなかった。

〈心の中では、インドから完全に決別した〉

ロッタがくれた赤と黒の日記帳に、そう記していた。日記帳はすぐに埋まった。そして、もう一冊、また一冊と重なり、スウェーデンでの新しい生活についての驚きを書き連ねていった。最初の一年は、毎晩、ウルヴェンスガタンのアパートにあるカウチで過ごし、日記で新生活における落胆、新しい経験、信用できる人とできない人を縷々書き連ねていた。

秋になり雨がアパートの建物を打つ様子や、冬の太陽に照らされて氷のかけらが光っているところや、春になり暖かくなって初めて窓を開け放ち、鳥のさえずりが聞こえるようになったときの感動なども書いた。すべてを吸収して、考えたことをページに落とし込んでいった。スウェーデン、およびそのカルチャーショックのおかげで、ＰＫはさらに思慮深くなっていった。日を追うごとに彼は、さらにスウェーデン寄りになり、インド的な部分が減少していった。

だが、ロッタは正反対の道をたどった。ヨガと瞑想にはまるようになったのだ。

毎朝、太陽が昇るとマントラを唱えた。ＰＫはマントラが大嫌いだった。単調なあのムニャムニャを聴いていると、せっかく人生のすべてをかけて逃れてきたイヤなものを思い出してしまうからだ。ブラミンどもの権力とか、仲間外れとか、自殺未遂のことだ。そんな感情も乗り越えられるようになってきたものの、それでも文字どおり吐き気を催してしまうことがまだあった。忌まわしい記憶は消して、共存していくしかなさそうだった。

インド文化については、宗教関連でないし、割と好意的に思うところが多いので、まだ折り合いがつけられた。

スウェーデン到着後、ＰＫはインド風の絵ハガキとポスターの制作をして、友人や同僚たちに売った。結果、絵画作品の何点かがスウェーデンの複数の新聞で掲載された。もっとも誇らしかったのが、スウェーデン最大の新聞の一つである「アフトンブラデト」の文化面で一面丸々使って紹介され、しかも、「カブール・タイムズ」と同じように新聞社の一角で展示会を開いてくれることになったときであった。「アフトンブラデト」の記事により、首都ストックホルムでの露出が格段に増えた。

それでも、出生から完全に逃れることは困難であった。本当は自分一人でやる程度のヨガしか知らず、人に教えるなどもってのほかなのに、多くの人からヨガを教えてくれとせがまれた。それも、期待は高まるばかりで、ヨガ教室開催の依頼は増えるばかりだった。ＰＫは言った。

「そもそも私は一度もヨガの講座を受けたことがなくて、知っているのは兄から教わったほんの少しだけなんですよ」

「それくらいならなおのこといいわ」

隣人の期待はさらに高まるばかりだった。地元のコミュニティカレッジが、市で初めてとなる本物のインド人によるヨガ講座を宣伝すると、あっという間に満席となってしまった。しかも、生徒の大半は女性だった。

ＰＫは兄から教わった動きをなぞっていった。大した内容ではないと本人は思っていた。だが、受講生たちは喜んでいて、ヨガにおける哲学的な意味や背景について、いろいろと聞いてきた。本来はロッタのほうが答えるべきだと思うし、本人も詳しい答えなど知らなかった。それでも、不思議なことに、女性たちは、困惑気味で、適当で、洞察もなければ深みもない、ただ若いときに聞いたことがあることの受け売りの答えに、とても満足そうだった。

〈僕はただ笑顔を見せて受け持ちのヨガのクラスを教える。少なくとも仕事の一環だし、お金もらえるから、まあいいか〉

ＰＫが当時の日記に書いた内容である。

ときどき物思いにふけっていると、もし、ロッタと出会わず、ニューデリーで最初の自転車を買うことなく、西へ向けて出発しなかったら、人生はどうなっていただろうと考える。白昼夢の中で恋に落ちることなく「許しのエネルギー」を受けることなく、かわりにずっとインドに居座って、カーストにがんじがらめになったままだったらどうだっただろうとぼんやり考える。おそらく政治家になって不可触民の権利のために戦っただろうな、という結論になる。政治こそがインドにいる彼にとって唯一の武器だったのだから。

そうなれば、インディラ・ガンディー率いるコングレス党の一員として国会議員になったかもしれない。そうすれば、権力者の常として、いつの間にか賄賂を受け取るようになっていただろう。権力は腐敗する。そういうものだ。この誘惑をはねのけて清潔なままでいられる人は、本当にごくごく限られている。

おそらく彼の怒りを鎮めるには、政治の力だけでは不十分だろう。子どものころから復讐への願望が強く、大人になっても引きずっていた。両親は懸命になだめようとしてくれたが、復讐で凄惨な行為に及ぶ可能性はずっとあった。ロッタと出会い、その思いはなくなった。

「許しなさい」

両親がよく言っていた。PKが最後に復讐を考えてからだいぶ長い月日がたった。今は、時に怒りが燃えることがあっても、怒りの対象は鏡の中にいる自分自身だと知っている。

PKはスウェーデン人になりきりたかった。

周りの人たちが、ずっと懐疑的であるという点は無視することにした。友人や同僚がスウェーデンに適応できるか疑えば疑うほど、意地になってなりきろうとした。こういう疑念があったからこそ、スウェーデン化に力が入った。それが前進の原動力になった。スウェーデン語の習得は簡単ではなかった。相手が言っていることは大部分理解できるのだが、PKの発音が問題となった。ほとんどの誤解が発生するのは強調する音節が間違っていたり、違う子音とか母音だったりが原因だった。しかし、毎回間違うたびに決意はさらに強まるばかりだった。絶対に習得してやる！　必ずうまくいんだ、あきらめない限りは!!

スウェーデン一年目のこと、十代の生徒が廊下で近づいてきて、なぜ、先生はインド人女性と結婚しなかったのですかと聞いた。

「そちらのほうがお似合いでしょうに」

「愛に国境はないのだよ」

ＰＫは不愛想に答えてそのまま校庭に出ると、そこにはロッタが迎えに来てくれていた。

今後もこういう障壁を乗り越えていくことになる。その後、ヨンショーピングの郊外にあるムルヤ大学で教員になるための訓練を受け、スキーはクロスカントリーとダウンヒルの両方ができるようになった。タルナビで登山コースも受講して、スウェーデン最高峰の山にも登った。

ボロース最大のスポーツクラブ、エルフスボルグでレクリエーション・リーダーとして職を得て、教会や赤十字でイベントを企画して実施し、シナモン・バンズを好んで食べるようになり、家族所有の馬にも乗れるようになった。

スウェーデン文化として認められている数々の分野で技術や経験を重ね、いつか元来のスウェーデン人が彼をスウェーデン人の一人として認め、たまたま生まれてしまった場所の代表者として見なくなる日が来ることを願った。

ロッタとＰＫは、その後もボロースのアパートで暮らしたが、毎年夏になると家族でロッタの祖父母が所有しているクロクショアスの家族農園に移った。そこで、カリフラワーやジャガイモを育て、森林を散歩して、最終的には森林の奥に永住しようと話すようになっていた。

一九八五年の夏の終わりに、娘エメリーが生まれた。

ほかでもない、八月十五日だ。同じ日、その日の三十八年前に、インドは大英帝国からの独立を宣言した。何という偶然か！

〈今日僕は、いままでにない大きな自由を味わった〉

そう日記に記している。オリッサに残る父親、兄、そのほかの一族も、これを一つの吉兆とみなした。

〈いまやお前のルーツが根強くお前の新しい国に植え付けられたのだ〉

父親がそう手紙に書いてよこし、ＰＫがインドの先祖を完全に忘れてしまわないことを望む、と付け加えてあった。

〈エメリーの命名式の様子をまた聞けることを楽しみにしている〉

と締めくくられていた。

ＰＫは自分のなかに根強く残る宗教への反感を、いったん横に置いておくことを強いられた。もしも、キリスト教での洗礼式にあたるヒンズー教のナムカラナという儀式を行わなければ、インドの一族が落胆してしまうからだ。娘が生まれて十一日後に、ＰＫとロッタはヒンズー教の伝統に従い儀式を行った。スウェーデン側の一族を集め――ＰＫのインドの家族は旅費が高すぎて参列ができなかった――、夫妻はまだ生えたばかりのエメリーの髪を剃り、ＰＫが、父親が贈ってきた吉兆を示す名前と敬称を音読した。

〈スウェーデン側の親戚は、この儀式に興味を示していなかった。エメリーの剃られた頭を、

まるで強制収容所の受刑者を見るかのような目で見ていた〉

そう日記には綴られている。だが、三年後にエメリーの弟にあたるカール・シッダールタが生まれるころには、スウェーデン側の親戚も、この奇妙なインドの儀式に慣れたようだった。

補助教員として数年働き、移民向けのスウェーデン語講座も完了して、それ以上の段階に進み、ＰＫはニューデリー美大の成績証明書をスウェーデン国家教育委員会に提出して認可を求めた。スウェーデン教育機関はこの資格を認め、彼はエンゲルブレヒト高校の常任美術教師として働けるようになった。

毎学期が始まるたびに、ＰＫは椅子やベンチをすべて取り払い、生徒たちに床にあぐらをかいて座るように指示する。そして、生徒たちに、自分は一人の大人であり、責任も負っていて、良心もあり、教師としての権威もあるが、一方で生徒たちと同じ、子どものような部分もあることを伝える。ジャングルの鳥や動物の鳴き声を真似し、背中を床につけて足を浮かせてバタバタさせることもある。リビングルームで毎朝ヨガの一環でやっているヘッドスタンドもやってみせる。子どもたちは笑いだし、教師が自ら笑いの種を提供していて、必ずしも怖がる対象ではないのだと知る。

生まれてすぐ、コブラが屋根に穴の開いた家で、かごに入れられていた自分を守ってくれて、ボロースまでの長旅でも保護してくれた。そして、いまもスウェーデンでの新生活で守り神になってくれている。

エンゲルブレヒト高校の生徒が、イタズラをして、校長や教師の車のガソリンタンクへ砂糖を入れることがあった。しかし、ＰＫの車だけは難を逃れた。誰もＰＫの白いボルボ２４２にだけは触れなかった。不良たちの間で、ＰＫは車のトランクにコブラを隠し持っているという噂が駆け巡っていた。

「インド人の車にだけは触れるな。噛まれるぞ！」

生徒たちの前でＰＫは立ち、いつもかつて自分が子どもだった頃、小学校でずっと同級生や教師に不可触民だということでいじめられたことを思い出す。あんな大規模な組織的いじめがスウェーデンには存在しないことは知っている、だから、安心していた。

だが、ボロースですら、小規模のいじめは発生していた。ＰＫはスウェーデン人の子ども同士で嫌がらせをしているのを目撃するといつも制御できないほどの怒りをあらわにした。

ある日、学校でもっともよく知られていたいじめっ子の一人が、よりによってＰＫの目の前でいじめ行為をしたことがあった。そのときのＰＫの反応は辛辣だった。まず大声で吠えた。スウェーデン語が英語になり、さらに幼少時代の母語、オリヤー語に戻っていった。スウェーデン人の子どもたちには到底理解できないし、説明もつかないほどの激情に駆られていた。強烈な怒りの原点は、アスマリックの教室で体感した理不尽であり、それが再びスウェーデンの学校の教室で大爆発したのだ。

「すぐにひざまずけ！」

思い切り怒鳴った。それからオリヤー語の言葉が続いたが、もちろん、ＰＫ本人以外誰一人理解できるはずもない。

　このとき初めて、問題のいじめっ子が教師に従ってひざまずき、ＰＫの言葉はいっさい理解できなかったにもかかわらず、意味を感じ取ることができたようだった。少年は頭を下げてずっと床を見ていた。恐ろしくて身動きすることすらできなかった。ＰＫは授業中ずっとその姿勢にさせたままで、敗残兵としての恥辱を与え続けた。

　生徒に三十分以上ひざまずくよう命じるのは、スウェーデンの教育制度においては認められない懲罰である。ＰＫもその規定については知っていたが、あの日に限っては、そんなことは気にしなかった。幼いときに痛感した脆弱さは、いまも生々しく残っていた。長い間、表面に浮かんでこなかった憤怒がついに姿を現したということだ。あれはやりすぎだったとその後、自らを恥じた。

　だが、数年後、このときのいじめっ子が、一人の大人として電話をしてきた。酔っぱらって泣いていたが、ＰＫに感謝の言葉を贈るために電話したのだ。その後、同じ元生徒から手紙も届き、〈あのおかげで、私の中に巣食っていた悪魔が引きずり出された〉と書いてきてくれた。その後、被害者側の元生徒からも、あの一件が転機になったとＰＫに感謝の言葉が届いた。

「あれ以来、私の目が届く範囲でのいじめはいっさい発生しなくなったよ。誰もが怖くてやろうとしない方法で思考と行動のパターンを断ったからね」

　本人談である。

湖畔の風

クリクショアス農園で、初めてあのアネモネの花を見てから三十五年がたった。サケン湖のほとりを歩くと、風でモミの木が揺れ、子どもたちの笑い声が湖の反対側から聞こえてくる。彼はこういうスカンディナヴィアの森林が大のお気に入りだった。公園にある白い椅子に座り、足にはケシやヒナギクの花をつけた黄色い草が当たりながら、あらためてスウェーデンでの生活を思う。

すでに人生の大部分が過ぎた。ロッタがいなければ生き延びることは不可能だったと思う。現在は、早期退職制度を利用して、絵を描く時間を確保している。現役教師時代は、ボロース市中心にある小さなアパート内のアトリエにこもって絵を描く時間はほぼ皆無で、森林の中で、黄色の木造の家に永住してから、やっと時間を確保できるようになった。学校にいるときは、各生徒に関する長文のレポートを書き、新しく導入されたコンピュータに打ち込まなければならなかったため、自由時間が皆無だった。この変革を口実として教師業の引退を決めた。

朝食時間の何時間も前から起きており、皮肉にも、インドからの新移民として無理やりやらされたヨガが、いまは欠かせない日課となっている。ジンジャーティーが自宅の画廊に用意されていて、朝食をすませる。メニューはたいていマサラオムレツと焼いたパンだ。湖の近くでは陽が昇るのが早く、子どもたちもその時間にはもう目覚めている。

エメリーは、マーケティングに主眼を置いてファッションマネージメントを学び、これから実社会に出ようとしているところだ。コペンハーゲンでインターンを経験し、ロンドンの市場調査に従事し、春をムンバイで過ごして、つい最近、オリッサを訪れて現地のイカット・スカーフのデザインを専門とする芸術家数人と契約を交わしてきたところだ。

カール・シッダールタ、通称キッド・シッドは、十代のころからＤＪとしてスウェーデンおよびヨーロッパ全体をツアーでまわっている。十六歳のときにはＤＭＣ　ＤＪ選手権で優勝もしている。こうして稼いだお金で、ヘリコプター操縦士の免許もとった。将来の夢はインドでプロのヘリコプターパイロットになり、もっと言えば、オリッサ州でアクセスが困難な地域に政治家やビジネスマンをヘリコプターで送り込むことだ。子どもたちは二人とも父親の祖国に強い愛着を抱いている。

子どもたち二人が初めてインドに触れたのは、エメリーとカール・シッダールタがまだ小学校に上がる前に、いとこのランジタがアスマリックからボロースに訪ねてきたときだった。

エメリーから見ると、このインド人のいとこは非常に奇異な存在に思えた。もう十代半ばにさしかかっているのに、まだ、ナイフとフォークの使い方を知らなかったのだ。幼いスウェーデン人の二人姉弟にとっては、それだけで十分に衝撃的だった。

その翌年にＰＫとロッタの夫妻は、初めて子どもたちをインドに連れていくことにした。

ＰＫはどんな展開になるかいろいろと不安だった。移民向けスウェーデン語講座において、自転車に乗る子どもは必ずヘルメットをかぶらなければならないと教わった。スウェーデン人にとって安全確保は石に彫り込まれているのと同じくらいの金科玉条なのだ。

そこにはインドの「どうでもいい」メンタリティが入り込むすきはなく、これからはずっとスウェーデンのヘルメットをかぶらなければならないのだ、と強く思った。インドで自転車に乗る計画などなかったが、それでも荷物の中にヘルメットを入れておいた。インドは危険な場所だから、という父親としての認識からだった。

エメリーは文字どおり、青のスタイロフォームのヘルメットをずっとかぶっており、小さな街でも大都市でも、いとこたちと野原や泥道で一緒に遊ぶときも同じだった。アスマリックの村人は今まで一度もヘルメットなるものを見たことがなかった。

「こんにちは、お嬢さん」

そう言いながら笑いつつ、指でヘルメットをつついた。五歳のエメリーはおかんむりだった。

「何が起きるかわからないもん」

エメリーに「ヘルメットを脱いでいいよ」とPKが言うと、そう反論されてしまった。ヘルメットは汗臭くかゆくなりそうだった。

ある夏の日に、PKは客人用に建てた小屋のすぐ外にある庭で、しつこくつきまとうハエをはらいながら考えごとにふけっていた。

インドについて何も知らないスウェーデン人に、あの不条理をどう説明すればいいのか。考えてみてください、とまず切りだし、貴族と聖職者が社会の重要な地位をすべて独占してしまっており、どちらにも属していないあなたは、どこに行っても排除されるのですよと。最初は

第四章　帰宅

気さくで受け入れてくれていた人たちが、いざ、名前を告げたら去って行く事態を想像してみてください。もしも、スウェーデンの司祭がそういう特権を握っていて、教会の壇上に立ち、下々はどこかに行けとがなり立てながら信仰を強制してきたらどう思いますか。そこにひざまずけと命じられ、加えて小石や砂を投げつけられ、逃げて家に駆け込んで扉をバタンと閉めてカギをかけるまで、悪夢が続く感覚がわかりますか。こういう悪夢のような経験が毎日のように、何年も続くのですよと。法的には誰もが平等と保証されていて、差別は違法だと規定されているのにもかかわらずやられるのですよと。

それから彼はインドとスウェーデンの両方の新聞で紹介された、ひどい差別を受けた低カースト出身の女の子のことを思う。彼女は犯罪ギャングの頭となり、ギャングの女王となり、かつて、自分を凌辱した連中に血の復讐を決行していく。投獄されるが、その後、釈放されて国会議員となり、自伝の書籍と映画のおかげもあり、インド全体、いや全世界でセレブとなった。それでも、最終的には、彼女が復讐した男の親戚により殺害された。彼女は復讐を果したが、その相手からまた復讐されたのだ。

「目には目を」を貫いていくと、こういう事態になる。憎しみが続けば、さらに血が流れるだけだ。報復は痛みを引き延ばす。いや、結局のところ復讐は誰の得にもならないと、ＰＫは刈ったばかりの芝の香りをかぎながらしみじみと思うのである。

そよ風が優しく近場にあるカバノキの葉をゆらしている。湖を見渡すと、水面にもかすかな波が広がっている。

ＰＫがまったく理解できないのは、なぜにインド政府がカースト制度を完全に非合法化し、歴史書に押し込めてしまわないのかということだ。

もちろん、カーストに基づく差別は表向き違法となっている。そして、低いカースト出身者には法的に割り当てとか優遇が与えられており、多少有利になるようにはなっている。

だが、本当に必要なのはカーストそのものの禁止だ。

イングランドにおいては、はや一一〇二年には、ロンドン市の政策を左右していたカトリック教会が、奴隷制と農奴制を厳しく非難しており、スウェーデンでも一三三五年にマグヌス・エリクソン国王により、奴隷は違法だと宣言されている。インドの不可触民は奴隷とは違うが、中世ヨーロッパで農奴が教会の敷地に入れなかったのと同じく、いまだにヒンズー教の聖職者には不可触民が寺院に入ることを拒む者が残っている。不可触民は純粋で聖なるものを汚す存在であると、いまだに多くの人たちが思い込んでいるのだ。

こういう、いまだに残る不正義に思いを馳せるとき、ＰＫは怒りに震える。大英帝国統治下で育った祖父は、普通にヴィクトリア・ヴァーナキュラー・スクールに通い、少なくとも高いカースト出身の同級生とまったく同等に扱われていた。

だが、独立後の解放されたはずのインドで生まれ育ったＰＫは、教室の外のベランダに座らされ、同級生から物心ともに切り離され、考えうるかぎりで最悪の形の差別をずっと受け続けた。

「あれこそ集団いじめの究極の形だった」

一人つぶやいて湖沿いの道を歩き、松の木の間を抜けていく。

第四章　帰宅

太陽は先ほどまで雨で濡れていた小さな村一つ全体を照らし出している。眠くなるほど静かな森林の中を散策し、大きな岩の周り全体を柔らかくて湿っぽい苔が覆っている姿を目にする。まるで、誰かが巨大な緑のブランケットを大地のすべてにかけ、スウェーデンの伝統菓子プリンセスタルト、つまりはお姫様のケーキを、自然のなかでつくりだしてしまったかのようだ。

背が高いモミの木がＰＫの頭上を覆っている。

小川のせせらぎに浮いている石から石へ飛びはねて渡っていく。川の向かい側に渡り長い草で銀色に輝いている水のしずくをはらってやる。長く、滑りやすい歩道橋が湿地の牧草地にかかっており、そこからは木の連なりが途絶えている。そこには湖があり、今日も穏やかで光り輝いている。竹ひごを倒して遊ぶゲーム「ミカド」で倒されたかのような大木の幹が湖畔の砂浜に転がっている。水は濃い茶色で、まるでコカ・コーラのようだ。

「今日もいい天気ですね」

小屋に戻る途中の砂利道で、近所の人と出会うことがあればそう声をかける。

それからＰＫは毎回、インドで故郷の村を訪れるときに感じる愛憎半ばする矛盾した感覚について考える。数年前のことだが、オリッサの州議会議員がＰＫ、ロッタ、二人の子どもを送迎するために、州都から故郷の村までヘリコプターを手配してくれて、しかも、英雄の凱旋ということで村人全員が集まっていたことがあった。不可触民の少年だった男が成功して帰ってきたと、ＰＫを一目見ようと崇拝者たちが一堂に会していた。

そのときの思いは感無量という言葉程度では到底表せない。かつて、自分に石を投げたブラミンの娘たちが、文字どおりひざまずいてPKの足に触れ、マリーゴールドの花輪を首にかけてくれてからひれ伏した。だが、いまでこそブラミンたちが自分を崇めているのかもしれないが、滞在中は決して権威を傷つけないように最大限の注意を払った。そうしないと、スウェーデンに帰国したあとに面倒なことが起こる恐れがあったからだ。

兄のプラモッドは、ボカロで鉄道会社のマネージャーとなって成功し、政府の割り当て命令に従い、数人の不可触民を部下として雇い入れていた。ところが、ある日、自宅バンガローの床に倒れて亡くなっているのが発見された。召使いの一人が、時を経てだんだん白くなっていった顔を見下ろした。口角には、青い泡が浮き上がっていた。

自然死が警察の検死結果だった。だが、家族と友人の全員が疑っていた。つまるところ兄は、ブラミンの権威に強く反抗しすぎて殺されたのだというのが身近な人たちの結論だった。新しくできた反差別法に忠実に従った公務員は、高いカーストの連中にとって目障りだったのだ。あいつらは間違いなく毒殺した。そして、犯人は、それが誰であれ、いまも自由なままだ。

PKは湖畔に降り立ち、湖から平で丸くなった小石を掬いあげる。

いまでも毎回お香の匂いを嗅いだり、ヒンズー教寺院で流れる音楽を聴いたり、サンスクリット語で読み上げられるお祈りやお経が耳に入ってくるたびに、文字どおり悲しみと吐き気が襲ってくる。だが、そういう状況に置かれても、いまの彼には武器がある。

こういう感覚は、所詮、流れる雲のようなものでしかないという確信だ。どうせ近いうちに風が吹いて雲は吹き飛んでしまうのだ。そんなことを思いながら、大気を思い切り肺に吸い込む。

そこにはきれいな水と葦の香りが含まれている。そして、反対側の湖畔から聞こえる水しぶきと子どもたちの笑い声に耳を傾ける。森林はいつも気分を落ち着かせてくれる。うっそうと茂る木々があり、松の針が伸びていて、苔があり、ツゲの木が生えていて、ずんぐりとしたブルーベリーも実っている。

これこそ、ロッタと私のための王国だとPKは思うのである。

秋が来るとボロース全体を雨が濡らす。

PKはゴムブーツを履き、森林の中で木の枝から雫が落ちてくる場所に入り込む。この雫が苔(こけ)を育て上げている。こういうときに、PKは自分の記憶がいかにあやふやなものかを痛感する。インドでの生活と、スウェーデンまで自らを運んだあの自転車大旅行は、まるでもう一人のPKがやったことのような気さえする。最近は可能な限り家にこもり、小屋の中にあるアトリエで絵を描き、たまに森林へ散歩に出て、チェーンソーを使ってほんの少しガーデニングをしたら、また自宅に戻って湖を眺めるという日々を送っている。

PKは数年前にロッタの親族、つまりはフォン・シェドヴィン一族を前に行ったスピーチを思い出していた。会場はスウェーデン貴族にとって記念の場所ともいえるストックホルムのリッダルフセットだった。PKは、ダークブルーの襟なしスーツと砂色のインド製シルクシャツを着ていた。口ひげは染められ、髪も真っ平に整えられていた。

いままでにも、自分の人生を講演で語ることは多々あった。研究グループや学校で、公務員、地元の親睦会や年金生活者向けクラブでもさんざん話してきたが、今回は、貴族たちの集まりということで、普段よりも緊張していた。いかにも高貴そうな雰囲気で、高級な絵が飾ってあり、鎧兜があったり、手塗りの陶磁器(チャイナ)が並んだりしており、自分の存在がいかにも無意味でちっぽけに思わされた。

それでも勇気を振り絞り、壇上でマイクの前に立ち、自らの幼少時代を話し始め、ジャングルやゾウの話、ヘビと寺院の物語、そして、もちろんカースト制度について話していった。この機会を通じて、インドのカースト制度とスウェーデンの階級構造について比較をしてもらいたかったのだ。司祭、戦士、商人、労働者、とインドでは言う。貴族、聖職者、市民、農民とスウェーデン人は言う。

それからあの予言について、ロッタと恋に落ちてスウェーデンまで自転車で旅をした話をした。運命、愛、そして長旅の話。

「私には自分の人生の方向性を決める力はなく、それはあなた方、聴衆の皆さんも同じです。しかし、私を見てください！　すべてが予言どおりの人生となり、これは父親や教師、ほかの誰かが計画したものではないのです」

それでもPKは人間の自由意志の力を信じており、運命は単なる枠組みでしかないと考えている。予言者が語れるのは人生の外枠の部分だけだ。彼の母親、カラバティが希望をもたせる言い方をいつもしてくれていた。

「誰も永遠に不可触民であるはずがないし、どんなに高いカーストの人でも、誰が寺院に入れるか入れないか、儀式を行うか行わないかを永遠に決め続けることはできないのよ」

それから、インドにはすでに身分差別を違法とする法律はできあがっており、かつ低いカーストの人たちが教育や就職の場面で一定数優先される仕組みもできあがっているのだが、本気でカースト制度を撲滅するには、まだまだやらなければならないことがあるのだと語った。

「完全禁止！　それしかないのです」

演説の機会はその後も多く続いた。そしてインド・ブバネシュワルのウトゥカル大学から連絡があり、名誉博士号を贈りたいとの申し出を受けた。断ることはできなかった。認められて嬉しかったし、誇りにも思えた。

幼い頃、あいつらはオレを泥の中に蹴りいれた。そんな同じ人たちが、着飾った私に花飾りをつけてくれている——ＰＫ本人が運命の変転に驚くばかりだった。不可触民出身者が名誉博士号を受け取れるということは、これだけ世界が戦争と悲劇に満ちあふれていても、まだ多少は進展をしているという証明ではないのか。

再び、ダークブルーのスーツを着て、深呼吸をしてから演壇に立った。当たる照明は熱く、汗がおでこを流れ、何百人もの目が一心にＰＫを見つめていた。花束を贈られ、金の縁取りがされたオレンジのケープを肩にかけられた。名誉博士号授与スピーチは、これでもかというほど、大げさな賞賛を散りばめたインドの伝統にのっとったものだった。

「かつての私は、いまのようにずっと幸せというわけではありませんでした。若かった学生時代には、何度も自らの命を絶とうとしました。毎日食べ物を確保するのに必死で、いつも空腹でした。すべては私たちが育つ家族の中で始まります。もしも、家族が機能していなければ、社会が機能することはできません」

そう言ってから祖父の教えを引用した。心に高潔さがあれば、家庭は円満となり、円満な家庭が社会に秩序をもたらし、社会の秩序が地球全体に平和をもたらすのだ、と。

そして、オリッサの人々から夢や可能性を示されなければ、ここまで遠く――スウェーデンの森林の中にある黄色い家――にたどり着けなかった、とお礼も付け加えた。

「私に感謝するのではなく、自分自身に対してありがとうと言いなさい」

と、いまは亡きスウェーデン首相、オロフ・パルメの言葉を引用した。

解放

ある雪が降る十二月の朝、ロッタ、エメリー、カール・シッダールタと私は、イェーテボリから飛行機に乗った。

私たちはかつてのアスマリック王国を訪ねるのだ。雪で白くなったデンマーク、赤銅色の屋根が並ぶウィーンの上空を超えていく。イランの乾燥した大地も超え、約三十年前にあれほど自転車で苦労して今飛ぶのと反対の方向へ走破したアフガニスタンの山脈上空も超えていく。

我々はガンジス川が流れる太陽に照らされた平野も超えていった。

かつてあそこを横切る線路の上を走る列車で私は故郷の村を離れ、飛行機はベンガル湾で旋回する前にジャングルの暗闇も超えて行った。ベンガル湾沿いにはブラック・パゴダがあり、太陽の神と奇跡の車輪が寺院に祀られている。ついに、私は生まれ育った大地に戻るのだ。

私たちは車を借りてボコボコの道をたどり、デンカナルとアングルの商店街も通り抜け、主要道路を抜けると、そこからはさらに狭く不便なジャングルの中の道路に入っていく。私の少年時代にまさに逆戻りする道路だ。

私たちはオーケストラの演奏とともに村へ入る。八人の男が私の運転する四輪のシボレー車の前に出てくるので、ひいてしまわないように、ゆっくり這うようにして前に進む。前回訪問したときにもまったく同じように歓迎を受け、そのときも同じ旋律で、同じドラム、クラリネット、チューバだった。村人が大通りに並んでおり、我々が通ると手を振ってくれる。

私たちが過ごすのは山と川の間にある一軒家だ。両親がすでに亡くなり、私が育った家もとうの昔になくなっているため、新たに建てた家だ。ここで私たちは慈善事業に取り組んでいる。水源の確保とか、女性の社会進出を援助する学校や活動センターとして使える施設だ。

私はいま、自分の事業がたとえ大海の一滴だとしても、私自身ほど幸運に恵まれなかった人たちを助けたいと考えている。やるべきことはあまりにも多い。多くの人が毎朝家の前に列をなし、私の助言を求めに来る。

私たちがマハナディ川に降りていくと、川岸では女性が洗濯をしており、水牛や牛が膝の高さまでつかって小さな波を立てており、突き出た砂岸でワニがひなたぼっこをしている。村からは老若男女を問わず、子どもも含め多くの人たちが行列をなして私たちの後ろをついてくる。

私の個人ボディガードは、黒の軍服にベレー帽を被って私の隣に座っているが、彼を派遣してくれたのは州政府だ。

そんな列の中にいる一人は村の詩人で、自らの杖を持ち上げて神への祈りを捧げるブラミンである。「ハリ・ボル!」そう言って笑うが、歯はガタガタで長年ベテルナッツを嚙みすぎたせいで真っ赤だ。つまりはブラミン一人と兵士一人、二人のボディガードが、私についているというわけだ。人として望みうる最高の警護といえよう。

このブラミンは祈りの儀式、つまりは笑いと「ハリ・ボル!」を一九六二年から毎日続けていたが、病気になってからはしていなかったとのことだ。神はこの献身ぶりに報いたということか。だが、カール・シッダールタはすぐに単調なチャントの繰り返しに飽きてしまい、この古老に新しい祈りの言葉、つまりイェーテボリの強い訛りがあるスウェーデン語の「ヘイ・ユー!」という叫びを教えてあげた。

川に向かう途中で、このブラミンが私たち一家を家に招いてくれる。そこでは暗闇の中、ほかのヒンズー教徒家庭と同じく一台の祭壇を立てていた。だが、そこにはよくあるシヴァ神やヴィシュヌ神の代わりに、私とロッタが一緒に写る写真が飾られていた。

私たちは立ちつくしたまま、このブラミンがひざまずき、両手をあげて写真を崇める様子を間近に見る。

私がロッタを見ると、彼女は首を振りながら笑顔を見せている。私たちはもはや自分の目が信じられなくなっていた。

PK and Lotta

英語版著者あとがき

ジャーナリスト、作家　ペール・アンデション

PKが言うとおり、インドのカースト制度とは表向きはそれほど理解に苦しむものではない。深入りしていくとインドの市場のように混乱していて無数の区別とさらに細かい分別がありわけがわからなくなるのである。

インドのカースト制度とは

カーストという言葉自体はポルトガル語の「カスタ Casta」、つまり「人種、血統、先祖」という言葉からきており、このポルトガル語の単語はラテン語の「カスト Casto」つまり「純粋または高潔」という言葉からきている。インドの諸言語にこれとぴったり当てはまる訳語がないのだが、しいて言えば、varna（ヴァナル）とjati（ジャティ）の二語が近いといえよう。この二つの概念はカースト制度のなかにある異なる社会的特性を表している。

ブラミンの経典である『リグ・ヴェーダ』などによると、サンスクリット語でVarnaとは「色、タイプ、秩序」といった意味があるという。ここでの色とは各個人の肌の色のことだ。歴史的には堅固な階層として四つの主なヴァルナがあった。頂点に立つのがブラミン（教師、知識人、聖職者）で、次がクシャトリヤ（戦士と統治者）、次にヴァイシャ（貿易商、商人、職人）、それから最後にシュードラ（労働者、召使い）だ。

一部の人はこのヴァルナシステムにすら入ることができず「不可触民」とされ、現在は「ダリッ

ト」と呼ばれることが多い。この人たちは今に至るも社会から疎外されている。

Jatiは出生に関連づけられておりほとんどの場合職業によって決まる。ジャティは四つのヴァルナのどこかに属しており、この時点でPKの西洋人の友人は両手をあげて降参し、会話の題材を変えてしまうのである。そこには何千ものジャティがあるからだ。この複雑に入り組んだ社会的集団が明確な理解を妨げるのである。

PKが触れているRigvedaとは、古代インドでリグ・ヴェーダの神々に捧げるサンスクリット聖歌を集めたもので、そのうちの一つがプルーシャ、つまり「宇宙な存在」である。宇宙全体に存在するあらゆる生命体と非生命体のすべてに住みついており千個の頭、眼、足があるとされている。

PKが所属している不可触民またはダリット・カーストは、伝統的に不浄とされていた職業、たとえば皮革関係、畜肉、動物の死体処理、ゴミや排泄物の処理などに関わっていた。社会の枠組みから外れており、社会生活からは排除され、肉体的にもコミュニティのほかの人たちからは切り離され、寺院や学校への立ち入りも禁じられていた。PKが言うとおり、不可触民とは、生まれたその瞬間からのけ者であり、法の外に置かれ、家もなく、どこにいっても望まれない客であり、運命のいたずらで人扱いされないということになっているのである。

インドのカースト制度は古来から存在するが、ブリティッシュ・ラージ（大英帝国統治時代）が分割統治の一環としてカーストの組織を法律で追認し、問題が深刻化した。一八六〇年から一九二〇年の間に、大英帝国はインド人をカーストごとに分け、官僚機構の上の部分を上位カーストに提供した。しかし、一九二〇年代の抗議運動により植民地支配者側は公務員の職のうち一定の割合を低いカーストにも提供するようになった。

ブリティッシュは、全体としては、不可触民を人でなしとか不潔であるとかはみなさず便利な労働力として活用し、軍隊に動員した。ブリティッシュ・ラージの時代において不可触民はある程度の慈悲ある扱いをうけ、かつての酷い待遇からは解放された。ＰＫの家族がこの時代を謳歌したのはこういう背景からである。

それでも、マハトマ・ガンディーは英領インド全体で（訳者註：現在のパキスタン・バングラデシュを含む）不可触民解放運動を大々的に展開し、彼らのことを「ハリジャン」（神の子ども）と呼んだ。彼は全インド反不可触民差別連盟を設立し、週刊新聞「ハリジャン」の刊行も始めた。それから一九三三年十一月から一九三四年八月にかけてハリジャン・ツアーを敢行し、社会の最下層、もっとも抑圧された人々に応援のメッセージを送った。

しかし、不可触民に対して一見響きがよさそうな「ハリジャン」という新しい名前をつけたことにより、多くの人はガンディーこそが差別を悪化させたという見方をしている。「耳への攻撃」を取り除いただけで、それ以外はほとんど変わっていないということだ。最近ではこのハリジャンという単語はむしろ軽蔑とか侮辱に近い用語ととられている。ＰＫ自身もこの言葉を嫌っており、本当の両親を否定されているような気になるという。

その後不可触民は、一九三五年の新インド統治法、その後、一九五〇年のインド憲法で「指定カースト」「指定部族」と呼ばれるようになった。憲法において改めてカーストに基づく差別を禁止し、指定カースト・部族に対して公務員職と進学において一定の割合を確保して優遇することを明記した。不可触民保護法（一九五五年）により指定カースト出身者に対する出自を理由とした差別に対する懲罰も明記された。

こういった法的整備にもかかわらず別々のカースト同士は厳然と存在し暴力や敵対行為も続き、この状況は田舎に行けば行くほど深刻になっている。二十一世紀初頭に入っても、指定カーストまたはダリットと呼ばれる人たちはインドで約一億七千万人存在する。

最近の人権団体の声明では次のように報告されている。


カースト及び出自による差別を終焉させようとする尽力にもかかわらず、実態は法と政策の実行が不十分なこともあり差別は厳然と残っている。該当するコミュニティは現在も厳しい制限を受け、資源やサービスや発展に享有する機会も著しく限られており、大部分が今も深刻な貧困の中に暮らしている。インドにおいてダリットに対する虐殺や暴力は二桁のパーセンテージの増加を続けており、加害者が無罪評決を受ける確率は非常に高いままである。被害者への攻撃は残酷かつ非人間的なものであり、内容としては集団レイプとか最近でも二人の子どもがインドのハルナヤ州において生きたまま焼かれたという事例もある（二〇一六年の報告書）。


ＰＫはカーストを、ガンのような深刻な病気であり、差別は表面的な現象でしかないと考えている。我々は症状ではなく病原（問題の根源）に注目して対処しなければならないのである。そのために有効な薬となるのが愛であり思いやりである。

サンスクリット語において、単語「ダリット」は「抑圧された、潰された、粉々にされた」という意味である。立法府にできることは限られている。ＰＫが言うとおりである。

「法律とは執行されなければ何の役にも立たない。古代の偏見がいまだに人々の思考へ岩のようにへばりついてしまっている。変化は一人ひとりの内面、心から始まらなければならない」

解説

ノンフィクション作家　大谷幸三

この物語の主人公であるインド人のＰＫは、自転車でインドからヨーロッパへと旅をする。恋に落ちた女性を追って。一九七七年のことだ。これは当時とても珍しいことだった。

私はＰＫがたどった道を、逆にヨーロッパからインドへ、一人で旅をしたことがある。一九六九年、私は二十一歳だった。

今想像すると、危険に満ちた命がけの冒険のように思えるかもしれないが、ＰＫの物語からもわかるように、当時の中東は平穏だった。危険といえば、食あたりやコレラなどの病気が主なもので、治安上の不安を覚えることはほとんどなかった。

当時、ヒッピーと呼ばれた若者たちが大勢この道をたどっていた。彼らのほとんどがローカルバスを利用していたが、なかにはヒッチハイクの者、車やバイク、自転車で長旅に挑む者もいた。変わり種では、アフガニスタンに入国してすぐ馬を買い、山岳路を横断して出国前に売る、という二人連れのオーストラリア人がいた。とにかく人の流れに乗っている限り、町から町へと渡っていけた。

当時、トルコからインドまでの間のいくつかの大都市を除けば、まるで映画のシーンに迷い込んだような気分を味わえた。バス・ターミナルにはバザールがあり、隊商のラクダがたくさんいた。市内の物流を担うロバやラバ、二輪馬車を引く馬が行き交っていた。広場には茶店や安宿が並び、食事、宿泊には不自由しなかった。

宿はオンドルのような暖房が効いた土の床にごろ寝することが多かったが、数人相部屋のドミトリーに泊まることもあった。一泊どれくらいの金額だったかは、もう記憶にない。毛布を背負って、私がアフガニスタンのカンダハルに着いたときには、日が暮れていた。到着したときは無一文で、カンダハルの有力族長への紹介状を持っていた。翌朝、彼を訪ねることに決めた。とりあえずバス停前の茶店で夕食をとり、焜炉の火のそばでその夜は寝た。茶店の主人は、私が日本から持っていった爪切り一つで支払いに代えてくれた。

いろいろ中東の古い事情を書いてきたが、いったいＰＫの旅のどこが珍しかったのか。

当時、このルートを移動する旅行者は、欧米からの白人に、少数の日本人が混じっているだけだった。ヨーロッパからインドまでの旅の途次、私が出会った例外は、タイ人とカナダから来た北米先住民の若者各一人の合計二人だけだった。アジアの国々から人々が大挙して海外旅行に出かけるようになるのは、三十年ほどあとのことである。

それだけではない。当時、一般のインド人が、陸路スウェーデンを目指すには個人の力ではどうにもならない障壁があった。まず、隣国のパキスタンに入れない。ＰＫのように幸運に恵まれ、空路アフガニスタンのカブールまで飛べた者は例外だ。

ビザも問題だった。欧米人や日本人には簡単にビザを発給する中東諸国も、インド人には厳しかった。インドはイスラム教の国、パキスタンと対立し戦火を交える国と見られていた。当時、トルコ、イラン、パキスタンでは、これら三国の国旗から腕が伸び、互いに手を握り合っている図柄のポスターをよく見かけた。

なんとかトルコを抜けることができても、まだ困難は続く。ブルガリア、当時のユーゴスラビアは比較的寛容で、ビザの取得も自転車での通過も容易だった。これは、このあたりをインド人の友人と旅行した私自身の経験だ。

問題は西ヨーロッパ諸国にあった。国境では陸路を徒歩や自転車で通過する者を厳しくチェックした。滞在するのに十分な現金かトラベラーズチェックを持たない者は入国を拒まれるのが普通だった。理由は現代にも通じることだが、違法な就労の可能性があったからだ。スウェーデンへのゴール直前、ＰＫはノルウェー人女性の好意によってこの問題をクリアしている。

ＰＫの旅は幸運に満ち満ちている。旅だけではない。彼がインドを出るまでの二十数年も、いくつもの幸運が彼を導いたように見える。

彼はインド、オリッサ州で不可触民として生まれた。不可触民という呼び方は、今のインドにはない。確信はないが、この呼び名は、英語のアンタッチャブルの訳語ではないかと思う。彼らはかつて、チャマールと総称されていたが、今は法律用語でも日常語でも、ダリットである。インド国憲法の付表（スケデュール）に記載されているカーストという意味でスケデュールド・カーストと呼ばれる。ＰＫの母は少数民族に属するからスケデュールド・トライブである。

不可触民や少数民族というと、社会の底辺に押し込められた少数者集団を思い浮かべがちだが、実際はそうではない。差別や蔑視の理不尽さ、残酷さはＰＫが書いているとおりなのだが、彼らの社会は非常に大きい。二〇〇六年出版の『Land & People of India.Vol.21 Orissa』によれば、州全体の人口が三六八〇万人。そのうちスケデュールド・カーストが六〇八万人。スケデュールド・トライブは八一四万人。オリッサ州では、実に人口の約三八パーセントが生まれながらにして抑圧され、差別されている。

スケデュールド・カースト、トライブの人々に発行されるカースト証明書をＰＫも受け取っている。そこに記載されたＰＫのサブカースト、パンの人口は約一〇〇万人。オリッサ州のダリット最大のグループである。ＰＫが受けたような差別が、どれほど広く行われているか想像できる。

そうした境遇からＰＫは、ニューデリーの美術大学へ進学する。当時としてはきわめて異例のことだったと思われる。ニューデリーでの彼の幸運の第一は、この町の中心であるコンノート・プレイスにインディアン・コーヒーハウスがあったことだ。

コンノート・プレイスは、ブリティッシュ様式の白亜の建物がぐるりと周囲を取り囲んだ大きなロータリーである。建物はゆったりした回廊を備え、回廊に面してレストランや高級店が並んでいる。ロータリーの中は芝の広場である。広場には噴水や木立があり、一画にオープンエアの大きなコーヒーハウスがあった。これがインディアン・コーヒーハウスである。ＰＫはここで絵を描き、生活費を稼ぎ、著名人と知り合うチャンスも得た。

私はデリーに滞在すると、必ずこのコーヒーハウスを訪れた。それこそ無数の、さまざまな人間がコーヒーハウスに満ちていた。学者、医者、学生、占星術師、失業者、欧米からのヒッピー、外国人にインチキ商品を売ろうとする者たち。彼らは安い一杯のコーヒーで何時間も議論した。外国人が交じると議論のテーマはヨガや瞑想に向けられることが多かった。当時、欧米のヒッピーたちが魅了されていたものは二つ。インド世界の摩訶不思議とハシシだった。このころのヒッピー・ムーヴメントは、非政治的ではあったが、明白な西欧社会への反抗だった。

PKがインディアン・コーヒーハウスから大切なものを得たように、私がここで得たものも大きい。ここで知り合った友人の数人とは、今でも五十年を超える付き合いになっている。

このコーヒーハウスがなくなったのがいつか、調べてみたがはっきりしたことはわからない。一九七九年の春になかったことは確かだ。コンノート・プレイスから遠くないハヌマン・ロードのビル屋上に移転したが、客の入りが悪く、それも間もなく消えてしまった。今、かつてのインディアン・コーヒーハウスの跡地は、パリカ・バザールという換気が悪いエアコン完備の地下商店街になっている。

私はヨーロッパからインドへと陸路で旅した当時を、奇跡のような時代だったと回想する。一九七八年、アフガニスタン人民民主党が社会主義政権を樹立する。国王は亡命し、アフガニスタンはムジャヒディンとの内戦に突入する。翌一九七九年一月にはホメイニ師のイラン革命がパーレビ朝を打倒し、十一月にテヘランのアメリカ大使館占拠事件が発生する。決定的だったのは、一九七九年十二月二十四日、ソ連軍がアフガニスタンに侵攻したことだった。私はこれらのすべての事件をインドで知った。ヨーロッパとインドを結んだ私たちの道は、地雷、銃撃、空爆、誘拐などなど、世界でもっとも危険な道になった。

もし、PKが美大に進学するのが数年遅かったら、インディアン・コーヒーハウスはなかった。その間、世界は大きく変わっている。彼も自転車でヨーロッパを目指そうなどと思いつくことはなかっただろう。

二十一世紀になり、飛行機の運賃は相対的に安くなった。とくに近年のLCCの出現で、世界中どこへでも、安く速く行ける時代がやってきた。だが、こうした旅行はかつての私たちの旅とはまるで別のものだ。

今も私は半世紀前の旅を思い返す。

夜は寒さに震え、昼は照りつける太陽に苦しんだアナトリアの山道。アフガニスタンから徒歩でパキスタンのペシャワルに下ったカイバル峠。砂漠の隊商宿で、イヴン・バツータや十七世紀のフランス商人、タベルニエールの旅を夢見るような、そんな一夜を過ごすことはもう誰にもできない。

主人公：P.K. マハナンディア

1949年、インドのオリッサ生まれ。不可触民として困難な幼少期を過ごし、1975年12月にニューデリーの美術大学在学中に運命の人、ロッタと出会う。しかし、離れ離れになり、ロッタを追ってインドから自転車でスウェーデンに向かう。到着後は、地元の美術教師として働き、二人の子どもに恵まれる。現在は、描画と慈善活動に専念している。

著者：ペール・J・アンデション

1962年、スウェーデンのハルスタハンマル生まれ。ジャーナリスト、作家。同国でもっとも著名な旅行誌『ヴァガボンド』の共同創業者。過去30 年、インドを中心に世界各地を旅し、現在はストックホルム在住。2015 年に本書を刊行、ベストセラーになり、世界十五か国語で翻訳され、一躍人気作家となる。日本語訳の書籍としては『旅の効用 人はなぜ移動するのか』（草思社）がある。

訳者：タカ大丸

1979年、福岡生まれ、岡山育ち。ポリグロット（多言語話者）、作家、翻訳者。主な著書に『貧困脱出マニュアル』（飛鳥新社）、共著に『史上初の詰飛車問題集』（主婦の友社）、英語の訳書に『ジョコビッチの生まれ変わる食事 新装版』『クリスティアーノ・ロナウドの「心と体をどう磨く？」新装版』（ともに扶桑社）、スペイン語の訳書に『モウリーニョのリーダー論 世界最強チームの束ね方』（実業之日本社）、『ジダン監督のリーダー論 チャンピオンズリーグ３連覇の軌跡』（扶桑社）、『ロジャー・フェデラー なぜ頂点に君臨し続けられるのか』（KADOKAWA）など多数。

デザイン　坂井栄一（坂井図案室）
校　　正　月岡廣吉郎　安部千鶴子（美笑企画）
組　　版　キャップス
編　　集　苅部達矢

愛の自転車
インドからスウェーデンまで最愛の人を追いかけた真実の物語

第1刷　2021年2月28日

著　者　ペール・J・アンデション
訳　者　タカ大丸
発行者　小宮英行
発行所　株式会社徳間書店
〒141-8202　東京都品川区上大崎3-1-1
目黒セントラルスクエア
電話　編集(03)5403-4344／販売(049)293-5521
振替　00140-0-44392

印刷・製本　大日本印刷株式会社

ISBN978-4-19-865245-6